달달 읽고 곰곰 생각하는

달곰한 문해력

초등 독해

달곰한 문해력 초등 독해

교과 연계 필독 도서를 수록했어요

1단계

도서	출판사	교과 연계
안데르센 동화집 2	시공주니어	과학 3-1 동물의 한살이
책이 사라진 날	한솔수북	국어 1-2 소중한 책을 소개해요
또박또박 반갑게 인사해요	상상스쿨	국어 1-1 다정하게 인사해요
내가 하는 말이 왜 나빠?	리틀씨앤톡	국어 1-1 고운 말을 해요
말놀이 동시집	비룡소	국어 1-2 재미있게 ㄱㄴㄷ
광개토 대왕	비룡소	국어 2-2 인물의 마음을 짐작해요
허난설헌	비룡소	사회 3-2 시대마다 다른 삶의 모습

2단계

도서	출판사	교과 연계
춘향전	보리	국어 3-1 내 마음을 편지에 담아
멋지다! 얀별 가족	노루궁뎅이	사회 3-2 가족의 구성과 역할 변화
빨간 머리 앤	시공주니어	도덕 3 친구는 왜 소중할까요
아홉 살 마음 사전	창비	국어 2-1 마음을 나타내는 말
큰 기와집의 오래된 소원	키위북스	사회 3-2 시대마다 다른 삶의 모습
선덕 여왕	비룡소	국어 2-2 인물의 마음을 짐작해요
이순신	비룡소	국어 2-2 인물의 마음을 짐작해요
내일도 발레	별숲	체육 3 건강 활동

3단계 Ⓐ, Ⓑ

도서	출판사	교과 연계
간서치 형제의 책 읽는 집	개암나무	국어 4-2 독서 감상문을 써요
엉뚱이 소피의 못 말리는 패션	비룡소	도덕 4 아름다운 사람이 되는 길
어린이를 위한 슬기로운 미디어 생활	우리학교	국어 5-2 여러 가지 매체
꼴찌 없는 운동회	내인생의책	도덕 4-2 힘과 마음을 모아서
우리 동네 별별 가족	아르볼	사회 4-2 사회 변화와 문화의 다양성
날씬해지고 말 거야!	팜파스	도덕 4-1 아름다운 사람이 되는 길
세상을 바꾼 착한 부자들	상상의집	국어 2-2 자세하게 소개해요
옛날 관청과 공공시설	주니어중앙	사회 5-2 옛사람들의 삶과 문화
단추 마녀의 수상한 식당	키다리	체육 4 건강 활동
생각하는 올림픽 교과서	천개의바람	체육 4 경쟁
내 용돈, 다 어디 갔어?	팜파스	사회 4-2 필요한 것의 생산과 교환
거인 부벨라와 지렁이 친구	주니어RHK	도덕 3 나와 너, 우리 함께
이중섭	시공주니어	미술 3 미술가와 작품 이야기
행복한 왕자	비룡소	국어 3-1 문학의 향기
모차르트	비룡소	음악 5 음악으로 만드는 어울림
따끔따끔 우리가 전기에 중독되었다고?	영수책방	과학 3-1 물질의 성질
김홍도	주니어RHK	미술 4 다양한 미술과의 만남
존댓말을 잡아라	파란정원	국어 3-1 알맞은 높임 표현
퓰리처 선생님네 방송반	주니어김영사	국어 3-1 어떤 내용일까
알면 보물 모르면 고물, 지도	아르볼	사회 4-1 지역의 위치와 특성
지역 이기주의 님비 현상	뭉치	사회 4-1 지역의 공공기관과 주민 참여
다른 게 틀린 건 아니잖아?	양철북	사회 4-2 사회 변화와 문화의 다양성
조선 선비 유길준의 세계 여행	비룡소	사회 4-2 사회 변화와 문화의 다양성
자석 총각, 끌리스	해와나무	과학 3-1 자석의 이용
그해 유월은	스푼북	사회 5-2 사회의 새로운 변화와 오늘날의 우리
경국대전을 펼쳐라	책과함께어린이	사회 5-2 옛사람들의 삶과 문화

4단계 Ⓐ, Ⓑ

도서	출판사	교과 연계
애덤 스미스 아저씨네 경제 문구점	주니어김영사	사회 4-2 필요한 것의 생산과 교환
코피 아난 아저씨네 푸드 트럭	주니어김영사	사회 5-2 사회의 새로운 변화와 오늘날의 우리
과학관으로 온 엉뚱한 질문들	정은문고	과학 5-2 생물과 환경
어린이를 위한 슬기로운 미디어 생활	우리학교	도덕 5 밝고 건전한 사이버 생활
은하 마을 수비대의 꿈꾸는 도시 연구소	주니어김영사	사회 4-2 촌락과 도시의 생활 모습
똥 묻은 세계사	다림	사회 5-2 함께 살아가는 지구촌
조선의 여걸 박씨부인	한겨레아이들	사회 5-2 옛사람들의 삶과 문화
뻥이오, 뻥	문학동네	도덕 5 갈등을 해결하는 지혜
사자와 마녀와 옷장	시공주니어	국어 4-2 이야기 속 세상
모모	비룡소	도덕 3 아껴 쓰는 우리
악플 바이러스	좋은꿈	도덕 5 밝고 건전한 사이버 생활
후설	한국고전번역원 승정원일기번역팀	사회 5-2 옛사람들의 삶과 문화
칠 대 독자 동넷개	창비	국어 5-2 함께 연극을 즐겨요
오즈의 마법사	비룡소	과학 6-2 우리 몸의 구조와 기능
이모와 함께 도란도란 음악 여행	토토북	음악 4 음악, 모락모락 사랑
로봇 박사 데니스 홍의 꿈 설계도	샘터	과학 5-2 생물과 환경
좋은 돈, 나쁜 돈, 이상한 돈	창비	사회 4-2 필요한 것의 생산과 교환
팔만대장경과 불타는 사자	리틀씨앤톡	사회 5-2 옛사람들의 삶과 문화
프린들 주세요	사계절	국어 4-1 사전은 내 친구
한국사편지 1	책과함께어린이	사회 5-2 옛사람들의 삶과 문화
안네의 일기	효리원	도덕 5 갈등을 해결하는 지혜

5단계 Ⓐ, Ⓑ

도서	출판사	교과 연계
모로 박사의 섬	-	도덕 3 생명을 존중하는 우리
몬스터 차일드	사계절	도덕 5 인권을 존중하며 함께 사는 우리
담배 피우는 엄마	시공주니어	국어활동 4 수록 도서
맛의 과학	처음북스	과학 6-2 연소와 소화
우리 문화 박물지	디자인하우스	미술 5 아름다운 전통 미술
잘못 뽑은 반장	주니어김영사	사회 6-1 우리나라의 정치 발전
내가 사랑한 서양 고전	연암서가	국어 5-1 작품을 감상해요
허생전	-	사회 6-1 우리나라의 경제 발전
레 미제라블	비룡소	국어 5-1 작품을 감상해요
너의 운명은	푸른숲주니어	사회 5-2 사회의 새로운 변화와 오늘날의 우리
청소년을 위한 삼국유사	서해문집	사회 5-2 옛사람들의 삶과 문화
내가 사랑한 동양 고전	연암서가	국어 5-1 작품을 감상해요
내 이름을 들려줄게	단비어린이	사회 5-1 인권 존중과 정의로운 사회
과학관으로 온 엉뚱한 질문들	정은문고	도덕 5 긍정적인 생활
인형의 집	비룡소	국어 5-1 작품을 감상해요
우리 학교가 사라진대요!	마음이음	사회 5-2 사회의 새로운 변화와 오늘날의 우리
외로우니까 사람이다	창비	국어 5-1 작품을 감상해요
파브르 곤충기	현암사	과학 5-1 다양한 생물과 우리 생활
우리말 모으기 대작전 말모이	푸른숲주니어	국어 5-2 우리말 지킴이
왕자와 거지	시공주니어	국어 5-1 작품을 감상해요
톰 아저씨의 오두막집	효리원	도덕 5 인권을 존중하며 함께 사는 우리
101가지 세계사 질문사전 2	북멘토	사회 5-1 인권 존중과 정의로운 사회
사피엔스	김영사	과학 5-2 생물과 환경
변신	푸른숲주니어	국어 5-1 주인공이 되어
유토피아	-	사회 6-2 세계 여러 나라의 자연과 문화
베니스의 상인	-	도덕 5 갈등을 해결하는 지혜
그리스 로마 신화	-	국어 5-1 작품을 감상해요

6단계 Ⓐ, Ⓑ

도서	출판사	교과 연계
돈키호테	비룡소	사회 5-2 옛사람들의 삶과 문화
사피엔스	김영사	도덕 5 내 안의 소중한 친구
아이, 로봇	우리교육	실과 6 발명과 로봇
가자에 띄운 편지	바람의아이들	사회 6-2 통일 한국의 미래와 지구촌의 평화
동물 농장	비룡소	사회 6-1 우리나라의 정치 발전
위대한 철학 고전 30권을 1권으로 읽는 책	빅피시	사회 6-1 우리나라의 정치 발전
101가지 세계사 질문사전 2	북멘토	사회 6-2 통일 한국의 미래와 지구촌의 평화
이기적 유전자	을유문화사	과학 5-1 다양한 생물과 우리 생활
내가 사랑한 동양 고전	연암서가	국어 6-1 비유하는 표현
5번 레인	문학동네	도덕 5 갈등을 해결하는 지혜
모럴 컴뱃	스타비즈	도덕 5 밝고 건전한 사이버 생활
너의 운명은	푸른숲주니어	사회 5-2 사회의 새로운 변화와 오늘날의 우리
담을 넘은 아이	비룡소	사회 5-2 옛사람들의 삶과 문화
셰익스피어 이야기	비룡소	국어 6-2 함께 연극을 즐겨요
왕자와 거지	시공주니어	사회 5-1 인권 존중과 정의로운 사회
참을 수 없는 존재의 MBTI	디페랑스	도덕 4 함께 꿈꾸는 무지개 세상
체르노빌의 아이들	프로메테우스	사회 6-2 통일 한국의 미래와 지구촌의 평화
체리새우: 비밀글입니다	문학동네	도덕 5 내 안의 소중한 친구
우리 문화 박물지	디자인하우스	사회 5-2 옛사람들의 삶과 문화
프랑켄슈타인	-	도덕 5-1 인권 존중과 정의로운 사회
진달래꽃	-	국어 6-1 비유하는 표현
내가 사랑한 서양 고전	연암서가	국어 6-1 인물의 삶을 찾아서

책을 많이 읽으면 문해력이 저절로 높아질까요?

독해 교재를 여러 권 풀어 보면 해결될까요?

'달곰한 문해력'이 방법을 알려 줄게요.

흥미로운 생각주제로 연결된 두 개의 글을 읽어 보세요.

재미난 문학 글을 먼저 읽고~ 비문학 글을 읽으며 정리해 보세요.

우리에게 필요한 생각과 지식이 차곡차곡 쌓입니다.

달달 읽고 곰곰 생각하는 힘!

이제 '달곰한 문해력'으로 길러 볼까요?

이 책의

구성과 특장

❶ 생각주제

질문형으로 주제를 제시하여 읽을 글에 대한 호기심을 가질 수 있어요.

❷ 주제 연결 독해

하나의 주제로 연결된 2개의 글 읽기로 생각하는 힘이 자라요.

❸ 생각글 1

생각주제에 관한 문학, 고전, 사회 현상 등의 다양한 글을 읽어요.

❹ 생각글 2

생각주제와 관련된 꼭 알아야 할 개념을 읽고 생각을 넓혀요.

❺ 내용 요약

생각글의 중심 내용을 정리하고 핵심 어휘를 익혀요.

❻ 독해 문제 학습

내용 이해, 글의 구조 파악, 적용, 추론 등 독해 활동 문제를 풀어요.

❼ 주제 문해력 학습

2개의 생각글을 바탕으로 생각주제를 정리하고, 문제를 풀며 문해력을 키워요.

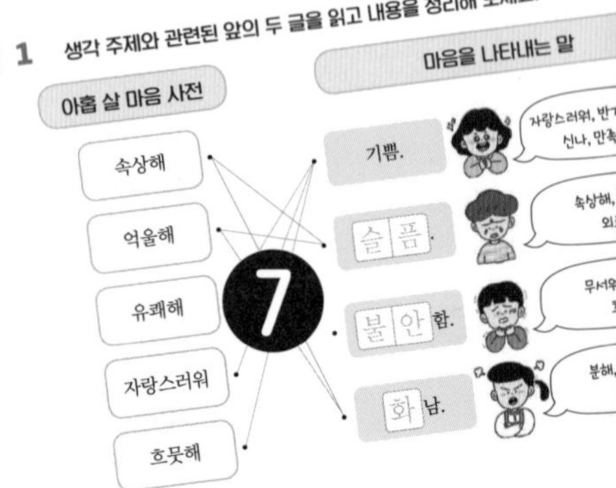

❽ 주제 어휘 학습

생각글에 나온 주제 어휘만 모아서 뜻을 익히고 활용해 보아요.

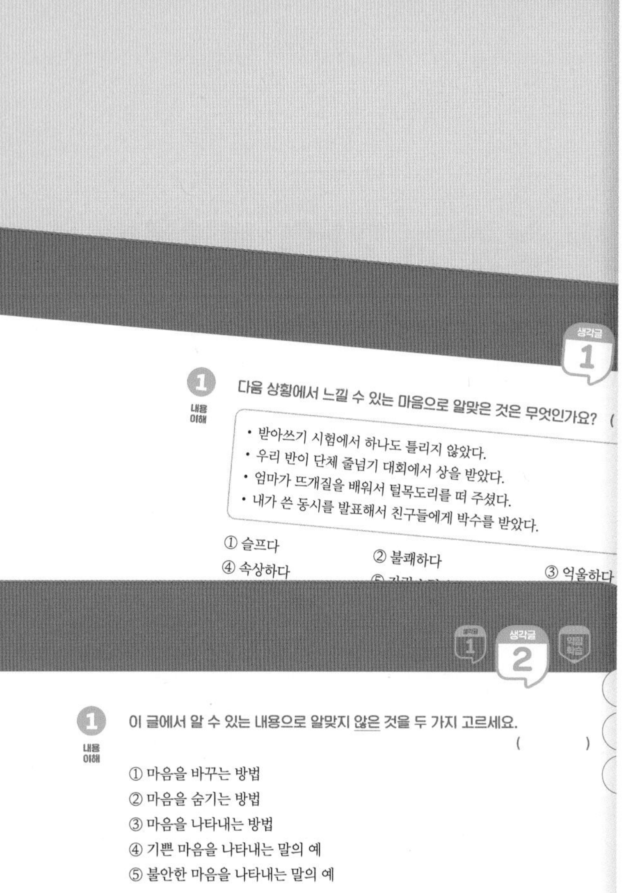

하나의 주제로 연결된 **2개의 글 읽기**로 진짜 **문해력**을 키워 보세요~!

Q '주제 연결 독해'란 무엇인가요?

초등학교 교과 과정의 주요 주제를 바탕으로 연결된 2개의 글을 읽고 문제를 푸는 독해 학습 방법이에요.

Q '주제 연결 독해'의 학습 효과는 무엇인가요?

주제 연결 독해를 반복하면 생각하는 힘이 길러지고, 이를 통해 진정한 문해력을 키울 수 있답니다.

Q 왜 문학과 비문학을 함께 수록했나요?

초등 과정에서는 문학, 현상, 개념 등의 다양한 글을 읽음으로써 지식을 쌓는 연습이 필요해요.

Q '생각주제'가 질문형인 이유는 무엇인가요?

질문형 주제를 보면 주제에 대한 흥미가 생기고, 주제에 대한 답을 찾는다는 목적을 가지고 글을 읽으면 집중도가 높아집니다.

Q 짧은 글 읽기로도 문해력이 길러지나요?

주제별 2개의 글을 읽고 익힘 학습으로 두 글을 정리하면 생각하고 표현하는 힘, 즉 '문해력'이 길러집니다.

6

2 내용 이해 마음을 나타내는 말을 사용할 때의 좋은 점으로 알맞지 않은 것을 두 가지 고르세요. ( )

① 다른 사람의 마음을 잘 알 수 있다.
② 내 마음을 더 어렵게 표현할 수 있다.
③ 내 마음대로 자유롭게 행동할 수 있다.
④ 다른 사람과 서로의 마음을 더 잘 이해할 수 있다.
⑤ 내 마음을 다른 사람에게 정확하게 전달할 수 있다.

3 적용 하기 다음 상황에 어울리는 마음을 나타내는 말을 찾아 각각 선으로 이으세요.
(1) 대회에서 상을 받았 •

익힘 학습

주제 어휘 억울하다 유쾌하다 흐뭇하다 긴장되다

4 다음 뜻에 알맞은 주제 어휘에 ○표 하세요.
(1) 즐겁고 상쾌하다. 불쾌하다 유쾌하다
(2) 마음에 들어 기분이 좋다. 흐뭇하다 초조하다
(3) 마음을 조이고 정신을 바짝 차리게 되다. 긴장되다 편안하다
(4) 아무 잘못 없이 혼나거나 벌을 받아서 속이 상하고 화가 나다. 억울하다 소중하다

8

5 다음 문장의 빈칸에 들어갈 주제 어휘를 찾아 각각 선으로 이으세요.
(1) "내가 망가뜨린 것이 아니야. 나는 ( )." • ㉠
(2) "청소가 힘들었지만, 방이 깨끗한 것을 보니 ( )." • ㉡
(3) "숙제를 못 했는데 선생님께서 곧 확인하실 것 같아서 ( )." • ㉢

6 다음 밑줄 친 말과 뜻이 비슷한 낱말을 주제 어휘에서 찾아 쓰세요.

오늘은 동생의 태권도 시합이 있는 날이었다. 부모님과 나는 동생을 응원하기 위해 체육관으로 갔다. 동생의 시합이 시작되고 있었다. 동생이 뒤돌려 차기를 할 때 조마조마 커보던 나는 마음을 졸이다가 곧 안심하였다. 동생이 뒤돌려 차기에 성공했기 때문이다. 우리 가족은 모두 일어나 박수쳤다. 경기에서 이긴 선보였기 때문이다.

이 책의

활용법

독해 **성취 수준**과 **학습 방법**에 따라
자신만의 **학습 계획**을 세워 공부할 수 있어요.

생각글 1 | 생각글 2 | 익힘학습

차근차근 60일 완성

하루 2쪽	하루 2쪽	하루 2쪽
생각글 1을 꼼꼼히 읽고 문제를 풀어요.	**생각글 2**를 읽고 생각주제의 개념지식을 쌓아요.	앞의 두 생각글을 다시 읽고 문해력, 어휘력을 키워요.

탄탄하게 40일 완성

하루 4쪽	하루 2쪽
생각글 1과 **생각글 2**를 읽고 생각주제에 대한 내 생각을 정리해 봐요.	앞의 두 생각글을 다시 읽고 문해력, 어휘력을 키워요.

빠르게 20일 완성

하루 6쪽

생각글 1과 **생각글 2**를 읽고
생각주제에 대한 내 생각을 정리해 봐요.
익힘학습을 할 때는 생각글의 내용을 떠올리며 문제를 풀어 보아요.

초등 국어 **교과서 기획위원**과
현직 초등교사가 만들었어요.

기획진

- **방은수 교수님** 서울교육대학교 국어교육과 교수 | 초등 국어 교과서 기획위원
- **김차명 선생님** 광명서초등학교 교사 | 참쌤스쿨 대표 | 경기실천교육교사모임 회장 | (전) 경기도교육청 장학사
- **김택수 교수님** 경희사이버대학교 한국어문화학부 교수 | 경인교육대학교 유아교육과 강사 | 전국교사교육마술연구회 스텝매직 대표 | (전) 초등학교 교사
- **정미선 선생님** 서울시교육청 자문관 (독서토론 분야) | (전) 중학교 국어 교사
- **최고봉 선생님** 인제남초등학교 교사 | 독서교육 전문가 | Yes24 한 한기 한 권 읽기 선정위원

집필진

- **강서희 선생님** 서울신흥초등학교 교사 | 한국교원대학교 국어교육 학사, 석사, 박사 | 2015, 2022 개정교육과정 국어 교과서 집필
- **공은혜 선생님** 서울보라매초등학교 교사 | 서울교육대학교 국어교육 학사, 서울교육대학교 초등국어교육 석사 | 2009 개정교육과정 국어 교과서 집필
- **김경애 선생님** 서울목동초등학교 교사 | 서울교육대학교 국어교육 학사, 서울교육대학교 초등국어교육 석사 | 2015 개정교육과정 국어 교과서 집필
- **김나영 선생님** 대전반석초등학교 교사 | 목원대학교 음악교육 학사, 한국교원대학교 음악교육 석사, 서울교육대학교 초등음악교육 박사 과정
- **김성은 선생님** 서울역촌초등학교 교사 | 서울교육대학교 국어교육 학사, 서울교육대학교 초등국어교육 석사
- **김일두 선생님** 용인백암초수정분교장 교사 | 한국교원대학교 초등교육 학사, 한국교원대학교 초등사회과교육 석사
- **박다빈 선생님** 서울연은초등학교 교사 | 서울교육대학교 초등교육 학사, 서울교육대학교 인공지능교육 석사
- **신다솔 선생님** 숙명여자대학교 국어국문학 학사, 서울대학교 국어교육 석사, 박사 과정
- **양수영 선생님** 서울계남초등학교 교사 | 서울교육대학교 국어교육 학사, 서울교육대학교 초등국어교육 석사 | KERIS 초등국어교육 영상콘텐츠 제작
- **윤주경 선생님** 서울삼릉초등학교 교사 | 경인교육대학교 영어교육 학사, 서울교육대학교 초등사회과교육 석사
- **윤혜원 선생님** 서울대명초등학교 교사 | 서울교육대학교 초등교육 학사 | 2019~2022년 전국 기초학력평가 국어과 문항 검토위원 팀장
- **이지윤 선생님** 대구새론초등학교 교사 | 한국교원대학교 초등교육 학사, 한국교원대학교 문학교육 석사 | 2022 개정교육과정 국어 교과서 집필
- **이지현 선생님** 서울석관초등학교 교사 | 서울교육대학교 초등교육 학사, 서울교육대학교 초등국어교육 석사 | 2015, 2022 개정교육과정 국어 교과서 집필
- **이혜경 선생님** 군산초등학교 교사 | 서울교육대학교 과학교육 학사
- **이희송 선생님** 서울명원초등학교 교사 | 서울교육대학교 초등교육 학사, 서울교육대학교 초등교육행정 석사
- **정혜린 선생님** 서울구룡초등학교 교사 | 서울교육대학교 국어교육 학사, 서울교육대학교 초등국어교육 석사 | 2015 개정교육과정 부록 '순화어 지도 자료' 집필, 2022 개정교육과정 국어 교과서 집필
- **진 솔 선생님** 청주금천초등학교 교사 | 한국교원대학교 국어교육 학사, 한국교원대학교 초등국어교육 석사, 박사 | 2022 개정교육과정 국어 교과서 집필

이 책의 차례

생각주제

01 나를 어떻게 소개할까?

처음 만나는 사람에게는 나에 대해 알려 줘야 해요. 다른 사람에게 나를 소개하는 방법을 생각해 보아요.

02 친구와 사이좋게 지내려면?

우리는 학교나 학원에서 많은 친구를 만나요. 빨간 머리 앤의 이야기를 읽으면서 친구와 사이좋게 지내려면 어떻게 해야 하는지 생각해 보아요.

03 사람은 왜 혼자 살 수 없을까?

우리는 가정, 학교, 학원 등에서 다른 사람들과 함께 살아가요. 왜 혼자가 아니라 함께 살아야 하는지 생각해 보아요.

04 비행기를 안전하게 타려면?

먼 곳으로 여행을 갈 때 비행기를 타고 가요. 비행기를 안전하게 이용하는 방법은 무엇인지 생각해 보아요.

05 미세 먼지를 피하는 방법은?

미세 먼지가 심한 날 외출하면 목이 아프고 눈이 따가워요. 미세 먼지를 피하는 방법은 무엇인지 생각해 보아요.

달곰한 공부계획

	공부한 날	60일 완성	40일 완성	20일 완성
생각글 1	발표 괴물이 나타났다!	월 일	월/ 일	월/ 일
생각글 2	자기소개를 하는 방법	월 일		
익힘 학습	자란다 문해력	월 일	월 일	
생각글 1	빨간 머리 앤	월 일	월/ 일	월/ 일
생각글 2	친구와 사이좋게 지내는 방법	월 일		
익힘 학습	자란다 문해력	월 일	월 일	
생각글 1	가족이 사라진 날	월 일	월/ 일	월/ 일
생각글 2	함께 살아가는 사회	월 일		
익힘 학습	자란다 문해력	월 일	월 일	
생각글 1	비행기에서 생긴 일	월 일	월/ 일	월/ 일
생각글 2	비행기를 안전하게 이용해요	월 일		
익힘 학습	자란다 문해력	월 일	월 일	
생각글 1	미세 먼지로 하늘 뒤덮여	월 일	월/ 일	월/ 일
생각글 2	미세 먼지에 대처하는 방법	월 일		
익힘 학습	자란다 문해력	월 일	월 일	

발표 괴물이 나타났다!

새 학기 첫날이었어요. 나는 설레는 마음으로 자리에 앉아 있었어요. 그리고 옆자리에 앉은 친구들을 **곁눈질***로 흘끔 보았지요. 모두 처음 보는 얼굴이었어요. 모두들 낯설어서 그런지 교실은 그 어느 때보다 조용했어요. 그때 강아지 인형이 달린 머리띠를 한 친구가 내 눈에 들어왔어요.

'저 친구는 이름이 뭘까? 나처럼 강아지를 좋아하나?'

어떤 친구인지 궁금했지만 먼저 말을 거는 건 **쑥스러웠어요.***

"2학년 3반 친구들, 만나서 정말 반가워요."

어느새 선생님께서 교실에 들어와 서 계셨어요.

"모두 처음 만나서 어색하지요? 서로에게 궁금한 점도 많을 거예요. 그럼 지금부터 친구들에게 자기를 **소개***해 보는 시간을 가져 볼까요?"

선생님의 말씀에 나는 가슴이 콩닥콩닥 뛰었어요. 사실 나는 다른 친구들에게는 없는 무서운 것을 갖고 있어요. 바로 발표 괴물이에요. 발표 괴물은 내가 발표할 때마다 항상 나타나서 발표를 못 하게 방해해요. 발표 괴물이 나타나면 나는 어디를 봐야 할지도 모르겠고, 무슨 말을 해야 할지도 하나도 생각이 안 나요.

"누가 먼저 자기소개를 해 볼까요?"

선생님의 말씀에 한 친구가 손을 번쩍 들었어요. 아까 본 강아지 머리띠를 한 친구였어요. 친구는 성큼성큼 앞으로 나갔어요.

"안녕하세요? 저는 김아영입니다. 저는 종이접기를 좋아하고, 또……."

아영이는 또박또박 **자신*** 있게 자기소개를 했어요. 나는 내 차례가 오면 무슨 말부터 할지 고민했어요. 그런데 어느새 발표 괴물이 나타나 꿈틀대는 게 느껴졌어요. 나는 마른침을 꼴깍 삼켰어요.

어휘사전

- * **곁눈질** 얼굴을 돌리지 않고 눈알만 옆으로 돌려서 보는 일.
- * **쑥스럽다** 하는 행동이나 모양이 자연스럽지 못해 어색하다.
- * **소개**(紹 이을 소, 介 끼일 개) 남이 모르는 것이나 잘 알려지지 않은 것을 알게 해 주는 설명.
- * **자신**(自 스스로 자, 信 믿을 신) 어떤 일을 해낼 수 있다거나 어떤 일이 꼭 그렇게 될 것을 스스로 굳게 믿음.

내용요약

글의 중심 내용을 생각하며 빈칸의 낱말을 써 보세요.

새 학기 첫날, 새 친구들과 선생님 앞에서 자 기 소 개 를 하는 시간이 되자, 내 안의 발표 괴물이 나타나 방해할까 봐 걱정되었어요.

1 다음 일이 일어난 차례대로 기호를 쓰세요.

내용 이해

㉠ 선생님께서 친구들에게 자신을 소개해 보자고 하심.

㉡ 새 학기 첫날, '나'는 설레는 마음으로 자리에 앉음.

㉢ '나'는 자기소개를 할 때, 발표 괴물이 나타나 발표를 방해할까 봐 가슴이 콩닥콩닥 뜀.

㉣ 아영이가 자신 있게 자기소개를 하는 것을 보고, '나'는 자기 차례가 오면 무슨 말부터 할지 고민함.

㉡ → (　　　) → (　　　) → (　　　)

2 '내'가 발표를 할 때마다 발표 괴물이 나타나는 까닭은 무엇일까요? (　　　)

추론 하기

① 친구들을 사귀는 것이 어렵기 때문에
② 선생님께 혼이 날까 봐 무섭기 때문에
③ 발표를 잘해서 칭찬을 듣는 것이 싫기 때문에
④ 여러 사람 앞에서 말하는 것에 자신이 없기 때문에
⑤ 다른 친구와 같은 내용을 말할까 봐 걱정이 되기 때문에

3 '나'에게 발표 괴물이 나타나는 때는 언제인지 알맞은 것에 ○표 하세요.

적용 하기

(1) 친한 친구와 아침 인사를 나눌 때 (　　　)

(2) 친구와 전화로 약속 장소를 정할 때 (　　　)

(3) 준비물을 빌려준 친구에게 고맙다고 말할 때 (　　　)

(4) 반 친구들 앞에서 '내'가 재미있게 읽은 책에 대하여 이야기할 때 (　　　)

자기소개를 하는 방법

우리는 살면서 늘 새로운 사람을 만나요. 새 학기에는 학교에서 처음 보는 친구들과 선생님을 만나요. 그리고 학원이나 놀이터에서도 새로운 친구들이나 어른을 만날 수 있지요. 처음 보는 사람과 인사를 하고, 대화를 나누려면 무엇을 먼저 해야 할까요? 바로 나에 대해 알려 주고 소개해야 해요. 이것을 '자기소개'라고 한답니다.

자기소개는 처음 만난 사람에게 자신의 이름이나 나이, 하는 일 등을 알리는 것을 말해요. 먼저 간단하게 인사를 하고, 내 소개를 시작해요. 자기소개를 할 때는 나에 관한 것은 무엇이든 말할 수 있어요. 예를 들어 나의 이름과 사는 곳을 알려 줄 수 있어요. 그리고 나의 **취향***에 관해서도 이야기할 수 있어요. 내가 싫어하는 것이나 좋아하는 것이 무엇인지 알려 줄 수도 있지요. 또 내 가족을 소개할 수 있어요. 그리고 앞으로 내가 무엇이 되고 싶은지, 나의 꿈에 관해서도 말할 수 있어요.

하지만 자기소개를 할 때 꼭 모든 것을 다 말해야 하는 것은 아니에요. 듣는 사람이 누구냐에 따라 나에 대해 궁금해할 만한 내용을 골라서 말해야 해요. 예를 들어 학교 친구에게 나를 소개할 때는 이름이나 좋아하는 과목 등에 대해서 말할 수 있어요. 그리고 학원 친구에게 나를 소개할 때는 나의 이름과 내가 다니는 학교에 대해 말할 수 있지요.

자기소개를 할 때 내용을 잘 전달하기 위해서는 말하는 **자세***도 중요해요. 여러 사람 앞에서 말할 때는 허리를 펴고 바른 자세로 서서 이야기해야 해요. 그리고 눈은 듣는 사람을 잘 쳐다보아야 하지요. 또 알맞은 크기의 목소리로 **또박또박*** 이야기해야 해요. 이렇게 자신 있는 태도로 자기소개를 한다면 듣는 사람도 여러분의 이야기에 **집중***할 거예요.

어휘사전

* **취향** 좋아하는 것에 흥미나 관심이 쏠리는 경향.
* **자세** 몸을 움직이는 태도나 모양.
* **또박또박** 말이 앞뒤가 정확히 맞고 또렷한 모양.
* **집중**(集 모을 집, 中 가운데 중) 한곳을 중심으로 하여 모임. 또는 그렇게 모음.

내용요약

글의 중심 내용을 생각하며 빈칸의 낱말을 써 보세요.

자기소개는 처음 만나는 사람에게 [나]에 대해 알려 주는 것이에요. 자기소개를 할 때는 [바른] 자세로 서서 듣는 사람을 쳐다보며 말해야 해요. 그리고 알맞은 크기의 목소리로 또박또박 말해야 하지요.

1 내용 이해

자기소개에 대한 설명으로 알맞은 것은 무엇인가요? (　　　　　)

① 나의 가족은 소개하지 않는 것이 좋다.
② 친한 친구에게 나를 소개하는 말하기이다.
③ 나에 대해 꼭 모든 것을 다 말하는 것이 좋다.
④ 말할 때는 듣는 사람을 쳐다보지 않는 것이 좋다.
⑤ 말할 때는 허리를 펴고 바른 자세로 서서 말해야 한다.

2 적용 하기

자기소개를 할 때 말할 내용으로 알맞지 않은 것은 무엇인가요? (　　　　　)

① 나의 이름
② 나의 꿈과 취향
③ 우리 학교의 역사
④ 내가 잘하는 운동
⑤ 내가 좋아하는 과목

3 적용 하기

다음은 자기소개를 하는 장면입니다. 자기소개를 하는 태도가 바르지 않은 친구의 이름을 쓰세요.

선생님: 자기소개를 시작할게요. 정원이부터 순서대로 나오세요.
정원: 안녕하세요? 저는 안정원입니다. (시계를 보며) 음……, 저는 노래를 부르는 것을 좋아합니다. (창문을 바라보며) 뭐, 끝입니다.
지원: 안녕하세요? 저는 김지원입니다. (친구들을 보며) 저는 국어를 제일 좋아해요. 그리고 여러분과 친해지고 싶어요.
성빈: 안녕하세요? 저는 윤성빈입니다. (친구들을 보며) 저는 운동을 좋아합니다. (웃으며) 빨리 친해져서 같이 운동하면 좋을 것 같아요.

(　　　　　　　　)

1 생각주제와 관련된 앞의 두 글을 읽고 '나'의 고민에 알맞은 해결 방법을 찾아 선으로 이으세요.

㉠ 허리를 펴고 바른 자세로 서서 이야기해요.

㉡ 내가 좋아하는 것과 싫어하는 것에 대해 이야기해요.

2 다음 중 자기소개를 하는 방법에 대해 알맞게 말하지 못한 친구를 두 명 찾아 이름을 쓰세요.

종현: 자기소개를 할 때 말할 내용을 미리 준비하면 좋아.
수정: 나는 요리를 좋아하는데, 어떤 요리를 좋아하는지 말해야겠어.
지수: 요리할 때 조심해야 할 점도 알려 주면 좋을 것 같아.
가원: 너무 많은 것을 이야기할 필요는 없을 것 같아. 듣는 친구들이 무엇을 궁금해할지 생각해 보자.
동현: 어제 있었던 축구 경기에 대해 자세히 소개하면 좋을 것 같아.

( ), ( )

3 친구들에게 자기소개를 할 때 하고 싶은 말을 정리하여 써 보세요.

안녕하세요? 저는 ✎

주제 어휘	소개	자신	취향	집중

4 다음 **주제 어휘**의 뜻으로 알맞은 것을 찾아 선으로 이으세요.

(1) 소개 •
(2) 자신 •
(3) 집중 •
(4) 취향 •

• ㉠ 한곳을 중심으로 하여 모임.
• ㉡ 좋아하는 것에 흥미나 관심이 쏠리는 경향.
• ㉢ 남이 모르는 것이나 잘 알려지지 않은 것을 알게 해 주는 설명.
• ㉣ 어떤 일을 해낼 수 있다거나 어떤 일이 꼭 그렇게 될 것을 스스로 굳게 믿음.

5 다음 빈칸에 들어갈 알맞은 **주제 어휘**를 쓰세요.

학교 앞 아이스크림 가게에서는 손님이 자신의 [　　　　]대로 맛을 고를 수 있도록 다양한 아이스크림을 팔고 있습니다.

(　　　　　　　)

6 다음 문장의 밑줄 친 말과 바꿔 쓸 수 있는 **주제 어휘**에 ○표 하세요.

(1) 친구가 새로 산 책을 나에게 설명해 주었다. → 소개 소분

(2) 부모님의 응원 덕분에 할 수 있다는 믿음이 생겼다. → 걱정 자신

빨간 머리 앤

빨간 머리 앤
글 루시 모드 몽고메리
시공주니어

배리 부인이 웃으며 말했다.

"얘는 우리 딸 다이애나란다. 다이애나, 앤을 데리고 정원에 나가서 네 꽃을 보여 주려무나. 눈 피곤하게 책을 보는 것보단 그게 나을 거야."

앤과 다이애나는 서쪽 오래된 전나무들 사이로 감미로운 저녁 노을빛이 가득한 정원에 나가서 탐스러운 참나리 덤불 곁에 마주 선 채 부끄러운 듯 서로를 쳐다보았다.

드디어 앤은 두 손을 맞잡고 거의 속삭이는 소리로 말했다.

"아, 다이애나, 나를 조금 좋아할 수 있겠니? **절친한*** 친구가 될 만큼?"

다이애나가 웃음을 지었다. 다이애나는 항상 말하기 전에 먼저 웃었다.

"그래, 그럴 것 같아. 네가 초록 지붕 집에 살게 되어 너무 반가워. 같이 놀 친구가 있다는 건 무척 즐거운 일일 거야. 이 근처에는 같이 놀 만한 여자아이가 없어. 여동생은 아직 어리고."

앤이 진지하게 부탁했다.

"영원히 영원히 내 친구가 되겠다고 **맹세***하겠니?"

"그래, 그럼 할게. 어떻게 하는 거야?"

앤이 **근엄하게*** 말했다.

"우린 서로 손을 잡아야 해. 그리고 흐르는 물 위에 있어야 해. 이 길이 흐르는 물이라고 상상하자. 내가 먼저 맹세할게. 난 해와 달이 없어지지 않는 한, 나의 가슴속 친구 다이애나 배리에게 **진실***할 것을 **엄숙하게*** 맹세한다. 이제 내 이름을 넣고 네가 말해 봐."

다이애나는 웃으며 그 '맹세'를 했고, 맹세를 하고 나서도 웃었다.

"넌 이상한 아이야, 앤. ㉠네가 이상하다는 얘기는 전에 들었어. 하지만 틀림없이 널 무척 좋아하게 될 거야."

마릴라와 앤이 집으로 돌아갈 때에 다이애나는 통나무 다리가 있는 곳까지 따라왔다. 두 아이는 서로 팔짱을 끼고 걸었다. 시냇가에서 두 아이는 내일 오후에 같이 놀자고 몇 번씩이나 약속을 하고는 헤어졌다.

어휘사전

- * **절친하다** 아주 친하다.
- * **맹세** 일정한 약속이나 목표를 꼭 실천하겠다고 다짐함.
- * **근엄하다** 점잖고 엄하다.
- * **진실**(眞 참 진, 實 열매 실) 마음에 거짓이 없이 순수하고 바름.
- * **엄숙하다** 분위기나 의식 등이 위엄 있고 진지하다.

내용요약

글의 중심 내용을 생각하며 빈칸의 낱말을 써 보세요.

앤과 다이애나는 영원히 서로의 친구가 되겠다는 맹세를 하였고, 다시 만나 같이 놀기로 약속했어요.

1 내용 이해

앤과 다이애나에 대한 설명으로 알맞지 않은 것은 무엇인가요? (　　　　)

① 앤에게는 여동생이 있다.
② 앤은 초록 지붕 집에 살고 있다.
③ 다이애나는 배리 부인의 딸이다.
④ 앤과 다이애나는 또 만나기로 약속했다.
⑤ 다이애나가 사는 곳 근처에는 같이 놀 만한 여자아이가 없다.

2 내용 이해

앤이 다이애나에게 부탁한 것은 무엇인가요? (　　　　)

① 여동생과 함께 놀아 달라는 것
② 자신의 두 손을 맞잡아 달라는 것
③ 통나무 다리가 있는 곳까지 함께 가 달라는 것
④ 저녁 노을빛이 가득한 정원에 함께 나가자는 것
⑤ 영원히 자신의 친구가 되겠다고 맹세해 달라는 것

3 추론하기

다이애나가 ㉠처럼 말한 까닭을 알맞게 말한 친구의 이름을 쓰세요.

앤의 말과 행동이 엉뚱하지만 그 속에서 친구를 사랑하는 마음을 느꼈기 때문이야.

도윤

앤의 말과 행동이 이상해서 앤을 돌봐 주어야겠다고 생각했기 때문이야.

강민

(　　　　　　)

친구와 사이좋게 지내는 방법

우리는 동네나 학교에서 많은 친구를 만나요. 친한 친구들과 함께 하면 어려운 일도 재미있게 할 수 있고 늘 즐겁지요. 하지만 가끔은 친구와 다툴 수도 있고 서로를 미워할 때도 있어요. 친구와 사이좋게 지내려면 어떻게 해야 할까요?

첫 번째 방법은 친구에게 관심을 가지고 지켜보는 것이에요. 친구에게 관심을 가지고 잘 살펴보다가, 친구가 어려운 일이 생겼을 때 먼저 도와주세요. 그리고 친구를 칭찬하는 말도 해 보세요. 예를 들어서 친구가 깜빡 잊고 가져오지 않은 준비물을 빌려주거나 친구의 숙제를 도와줄 수 있어요. 그리고 친구의 마음이나 행동을 살펴보고 좋은 점을 찾아서 칭찬해 줄 수 있지요.

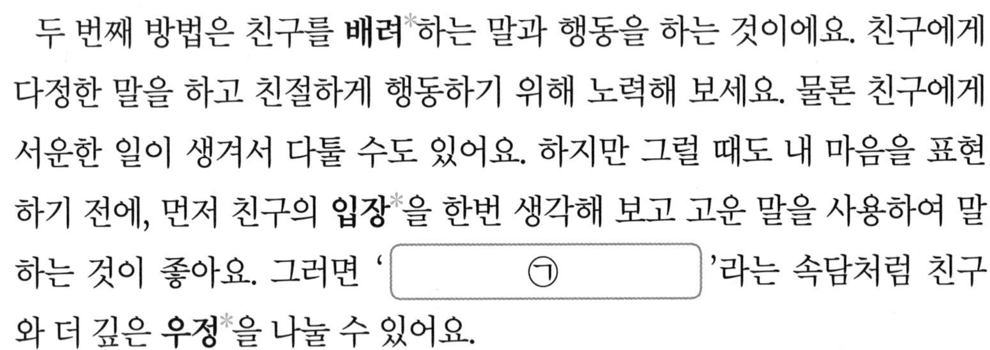

두 번째 방법은 친구를 **배려***하는 말과 행동을 하는 것이에요. 친구에게 다정한 말을 하고 친절하게 행동하기 위해 노력해 보세요. 물론 친구에게 서운한 일이 생겨서 다툴 수도 있어요. 하지만 그럴 때도 내 마음을 표현하기 전에, 먼저 친구의 **입장***을 한번 생각해 보고 고운 말을 사용하여 말하는 것이 좋아요. 그러면 '[㉠]'라는 속담처럼 친구와 더 깊은 **우정***을 나눌 수 있어요.

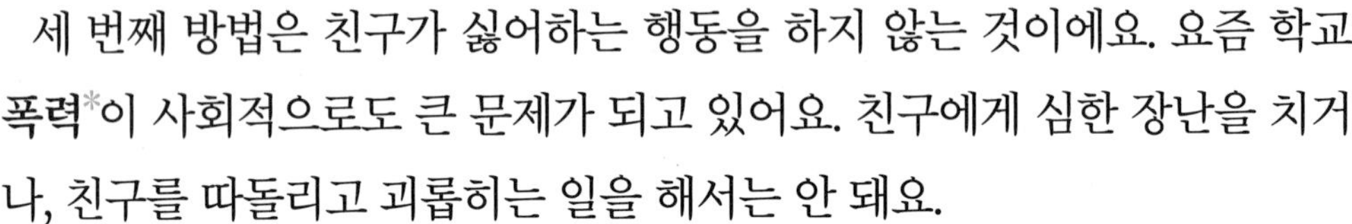

세 번째 방법은 친구가 싫어하는 행동을 하지 않는 것이에요. 요즘 학교 **폭력***이 사회적으로도 큰 문제가 되고 있어요. 친구에게 심한 장난을 치거나, 친구를 따돌리고 괴롭히는 일을 해서는 안 돼요.

친구와 사이좋게 지내는 방법을 잘 알았나요? 그럼 이제 작은 것부터 실천해 보세요. 내가 친구와 사이좋게 지내기 위해 노력한다면 친구도 나의 마음을 알아줄 거예요. 그러면 서로가 배려하면서 더 친하게 지낼 수 있답니다.

어휘사전

* **배려** 도와주거나 보살펴 주려고 마음을 씀.
* **입장**(立 설 입, 場 마당 장) 지금 자기가 놓여 있는 처지.
* **우정**(友 벗 우, 情 뜻 정) 친구 사이의 정.
* **폭력** 남을 해치거나 질서를 무너뜨리는 데 쓰는 거칠고 사나운 힘.

내용요약

글의 중심 내용을 생각하며 빈칸의 낱말을 써 보세요.

친구와 사이좋게 지내려면 친구에게 [관심]을 가지고 지켜보아야 해요. 그리고 친구를 [배려]하는 말과 행동을 하며, 친구가 싫어하는 행동을 하지 않아야 해요.

1 내용 이해

친구와 사이좋게 지내는 방법으로 알맞지 않은 것을 두 가지 고르세요. ( )

① 친구에게 심한 장난을 치기
② 내 입장에서 생각하고 행동하기
③ 친구에게 관심을 가지고 지켜보기
④ 친구가 싫어하는 행동을 하지 않기
⑤ 친구를 배려하는 말과 행동을 하기

2 적용 하기

이 글의 내용으로 보아, 친구와 사이좋게 지내기 위한 말로 알맞지 않은 것을 두 가지 고르세요. ( )

① "내 준비물 같이 쓸래?"
② "너 때문에 우리 팀이 졌잖아."
③ "장난으로 한 대 때릴 수도 있지."
④ "너, 줄넘기를 정말 잘하는구나. 대단해!"
⑤ "책이 무거워서 들기 힘들지? 내가 도와줄게."

3 어휘 이해

다음 중 ㉠에 들어갈 속담으로 알맞은 것을 찾아 기호를 쓰세요.

㉮ 남의 손의 떡은 커 보인다
㉯ 비 온 뒤에 땅이 굳어진다
㉰ 돌다리도 두들겨 보고 건너라

( )

주제 정리 **1** 생각주제와 관련된 앞의 두 글을 읽고 내용을 정리해 보세요.

빨간 머리 앤
• 앤과 다이애나가 처음 만나서 앞으로 영원히 서로의 친구가 되고, 서로에게 진실할 것을 [맹세]함. • 팔짱을 끼고 걸으며 다시 만날 약속을 함.

친구와 사이좋게 지내는 방법	
친구에게 관심을 가지고 지켜보기	• 어려운 친구 도와주기 • 친구의 좋은 점 칭찬하기
친구를 [배려] 하는 말과 행동하기	• 바르고 고운 말과 행동하기 • 나의 마음을 전할 때 친구의 입장도 생각하며 말하기
친구가 싫어하는 [행동] 하지 않기	• 심한 장난을 치지 않기 • 따돌리거나 괴롭히지 않기

2 친구와 사이좋게 지내는 방법을 알맞게 말한 친구를 찾아 ○표 하세요.

( ) ( )

3 친구와 사이좋게 지내는 자신만의 특별한 방법을 써 보세요.

친구와 사이좋게 지내려면 ✎ ______________________________

____

____

주제 어휘	맹세	진실	우정	폭력

4 다음 뜻에 알맞은 주제 어휘에 ○표 하세요.

(1) 친구 사이의 정. [우정] [동정]

(2) 마음에 거짓이 없이 순수하고 바름. [구실] [진실]

(3) 일정한 약속이나 목표를 꼭 실천하겠다고 다짐함. [동맹] [맹세]

(4) 남을 해치거나 질서를 무너뜨리는 데 쓰는 거칠고 사나운 힘. [폭력] [폭죽]

5 다음 주제 어휘가 들어갈 문장을 찾아 선으로 이으세요.

(1) [진실] •

(2) [폭력] •

(3) [맹세] •

(4) [우정] •

• ㉠ 멀리 있더라도 우리의 (　　　　)은 변치 않을 것이다.

• ㉡ 선생님께서는 (　　　　)한 마음으로 우리를 대하셨다.

• ㉢ 나는 거짓말을 하지 않겠다고 부모님께 (　　　　)했다.

• ㉣ 다른 사람에게 함부로 (　　　　)을 휘둘러서는 안 된다.

6 다음 밑줄 친 말과 뜻이 비슷한 낱말을 주제 어휘에서 찾아 쓰세요.

요즘 우리 반에 규칙을 지키지 않는 친구들이 많이 생겼다. 자신의 차례를 지키지 않거나 교실의 물건을 제자리에 가져다 놓지 않는 친구도 있었다. 그래서 정현이가 친구들이 많이 어기는 규칙을 칠판에 적어 놓자는 의견을 냈다. 친구들은 모두 좋다고 하며, 앞으로는 규칙을 잘 지키겠다고 <u>다짐</u>했다.

(　　　　　　　　)

가족이 사라진 날

학교 수업이 끝날 때쯤 하늘이 어두워지더니 갑자기 세찬 비가 내렸다. 우산이 없어서 아버지께 전화를 드렸는데 받지 않으셨다.

'아차! 오늘 부모님께서 동생을 데리고 병원에 가셨지.'

동생은 어젯밤부터 열이 많이 났다. 부모님께서는 아침이 되자마자 병원으로 가셨다.

'어쩔 수 없지. 그냥 빨리 뛰어가자.'

비를 피해 달렸다. 겨우 집에 도착하여 젖은 옷의 물기를 털어 냈다.

"다녀왔습니다!"

나도 모르게 텅 빈 집에 인사했다. 평소 같았으면 동생 연주가 쪼르르 달려와서 맞아 주고, 어머니께서도 반겨 주셨을 텐데…….

사실 오늘 아침까지만 해도 난 ㉠조금은 신나는 마음도 들었었다. 오늘은 부모님의 잔소리를 듣지 않아도 되고, 귀찮게 동생이랑 놀아 줄 필요가 없기 때문이다. 그런데 막상 혼자 집에 있게 되니 ㉡내 마음도 텅 빈 것 같았다.

식탁 위에는 어머니께서 준비해 두신 간식이 있었다.

'사랑하는 지원아, 이 쿠키 맛있게 먹고 조금만 기다리렴. 금방 올게.'

쪽지를 읽으니, 부모님이 보고 싶고 아픈 연주가 걱정되었다.

그때 아버지께 전화가 왔다.

"지원아, 잘 있니? 다행히 연주가 많이 괜찮아졌어. 곧 출발할게."

부모님과 연주가 곧 돌아온다니 금세 기분이 좋아졌다. 나는 오늘 학교에서 받은 줄넘기 대회 상장도 꺼내 놓았다. 아버지께서 줄넘기를 열심히 가르쳐 주시고, 어머니와 연주가 **응원***해 준 덕분에 좋은 상을 타게 되었다.

'상장을 보면 모두 깜짝 놀라겠지?'

상장을 보고 좋아할 **가족*** 생각에 나도 모르게 웃음이 나왔다.

어휘사전

* **응원** 곁에서 용기를 주고, 힘을 낼 수 있도록 도와줌.
* **가족**(家 집 가, 族 겨레 족) 부부를 중심으로 하여 부모, 자녀, 형제 등으로 이루어진 집단.

내용요약

글의 중심 내용을 생각하며 빈칸의 낱말을 써 보세요.

오늘 동생이 아파서 가족이 모두 병원에 갔다. 나는 혼자 집에 있으니 마음이 텅 빈 것만 같았다. 부모님이 보고 싶고, 동생도 걱정되었다. 가 족 의 소중함을 느낀 날이었다.

1 내용 이해

글쓴이가 겪은 일의 순서에 맞게 차례대로 기호를 쓰세요.

㉮ 학교가 끝난 뒤 비를 맞으며 집으로 달려감.

㉯ 어머니께서 준비해 두신 간식과 쪽지를 보게 됨.

㉰ 부모님과 동생이 병원에 가서 혼자 있을 생각에 신이 남.

㉱ 부모님과 동생에게 보여 주기 위해 줄넘기 대회 상장을 꺼냄.

㉰ → (   ) → (   ) → (   )

2 추론하기

글쓴이의 마음이 ㉠에서 ㉡으로 바뀐 까닭은 무엇일까요? (   )

① 학교에서 줄넘기 대회 상장을 받았기 때문이다.
② 부모님의 잔소리를 듣지 않아도 되기 때문이다.
③ 어머니께서 간식을 만들어 놓고 가셨기 때문이다.
④ 동생이 혼자 남은 자신을 걱정해 주었기 때문이다.
⑤ 집에 오니 반겨 주는 사람이 아무도 없었기 때문이다.

3 추론하기

이 글에서 알 수 있는 가족의 역할로 알맞은 것을 두 가지 찾아 ○표 하세요.

(1) 아플 때 걱정하고 돌보아 준다. (   )

(2) 학교에서 함께 공부한다. (   )

(3) 힘들 때 서로 돕고 격려한다. (   )

(4) 마을을 지키고 질서를 유지한다. (   )

함께 살아가는 사회

아주 먼 옛날, 각자 혼자서 살던 사람들은 다른 사람과 함께 살아야겠다고 생각했어요. 다른 사람과 함께 하니 먹을 것도 더 쉽게 구할 수 있고, 위험한 동물도 함께 잡을 수 있었거든요. 그렇게 함께 살면 힘든 일도 나누어서 쉽게 할 수 있고, 더 안전하다는 것을 깨닫게 된 것이지요. 그래서 점점 더 많은 사람이 모여 함께 살게 되었어요. 바로, '사회'를 이루게 된 것이에요.

'사회'란 여러 사람이 모여서 서로 도우며 생활하는 **집단***을 말해요. 우리가 태어나면서 속하게 되는 가족도 작은 단위의 사회예요. 그리고 친구들과 선생님이 모여 함께 공부하는 학교도 사회에 속해요. 또 우리 가족이 살고 있는 마을이나 도시도 사회에 속하지요. 그리고 우리가 모두 함께 모여 있는 국가도 사회의 한 모습이랍니다.

사람들이 모여 살면 어려운 점도 있어요. 왜냐하면 사람마다 생각이 다르기 때문이에요. 이러한 생각의 차이 때문에 다툼이 생기기도 하고 **갈등***을 겪기도 해요. 갈등을 해결하기 위해서 사람들은 규칙을 만들었어요. 우리가 속한 사회에서는 그 사회가 만든 규칙을 지켜야 하지요.

사회 안에서 우리는 다른 사람들과 다양하게 관계를 맺으며 살아가요. 함께 놀기도 하고, 공부하기도 하지요. 이 과정에서 우리는 ㉠사회에서 지켜야 할 생활 방식이나 행동 **규범***을 배우게 돼요. 그리고 질서와 규칙도 배우게 되지요.

우리는 모두 사회의 한 **구성원***이에요. 더 나은 사회가 되기 위해서는 나 자신이 좋은 구성원이 되어야 해요. 또, 다른 구성원들과 **화합***하며 잘 지내는 것도 중요하답니다.

어휘사전

* **집단** 여럿이 모여 이룬 모임.
* **갈등** 의견이나 주장이 서로 달라서 부딪치거나 미워함. 또는 그런 상태.
* **규범** 무엇을 할 때 마땅히 따르고 지켜야 할 본보기.
* **구성원** 어떤 조직을 이루고 있는 사람.
* **화합**(和 화목할 화, 合 합할 합) 화목하게 어울림.

내용요약

글의 중심 내용을 생각하며 빈칸의 낱말을 써 보세요.

[사][회]는 여러 사람이 모여서 서로 도우며 생활하는 집단으로, 서로 지켜야 하는 규칙이 있어요. 또, 사람은 자라면서 사회에서 생활하는 데 필요한 것들을 배우고 익혀요.

1 내용 이해

사회에 대한 설명으로 알맞지 않은 것은 무엇인가요? (　　　　)

① 사람은 하나의 사회에만 속한다.
② 학교, 마을, 국가는 모두 사회에 속한다.
③ 사회란 사람들이 함께 살아가는 집단이다.
④ 사람들은 사회 안에서 서로 도우며 살아간다.
⑤ 여러 사람이 모여 살기 시작하면서 사회가 생겨났다.

2 추론 하기

사회에 규칙이 없을 때 일어날 수 있는 일은 무엇인가요? (　　　　)

① 가족이 점점 사라진다.
② 친구를 사귀기 어려워진다.
③ 사람들이 학교에 가지 않게 된다.
④ 사회의 구성원들이 점점 줄어든다.
⑤ 사람들이 질서를 지키지 않아 사회가 혼란스러워진다.

3 적용 하기

다음 중 ㉠과 관련된 경험을 말한 친구를 두 명 찾아 이름을 쓰세요.

영호 : 어제 학교에서 교통질서를 지키는 연습을 했어.
지수 : 어젯밤에 너무 피곤해서 나도 모르게 잠자리에 들었어.
은우 : 오늘 아침에 내가 제일 좋아하는 딸기 아이스크림을 먹었어.
수영 : 나는 어른들께 높임말을 써야 한다는 것을 부모님께 배웠어.

(　　　　　　　), (　　　　　　　)

주제 정리 **1** 생각주제와 관련된 앞의 두 글을 읽고 내용을 정리해 보세요.

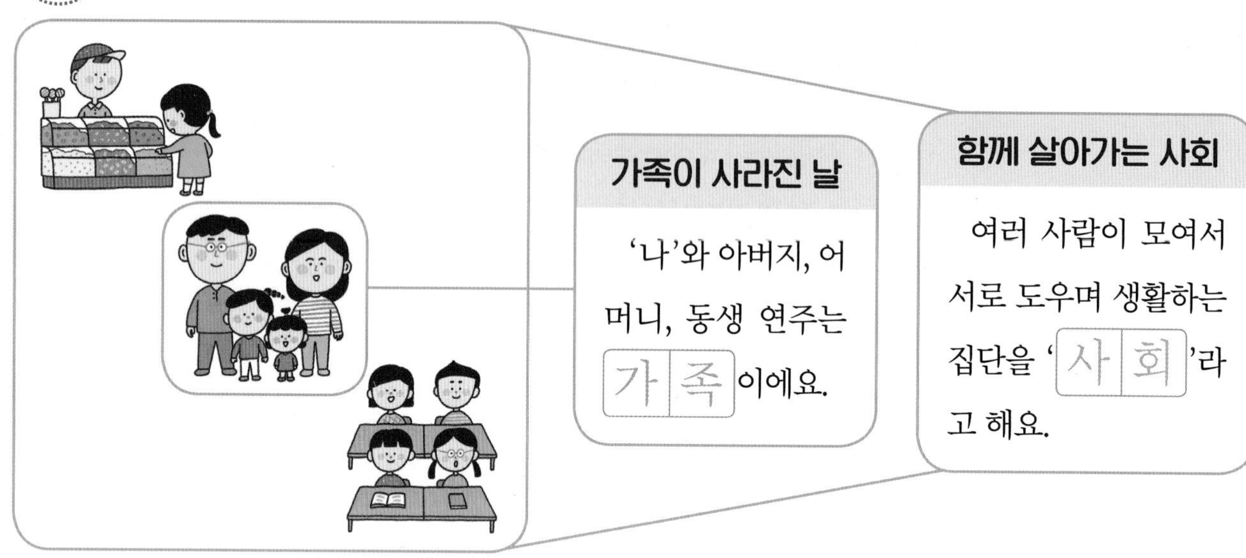

2 가족과 사회에 대한 설명으로 알맞지 않은 것을 찾아 ×표 하세요.

(1) 가족은 사회의 한 모습이다.

(2) 학교는 사회라고 할 수 없다.

(3) 사회에서 우리는 규칙을 따르고 지켜야 한다.

(4) 가족으로부터 사회에서 필요한 예절을 배울 수 있다.

3 나는 어떤 사회에 속해 있는지 생각하여 모두 써 보세요.

저는 ✎

주제 어휘	집단	갈등	구성원	화합

4 다음 **주제 어휘**의 뜻으로 알맞은 것을 찾아 선으로 이으세요.

(1) 갈등 •　　• ㉠ 화목하게 어울림.

(2) 집단 •　　• ㉡ 여럿이 모여 이룬 모임.

(3) 화합 •　　• ㉢ 어떤 조직을 이루고 있는 사람.

(4) 구성원 •　　• ㉣ 의견이나 주장이 서로 달라서 부딪치거나 미워함.

5 다음 빈칸에 들어갈 알맞은 **주제 어휘**를 쓰세요.

선생님께서는 친구들과 다투지 말고 ______하며 지내야 한다고 말씀하셨다.

(　　　　　　　)

6 다음 문장의 밑줄 친 말과 바꿔 쓸 수 있는 **주제 어휘**에 ○표 하세요.

(1) 사람뿐만 아니라 기린이나 개미도 <u>단체</u> 생활을 한다.

→ 집회 　 집단

(2) 수업 시간에 발표 준비를 하면서 모둠 친구들과 <u>싸움</u>이 있었다.

→ 갈등 　 협력

비행기에서 생긴 일

20○○년 3월 2일 날씨: 맑음

오늘은 우리 가족이 발리로 여름휴가를 떠나는 날이다. 아침 일찍 공항에 도착해야 해서 일찍 일어났다. 비행기를 타고 좌석에 앉으니, 여행이 시작되는 것 같아서 ㉠가슴이 두근거렸다.

"승객 여러분, 안녕하십니까?"

승무원분들이 인사와 함께 비행기를 탈 때 주의할 점을 설명해 주셨다. 하지만 나는 동생과 장난을 치느라 제대로 듣지 못했다.

"주원아, 안전띠 매야지."

나는 아버지의 말씀을 듣고서야 안전띠를 맸다. 몸이 조이는 느낌에 얼른 풀고 싶었지만 좀 더 참아 보기로 했다.

비행기가 출발하고 얼마쯤 지났을까. 갑자기 비행기가 흔들리기 시작하더니 점점 덜컹거림이 심해졌다. 바닥에는 책이나 담요 같은 물건들이 떨어져 나뒹굴었다.

"아앗!"

다른 승객들도 놀라 소리를 쳤다. 나는 ㉡가슴이 두근거렸다. 어머니께서는 내 손을 꼭 잡아 주셨다. 그때 **기장***님이 안내 방송을 하셨다.

"지금 **난기류***로 인해 비행기가 흔들리고 있습니다. 안전띠를 바르게 매 주시기를 바랍니다."

나는 다행히 안전띠를 잘 매고 있었기 때문에 넘어지거나 부딪히지 않았다. 하지만 승무원분들의 설명을 잘 듣지 않은 것이 후회되었다. 지금보다 더 **위급***한 상황이 닥치면 어떻게 해야 할지 몰랐기 때문이다.

조금 시간이 지나자 비행기의 흔들림이 멈췄고, 사람들도 놀란 마음을 가라앉혔다. 나는 앞으로 비행기를 탈 때 ㉢오늘의 교훈을 잊지 말아야겠다고 다짐했다.

어휘사전

* **기장** 비행기를 조종하고 비행기 운행을 책임지는 사람.
* **난기류** 방향과 속도가 제멋대로인 공기의 흐름. 하늘을 나는 비행기를 크게 흔들리게 할 수 있음.
* **위급**(危 위태할 위, 急 급할 급) 몹시 위태롭고 급함.

내용요약

글의 중심 내용을 생각하며 빈칸의 낱말을 써 보세요.

우리 가족은 여름휴가를 가기 위해 [비 행 기]를 탔다. 그런데 비행기가 갑자기 심하게 흔들렸고, 나는 다행히 [안 전 띠]를 잘 매고 있어서 다치지 않았다.

1 내용 이해

글쓴이가 겪은 일로 알맞지 않은 것은 무엇인가요? (　　　　)

① 비행기 안에서 멀미를 심하게 했다.
② 타고 있던 비행기가 심하게 흔들렸다.
③ 가족과 함께 발리로 여름휴가를 떠났다.
④ 비행기를 타기 위해 아침 일찍 일어났다.
⑤ 비행기 안에서 안전띠를 잘 매고 있었다.

2 추론하기

㉠과 ㉡에서 짐작할 수 있는 글쓴이의 마음을 알맞게 짝 지은 것은 무엇인가요? (　　　　)

	㉠	㉡
①	설렘.	무서움.
②	설렘.	행복함.
③	설렘.	뿌듯함.
④	걱정됨.	기대됨.
⑤	걱정됨.	지루함.

3 추론하기

㉢이 뜻하는 것이 무엇인지 알맞게 말한 친구의 이름을 쓰세요.

승무원분들이 주의할 점을 알려 줄 때 잘 들어야 한다는 점이야.

인정

비행기를 탈 때 떨어뜨리면 위험한 물건을 가지고 타면 안 된다는 점이야.

준호

비행기에서 위급한 상황이 생기면 승무원분들에게 바로 알려야 한다는 점이야.

윤아

(　　　　　　　　)

비행기를 안전하게 이용해요

비행기는 우리를 먼 곳까지 데려다주는 아주 편리한 교통수단이에요. 비행기를 타면 다른 나라로 여행을 갈 수 있고, 먼 지방도 빠르게 갈 수 있어요. 그런데 비행기를 타고 가다가 날씨가 갑자기 변하거나 비행기 자체에 문제가 생기면 사고가 날 수 있어요. 따라서 비행기를 탈 때 지켜야 할 **안전*** **수칙***을 알아 둘 필요가 있답니다.

먼저 비행기를 탔을 때 승무원의 안전 교육을 주의 깊게 잘 들어야 해요. 승무원은 비행 시작 전에 안전띠를 매는 방법, **비상구***의 위치, 산소마스크가 보관된 위치와 쓰는 법 등을 알려 주어요.

그리고 안전띠를 잘 착용해야 해요. 안전띠는 자기 몸에 맞게 조여서 매야 해요. 특히 비행기가 **이륙***할 때와 **착륙***할 때는 반드시 착용해야 하지요. 또 비행기에 가지고 탄 짐이나 가방은 정해진 장소에 넣고 문을 잘 닫아야 해요. 만약 비행기가 심하게 흔들리면 짐이 떨어져서 사람이 다칠 수 있기 때문이지요.

또 비행 중에 비상 상황이 생길 수 있어요. 만약 비행기가 무언가와 부딪힐 위험이 있을 때는 앞 의자에 기대거나 가슴을 허벅지에 대고 웅크린 자세를 하는 것이 좋아요. 그렇게 하면 우리 몸에 오는 충격을 줄이는 데 도움이 되기 때문이에요. 만약 비행기가 정상적으로 **운항***할 수 없는 상황이 오면 비상 탈출을 해야 해요. 승무원의 안내에 따라 비상 탈출용 슬라이드를 사용하여 바깥으로 나갈 수 있어요. 이때 당황하지 말고 질서 있게 움직여야 해요.

비행기 안전 수칙은 혹시 일어날지도 모르는 비행기 사고에서 우리 몸을 보호하기 위해 꼭 필요해요. 안전 수칙을 잘 기억하고 있다가 위급한 상황에서 침착하게 잘 따르면 더욱 안전한 여행을 할 수 있을 거예요.

어휘사전

* **안전**(安 편안할 안, 全 온전할 전) 위험이 생기거나 사고가 날 염려가 없음.
* **수칙**(守 지킬 수, 則 법 칙) 지키도록 정해진 규칙.
* **비상구** 사고가 일어났을 때 급히 대피할 수 있도록 특별히 마련한 출입구.
* **이륙** 비행기가 날기 위하여 땅에서 떠오름.
* **착륙** 비행기가 공중에서 판판한 땅에 내림.
* **운항** 배나 비행기가 정해진 목적지를 오고 감.

내용요약

글의 중심 내용을 생각하며 빈칸의 낱말을 써 보세요.

비행기를 안전하게 이용하려면 비상 상황이 생겼을 때 대비할 수 있도록 [안전] [수칙]을 잘 알아 두어야 해요.

1 내용 이해

비행기 안전 수칙을 알고 지켜야 하는 까닭은 무엇인가요? (   )

① 비행기에서는 탈출할 수 없기 때문이다.
② 사고가 났을 때 몸을 보호해야 하기 때문이다.
③ 비행기를 타는 시간을 줄일 수 있기 때문이다.
④ 비행기에는 적은 인원만 탈 수 있기 때문이다.
⑤ 비행기는 먼 곳까지 빠르게 갈 수 있기 때문이다.

2 내용 이해

비행기를 탔을 때 지켜야 할 안전 수칙으로 알맞은 것에 ○표 하세요.

(1) 비행기가 착륙할 때는 안전띠를 푼다. (   )
(2) 안전띠는 자기 몸에 맞게 조여서 맨다. (   )
(3) 짐은 정해진 장소에 넣고 문을 잘 열어 둔다. (   )

3 적용 하기

다음 빈칸에 들어갈 알맞은 낱말을 **보기**에서 찾아 쓰세요.

보기

의자　　비상구　　기장　　승무원　　비행기

비행 중 비상 상황이 생기면?

• 비행기가 무언가와 부딪힐 위험이 있을 때는 앞 (1) [|]에 기대거나 웅크린 자세를 한다.

• 비상 탈출을 해야 할 때는 (2) [| |]의 안내에 따라 질서 있게 움직여야 한다.

1 생각주제와 관련된 앞의 두 글을 읽고 내용을 정리해 보세요.

비행기 안전 수칙

비행기에서 생긴 일

'나'는 비행기에서 안전띠를 잘 매고 있었기 때문에 난기류로 비행기가 심하게 흔들릴 때 다치지 않았음.

비행기를 안전하게 이용해요

- 승무원의 안전 교육을 주의 깊게 잘 듣기
- 안전띠를 잘 착용하고, 짐이나 가방은 정해진 장소에 넣고 문을 잘 닫아 두기
- 비행기가 무언가와 부딪힐 위험이 있을 때는 앞 의자에 기대거나 몸을 웅크리기
- 비상 탈출 시 질서 있게 움직이기

2 다음 중 비행기 안전 수칙에 관한 설명으로 알맞은 것을 두 가지 찾아 ○표 하세요.

(1) 비행기 안전 수칙은 위급 상황이 생겼을 때만 지키면 된다.

(2) 사고가 일어나면 질서 있게 행동하는 것이 중요하다.

(3) 사고가 일어나면 승무원의 안내에 잘 따르는 것이 좋다.

(4) 비상 상황이 생기면 숨 쉬기 편하게 몸을 쭉 펴야 한다.

3 비행기에서 안전 수칙을 지키지 않는 사람을 보게 된다면 어떤 말을 해 주고 싶은지 써 보세요.

비행기를 타면 비행기 안전 수칙을 지켜야 해요. 왜냐하면

주제 어휘	난기류	위급	안전	수칙

4 **다음 뜻에 알맞은 주제 어휘에 ○표 하세요.**

(1) 몹시 위태롭고 급함. 　[위치] [위급]

(2) 지키도록 정해진 규칙. 　[수칙] [수기]

(3) 위험이 생기거나 사고가 날 염려가 없음. 　[안전] [안착]

(4) 방향과 속도가 제멋대로인 공기의 흐름. 　[난기류] [냉기류]

5 **다음 빈칸에 공통으로 들어갈 알맞은 주제 어휘를 쓰세요.**

자전거를 [　　　]하게 타기 위해서는 머리에 꼭 [　　　]모를 써야 합니다.

(　　　　　　)

6 **다음 밑줄 친 말과 뜻이 비슷한 낱말을 주제 어휘에서 찾아 쓰세요.**

우리는 목공 체험 장소에 도착해서 나무 재료로 만들 작품을 골랐어요. 선생님께서 우리가 사용할 도구들에 대해 알려 주셨어요. 톱이나 망치는 위험하기 때문에 사용할 때 <u>규칙</u>을 잘 지켜야 한다고 하셨어요.

(　　　　　　)

미세 먼지로 하늘 뒤덮여

현재 서울 하늘은 **뿌연*** 먼지로 덮였습니다. 바로 **미세*** 먼지 때문입니다. 시민들은 벌써 한 달째 맑은 하늘을 보지 못하고 있습니다. **기상청***은 이번 주말에도 미세 먼지가 '매우 나쁨'일 것이라고 발표했습니다.

공원에서 운동 중인 한 시민의 이야기를 들어 보겠습니다.

> 아침마다 공원에서 운동하고 있어요. 그런데 요즘은 먼지 때문에 눈이 따갑고 아파요.
>
> 박규영(28세, 여)

미세 먼지는 우리 생활 속에서 만들어집니다. 생활에 꼭 필요한 에너지를 얻기 위해서는 **연료***를 태워야 합니다. 그런데 이때 나오는 연기에서 먼지가 생깁니다. 또 자동차가 움직일 때 나오는 가스에서도 먼지가 생깁니다.

미세 먼지는 여러 가지 병을 일으킵니다. 먼저 목이 아프고 기침이 나올 수 있습니다. 또 먼지가 입을 통해 폐까지 들어가면 큰 병을 일으킬 수 있습니다. 눈이 가렵고 눈꺼풀이 부어오를 수도 있습니다.

이러한 피해는 **면역력***이 약한 어린이에게 더 크게 나타납니다. 따라서 어린이들은 미세 먼지가 심한 날에는 되도록 밖에 나가지 않는 것이 좋습니다. 또한 항상 몸을 깨끗이 하고, 집 안 청소도 자주 하는 것이 좋습니다.

- 능률 뉴스 안은형 기자

어휘사전

* **뿌옇다** 맑지 않고 약간 흐릿하게 희다.
* **미세** 눈에 잘 보이지 않을 정도로 아주 작음.
* **기상청** 날씨를 조사하여 알리는 곳.
* **연료** 태웠을 때 열이나 빛과 같은 에너지를 얻을 수 있는 물질.
* **면역력** 몸속에 들어온 병원균에 맞서는 힘.

내용요약

글의 중심 내용을 생각하며 빈칸의 낱말을 써 보세요.

[미][세] [먼][지]는 우리 생활 속에서 만들어집니다. 미세 먼지를 마시면 목이 아프고 기침이 나며, 눈이 가렵고 눈꺼풀이 부어오를 수 있습니다. 따라서 미세 먼지가 심한 날엔 되도록 나가지 않고, 항상 몸을 깨끗이 하고, 청소도 자주 해야 합니다.

1 내용 이해

미세 먼지가 생기는 까닭으로 알맞은 것을 찾아 ○표 하세요.

(1) 나무가 많은 곳에서 생긴다. (　　　　)

(2) 집 안 청소를 자주 하면 생긴다. (　　　　)

(3) 자동차가 달릴 때 나오는 가스에서 생긴다. (　　　　)

2 내용 이해

미세 먼지로 인한 피해로 알맞지 않은 것에 ×표 하세요.

(1) 목이 아프고 기침이 나올 수 있다. (　　　　)

(2) 허리가 아프고 다리가 저릴 수 있다. (　　　　)

(3) 눈이 가렵고 눈꺼풀이 부어오를 수 있다. (　　　　)

3 적용 하기

다음은 이 기사를 읽고 난 친구들의 반응입니다. 기사의 내용을 바르게 이해한 친구의 이름을 쓰세요.

지수: 미세 먼지가 생기지 않도록 모두 자동차를 타지 말아야 해.
선영: 공원에서 할 수 있는 운동에는 무엇이 있는지 알아보아야겠어.
선우: 미세 먼지로 인한 피해를 줄이기 위해서는 절대 밖에 나가지 말고 집에만 있어야 해.
지영: 미세 먼지가 많은 날 눈이 아팠던 기억이 있어. 앞으로 미세 먼지가 심하면 외출을 하지 않고, 몸과 집 안을 깨끗이 유지해야겠어.

(　　　　)

미세 먼지에 대처하는 방법

미세 먼지는 아주 작은 크기의 먼지예요. 머리카락 굵기보다도 작아서 우리 눈에 보이지 않아요. 세계 **보건***기구는 미세 먼지가 암을 일으킨다고 발표했어요. 그만큼 미세 먼지는 우리의 건강에 해로워요. 미세 먼지로 인한 피해를 줄이려면 어떻게 해야 할까요?

우선 집 밖에 나가기 전에 날씨를 미리 확인해요. 미세 먼지가 '나쁨'이나 '매우 나쁨'인 날에는 되도록 집 안에 있어야 해요. 밖에 나가야 한다면 미세 먼지가 입을 통해 몸으로 들어오는 것을 막기 위해 **마스크***를 써야 해요.

또 집으로 돌아오면 옷과 몸에 묻은 미세 먼지를 바로 없애야 해요. 옷은 창가나 집 밖에서 먼지가 떨어지도록 털어요. 그리고 바람이 잘 통하는 곳에 걸어 두면 좋아요. 손, 발은 비누로 깨끗이 씻어요. [㉠]

미세 먼지가 심한 날, 집 안에 있다면 무엇을 해야 할까요? 우선 먼지가 들어오지 않도록 창문을 잘 닫아 두어요. 그런데 집 안에서도 먼지는 생길 수 있어요. 그래서 미세 먼지가 없는 날은 창문을 잠깐씩 열어 두어 **환기***를 시켜요. 공기를 맑게 해 주는 공기 청정기를 사용하는 것도 좋은 방법이에요. [㉡]

미세 먼지가 많은 날에는 목이 마를 수 있어요. 그래서 물을 많이 마시는 것이 좋아요. 미역과 같은 **해조류***나 녹색 채소를 먹는 것도 도움이 돼요. 몸속에 있는 미세 먼지를 몸 밖으로 내보내는 역할을 하기 때문이에요. [㉢]

이와 같은 미세 먼지에 **대처***하는 방법을 잘 기억해 두고 실천해 봐요. 그러면 우리 몸의 건강을 지킬 수 있답니다.

어휘사전

* **보건**(保 보전할 보, 健 굳셀 건) 병을 예방하고 치료하여 건강을 잘 지킴.
* **마스크**(mask) 병균이나 먼지를 막기 위해 입과 코를 가리는 물건.
* **환기** 탁한 공기를 맑은 공기로 바꿈.
* **해조류** 김, 미역, 다시마와 같이 꽃이 피지 않고 열매도 맺지 않는 바다에서 자라는 식물.
* **대처** 어떤 일이나 사건에 대해 알맞은 조치를 취함.

내용요약

글의 중심 내용을 생각하며 빈칸의 낱말을 써 보세요.

미세 먼지는 아주 [작 은] 크기의 먼지예요. 미세 먼지가 심한 날에는 되도록 밖에 나가지 말고, 나가야 할 때는 [마 스 크]를 써야 해요. 집에 돌아와서는 몸을 깨끗이 씻고, 실내에 있을 때는 창문을 닫아 두어요.

1 내용 이해

이 글을 통해 알 수 있는 내용이 아닌 것은 무엇인가요? (　　　　)

① 미세 먼지의 크기
② 미세 먼지의 위험성
③ 미세 먼지가 전혀 없는 곳
④ 미세 먼지가 심한 날에 해야 할 일
⑤ 몸속의 미세 먼지를 내보내는 데 좋은 음식

2 내용 이해

미세 먼지에 대처하는 방법으로 알맞은 것은 무엇인가요? (　　　　)

① 창문은 계속 닫아만 놓는다.
② 외출할 때 보건용 모자를 쓴다.
③ 물을 너무 많이 마시지 않도록 한다.
④ 외출했다가 돌아오면 깨끗하게 몸을 씻는다.
⑤ 외출할 때 입었던 옷은 털지 않고 그대로 걸어 둔다.

3 추론하기

㉠~㉢에 들어갈 내용으로 알맞은 것을 찾아 각각 선으로 이으세요.

(1) ㉠ •
(2) ㉡ •
(3) ㉢ •

• ㉮ 그리고 물청소를 하면 집 안의 먼지를 깨끗이 없앨 수 있어요.
• ㉯ 만약 눈이 따가우면 비비지 말고 깨끗한 물로 얼굴도 잘 씻어야 해요.
• ㉰ 또한 생강이나 도라지도 먼지로부터 목을 보호하는 데 좋은 음식이에요.

1 생각주제와 관련된 앞의 두 글을 읽고 내용을 정리해 보세요.

미세 먼지	아주 [작은] 크기의 먼지

미세 먼지로 하늘 뒤덮여

미세 먼지로 인한 피해

- 목이 아프고 [기침]이 나올 수 있음.
- 폐에 병이 생길 수 있음.
- 눈이 가렵고 눈꺼풀이 부어오를 수 있음.

미세 먼지에 대처하는 방법

- 밖에 나갈 때는 마스크를 써야 함.
- 집으로 돌아오면 옷과 몸에 묻은 미세 먼지를 없애야 함.
- 창문을 닫아 두고, 가끔 환기시키거나 공기 청정기를 사용함.
- 물을 많이 마시고 해조류나 녹색 [채소]를 먹어야 함.

2 미세 먼지가 심한 날 꼭 필요한 물건을 찾아 ○표 하세요.

수영복 | 보건용 마스크 | 우산 | 운동화 | 시계

3 미세 먼지를 줄이기 위해 어떤 노력을 하면 좋을지 자신의 생각을 정리하여 써 보세요.

미세 먼지를 줄이려면 ✎ ______

주제 어휘 | 미세 | 기상청 | 면역력 | 보건 | 대처

4 다음 **주제 어휘**의 뜻으로 알맞은 것을 찾아 선으로 이으세요.

(1) 미세 •
(2) 보건 •
(3) 대처 •
(4) 기상청 •

• ㉠ 날씨를 조사하여 알리는 곳.
• ㉡ 눈에 잘 보이지 않을 정도로 아주 작음.
• ㉢ 병을 예방하고 치료하여 건강을 잘 지킴.
• ㉣ 어떤 일이나 사건에 대해 알맞은 조치를 취함.

5 다음 빈칸에 들어갈 알맞은 **주제 어휘**를 쓰세요.

진혁이는 건강을 위해 양치질도 잘하고, 손도 늘 깨끗이 씻는 등 [ ]에 힘씁니다.

( )

6 다음 문장의 밑줄 친 말과 비슷한 뜻을 가진 **주제 어휘**에 ○표 하세요.

(1) 감기에 걸려 몸의 저항력이 많이 떨어졌습니다. → 경쟁력 / 면역력

(2) 구조대원의 빠른 대응으로 환자의 목숨을 구할 수 있었습니다. → 대처 / 대피

생각주제

06 낱말에도 종류가 있다고?

우리가 사용하는 낱말에는 고유어, 한자어, 외래어가 있어요. 각 낱말에는 어떤 특징이 있는지 생각해 보아요.

07 마음을 글자로 나타낸다면?

우리는 시시각각 마음이 바뀌어요. 우리의 마음을 글자로 어떻게 나타낼 수 있는지 생각해 보아요.

08 친구와 나는 왜 다르게 생겼을까?

우리 주변에는 다문화 가족이 있어요. 얀별 가족 이야기를 보면서 다문화 가족이 어떤 어려움을 겪고 있는지 생각해 보아요.

09 고등어는 어떻게 우리 식탁까지 올까?

고등어는 바다에 살아요. 그런데 어떻게 바다에서 우리 집 식탁까지 오게 되었을지 생각해 보아요.

10 집의 모습은 어떻게 변해 왔을까?

옛날에는 집의 모습이 지금과는 달랐어요. 우리가 사는 집의 모습은 어떻게 변해 왔는지 생각해 보아요.

달곰한 공부계획

공부한 날 | 60일 완성 | 40일 완성 | 20일 완성

생각글 1 낱말 나라 대표 선발 대회 — 월 일
생각글 2 낱말의 종류 — 월 일
익힘학습 자란다 문해력 — 월 일

생각글 1 아홉 살 마음 사전 — 월 일
생각글 2 마음을 나타내는 말 — 월 일
익힘학습 자란다 문해력 — 월 일

생각글 1 멋지다! 얀별 가족 — 월 일
생각글 2 다문화 가족 — 월 일
익힘학습 자란다 문해력 — 월 일

생각글 1 고등어의 여행 — 월 일
생각글 2 물건의 유통 — 월 일
익힘학습 자란다 문해력 — 월 일

생각글 1 조선 시대 담이네 집 — 월 일
생각글 2 집의 변화 — 월 일
익힘학습 자란다 문해력 — 월 일

낱말 나라 대표 선발 대회

옛날, 국어 낱말 나라에 **고유***어, **한자***어, **외래***어의 세 마을이 있었어요. 각 마을에는 같은 종류의 낱말들이 모여 살았지요. 어느 날, 낱말 나라에서 왕을 뽑기로 했어요. 그래서 마을을 대표하는 후보들이 모여 회의를 열었어요.

사회자: 안녕하세요? 모두 자기소개를 부탁드립니다.

고유어: 저는 고유어입니다. 다른 말로 '순우리말'이라고 하죠.

한자어: 저는 한자어입니다. 한자를 바탕으로 만들어진 말이죠.

고유어: 아니, 한자가 어떻게 우리말입니까?

한자어: 모르는 소리 마세요. 우리말에 한자로 된 낱말이 얼마나 많은데요?

사회자: 자, 진정들 하시고요. 마지막 후보 만나 보겠습니다.

외래어: 저는 외래어입니다. 저는 다른 나라에서 왔지만…….

한자어: 다른 나라에서 왔다고요? 그런데 어떻게 여기에 살고 있죠?

외래어: 허허. 비록 다른 나라에서 왔지만 마치 국어처럼 쓰이니까요.

사회자: 네. 그럼 이제 각자 자신이 왕이 되어야 하는 까닭을 들어 볼까요?

고유어: 국어를 대표하는 것은 당연히 순우리말이죠! 저는 우리나라 사람들이 옛날부터 써 왔어요. '하늘', '땅', '무지개' 얼마나 아름답습니까?

한자어: 어허, 국어를 대표하려면 많이 쓰이는 말이어야 합니다. 이 회의 제목을 보십시오. '대표 선발 대회', 모두 한자어 아닙니까?

외래어: 허허. 지금은 다른 나라와 이웃처럼 가깝게 살아가는 시대입니다. 오늘 여기 대회장까지 뭐 타고 오셨어요?

고유어, 한자어: 버스요.

외래어: 그것 보세요. '버스'라는 외래어가 없다면 어떤 낱말로 대신할 수 있겠어요? 외래어는 꼭 필요한 말이니까 제가 대표가 되어야 합니다.

사회자: 이것 참, 듣고 보니 모두 맞는 말이네요.

어휘사전

* **고유**(固 굳을 고, 有 있을 유) 본래부터 가지고 있는 특별한 것.
* **한자**(漢 한나라 한, 字 글자 자) 옛날 중국에서 만들어진 문자.
* **외래**(外 바깥 외, 來 올 래) 외국에서 들어오거나 전하여 옴.

내용요약

글의 중심 내용을 생각하며 빈칸의 낱말을 써 보세요.

낱말 나라의 왕을 뽑는 회의에서 고 유 어, 한 자 어, 외 래 어 는 저마다 자기가 왕이 되어야 한다고 말했어요.

1 내용 이해

국어 낱말 나라에서 벌어진 일로 알맞은 것은 무엇인가요? (　　　　　)

① 앞으로 고운 말만 쓰기로 했다.
② 외국어를 쓰지 않기로 결정했다.
③ 낱말 나라의 왕을 뽑는 회의를 열었다.
④ 낱말 나라에서 사라진 글자를 찾기로 했다.
⑤ 버스를 타고 다른 나라에 놀러 가기로 했다.

2 적용 하기

다음 낱말들의 말풍선에 들어갈 말로 알맞은 것을 찾아 각각 기호를 쓰세요.

㉠ 나는 다른 나라에서 왔지만 국어처럼 쓰이는 말이야. '버스'처럼 말이지.
㉡ 나는 우리나라 사람들이 처음부터 쓰던 말이야. '하늘'처럼 예쁜 말이 많지.
㉢ 나는 한자를 바탕으로 만들어진 말이야. '대회(大會)'와 같이 한자로 되어 있지.

(1) (　　　　)

(2) (　　　　)

(3) (　　　　)

3 추론 하기

다음 빈칸에 들어갈 말로 알맞은 것을 골라 ○표 하세요.

[　　　　]는 '토박이말'이라고도 합니다. '토박이'는 대대로 그 땅에서 나서 오래도록 살고 있는 사람을 뜻합니다. 예를 들면 어떤 사람이 서울에서 태어나 쭉 자랐다면 '서울 토박이'라고 부르는 것입니다.

(고유어 , 한자어 , 외래어)

낱말의 종류

우리말인 국어에는 많은 낱말이 있어요. '친구와 학교에서 아이스크림을 먹었다.'라는 문장을 살펴볼까요? 이 문장은 '친구', '학교', '아이스크림', '먹다'와 같은 여러 낱말로 이루어져 있어요. 이러한 낱말은 어디에서 만들어졌는지에 따라 고유어, 한자어, 외래어로 구분할 수 있어요.

먼저 고유어는 우리나라에서 처음부터 써 오던 말로, 순우리말이라고도 해요. '하늘', '꽃', '예쁘다', '먹다'와 같은 낱말이 고유어예요. 고유어는 우리 **민족***이 **본래***부터 쓰던 말이기 때문에 우리 민족의 **문화***가 담겨 있어요.

한자어는 한자를 바탕으로 만들어진 말이에요. 국어사전을 보면 '친구(親舊)', '학교(學校)'처럼 우리말 옆에 한자가 같이 쓰여 있는데, 이러한 말이 바로 한자어예요. 한자어는 한자가 모여 뜻을 이루기 때문에 정확하고 자세한 뜻을 담을 수 있지요.

외래어는 다른 나라에서 들어와 우리말처럼 쓰이는 말이에요. 우리말로 바꾸어 말할 적당한 낱말이 없어서 그대로 사용하는 것이지요. '버스', '피아노', '아이스크림'과 같은 낱말이 외래어예요. 외래어는 다른 나라와의 **교류***가 점점 많아지면서 늘어나게 되었어요.

이처럼 고유어, 한자어, 외래어는 각각 특징이 다르지만 모두 우리말이에요. 여러분이 자주 사용하는 말에는 어떤 고유어, 한자어, 외래어가 있나요?

* **민족** 같은 지역에서 오랫동안 함께 살면서 같은 말과 글, 문화를 가진 사람의 무리.
* **본래**(本 근본 본, 來 올 래) 사물이나 사실이 전하여 내려온 그 처음.
* **문화**(文 글월 문, 化 될 화) 사람들이 함께 생활하면서 만들어지고 전해진 공동의 생활 양식.
* **교류** 서로 다른 개인, 지역, 나라 사이에서 물건이나 문화를 주고받는 것.

내용요약

글의 중심 내용을 생각하며 빈칸의 낱말을 써 보세요.

우리말은 어디에서 만들어졌는지에 따라 세 가지로 나눌 수 있어요. [고 유 어]는 우리나라에서 처음부터 써 오던 말로, 우리 민족의 문화가 담겨 있어요. 한자어는 한자를 바탕으로 만들어진 말이에요. 그리고 [외 래 어]는 다른 나라에서 들어와 우리말처럼 쓰이는 말이에요.

1 내용 이해

우리말에 대한 설명으로 알맞지 않은 것은 무엇인가요? (　　　　)

① 우리말은 세 종류로 구분할 수 있다.
② 고유어, 한자어, 외래어는 모두 우리말이다.
③ 외래어는 다른 나라와 교류가 많아질수록 줄어들고 있다.
④ 한자어는 국어사전에서 우리말 옆에 한자가 같이 쓰여 있다.
⑤ 한자어는 한자가 모여 뜻을 이루므로 자세한 뜻을 담고 있다.

2 글의 특징

이 글에서 국어 낱말을 설명한 방법으로 알맞은 것을 찾아 ○표 하세요.

(1) 국어 낱말의 종류를 기준에 따라 나누어 설명하였다. (　　　　)
(2) 국어 낱말이 변화해 온 과정을 시간 순서대로 설명하였다. (　　　　)
(3) 국어 낱말과 다른 나라 낱말의 공통점과 차이점을 설명하였다. (　　　　)

3 적용 하기

다음 보기는 국어사전에서 찾은 내용입니다. ㉠~㉢ 중 낱말에 대한 설명으로 알맞은 것을 두 가지 찾아 기호를 쓰세요.

보기

배①: 사람이나 동물의 몸에서 내장이 들어 있는 가슴과 엉덩이 사이의 부위.
배②(倍): 어떤 수나 양을 두 번 합한 만큼.
로봇(robot): 인간과 비슷한 형태를 가지고 걷기도 하고 말도 하는 기계 장치.

㉠ '배가 아프다.'에서 '배'는 고유어구나.
㉡ '값이 두 배가 되었다.'라고 할 때의 '배'는 외래어야.
㉢ '로봇'은 한글 낱말 옆에 영어로도 써 있는 것을 보니, 다른 나라에서 들어 온 말이구나.

(　　　　　　　　)

1 생각주제와 관련된 앞의 두 글을 읽고 내용을 정리해 보세요.

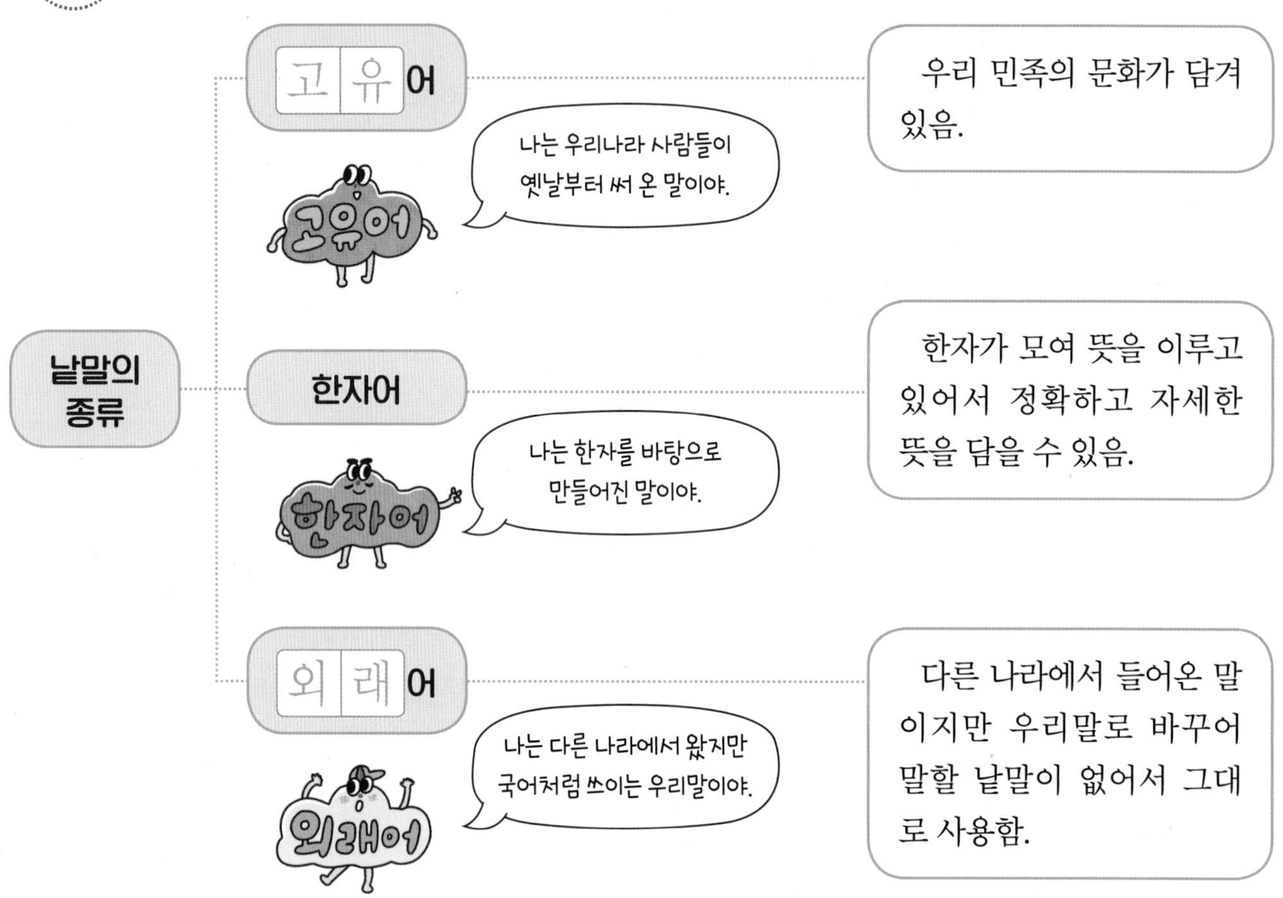

2 다음은 국어 낱말 나라에 있는 가게의 간판들입니다. 고유어로만 이루어진 간판을 찾아 ○표 하세요.

박사 서점 | 최고 피아노 | 무지개 옷

3 고유어, 한자어, 외래어를 하나씩 넣어서 친구에게 쪽지 편지를 써 보세요.

안녕? ✎

주제 어휘	고유	민족	문화	교류

4 **다음 주제 어휘의 뜻으로 알맞은 것을 찾아 선으로 이으세요.**

(1) 고유 •

(2) 민족 •

(3) 문화 •

(4) 교류 •

• ㉠ 본래부터 가지고 있는 특별한 것.

• ㉡ 사람들이 함께 생활하면서 만들어지고 전해진 공동의 생활 양식.

• ㉢ 서로 다른 개인, 지역, 나라 사이에서 물건이나 문화를 주고받는 것.

• ㉣ 같은 지역에서 오랫동안 함께 살면서 같은 말과 글, 문화를 가진 사람의 무리.

5 **다음 빈칸에 들어갈 알맞은 주제 어휘를 쓰세요.**

한복을 입어 본 적이 있나요? 한복은 우리나라 사람들이 옛날부터 입어 온 [   ]의 전통 의상입니다.

(   )

6 **다음 밑줄 친 부분의 뜻이 담긴 낱말을 주제 어휘에서 찾아 쓰세요.**

망고는 열대 과일이라 우리나라보다 더운 지역에서 많이 나는 과일이에요. 그래서 주로 다른 나라에서 들여오지요. 반대로 우리나라의 전통 음식인 김치는 주로 우리나라에서 다른 나라로 판답니다. 이렇게 세계 여러 나라는 음식을 팔기도 하고 사기도 하며 서로 다른 문화를 주고받아요.

(   )

아홉 살 마음 사전

아홉 살
마음 사전
글 박성우
창비

속상해*

세 시간 동안 만든 목걸이의 줄이 끊어져서 구슬이 쏟아져 내렸어. / 어제까지는 날씨가 맑았는데 소풍 가는 날 비가 올 때의 마음. ㉠"왜 하필 오늘 비가 오는 거야." / 좋아하는 애한테 사귀자고 말했다가 **딱지***를 맞는 마음. / 친구들이 나를 빼고 자기들끼리만 놀 때의 마음.

억울해*

연필을 잃어버린 짝꿍이 이상한 눈으로 쳐다보았어. "날 의심하는 거야?" / 엄마가 방에 들어와서 맨날 게임만 한다고 혼낼 때의 마음. ㉡"진짜 방금 전까지 공부했어요." / 동생이 어지른 방을 내가 치울 때 드는 마음. / 동생이 화분을 깨뜨렸는데 내가 혼날 때의 마음. "화분을 깨뜨린 건 민수인데 왜 저만 혼내요?"

유쾌해*

아빠와 함께 유람선을 탔을 때 갈매기들이 날아와서 우리가 내미는 과자를 받아먹었어. / 엄마, 아빠랑 기차를 타고 여행을 가는 마음. / 재밌는 영화를 보고 나서 외식하러 가는 마음. / 나도 모르게 자꾸 콧노래가 나오는 마음.

자랑스러워*

우리 반이 단체 줄넘기 대회에서 상을 받았어. / 엄마가 뜨개질을 배워서 털목도리를 떠 줄 때의 마음. ㉢"진짜야, 우리 엄마는 털옷도 뜰 수 있어." / 내가 쓴 동시를 발표해서 친구들에게 박수를 받는 마음. / 받아쓰기 시험에서 하나도 틀리지 않았을 때의 마음.

흐뭇해*

어질러진 방을 깨끗하게 청소했어. '청소 끝.' / 어려운 숙제를 다 했을 때의 마음. '역시, 나는 좀 대단한 것 같아.' / 1년 동안 지각이랑 결석을 한 번도 하지 않았을 때의 마음. / 숨은그림찾기에서 숨은 그림을 다 찾았을 때 드는 마음.

어휘사전

* **속상하다** 걱정스럽거나 언짢은 일로 마음이 편하지 않고 괴롭다.
* **딱지** 의견 등을 거절 당하는 것을 낮게 이르는 말.
* **억울하다** 아무 잘못 없이 혼나거나 벌을 받아서 속이 상하고 화가 나다.
* **유쾌하다** 즐겁고 상쾌하다.
* **자랑스럽다** 남에게 드러내어 뽐낼 만한 데가 있다.
* **흐뭇하다** 마음에 들어 기분이 좋다.

내용요약

글의 중심 내용을 생각하며 빈칸의 낱말을 써 보세요.

마음에는 [속][상] 한 마음, 억울한 마음, [유][쾌] 한 마음, 자랑스러운 마음, 흐뭇한 마음 등 여러 가지가 있어요.

1 다음 상황에서 느낄 수 있는 마음으로 알맞은 것은 무엇인가요? (　　　)

내용 이해

- 받아쓰기 시험에서 하나도 틀리지 않았다.
- 우리 반이 단체 줄넘기 대회에서 상을 받았다.
- 엄마가 뜨개질을 배워서 털목도리를 떠 주셨다.
- 내가 쓴 동시를 발표해서 친구들에게 박수를 받았다.

① 슬프다　② 불쾌하다　③ 억울하다
④ 속상하다　⑤ 자랑스럽다

2 ㉠~㉢을 말할 때 어울리는 행동이나 목소리로 알맞은 것을 두 가지 찾아 ○표 하세요.

추론 하기

(1) ㉠: 어깨를 축 늘어뜨리며 말한다. (　　　)
(2) ㉡: 신나고 들뜬 목소리로 말한다. (　　　)
(3) ㉢: 크고 당당한 목소리로 말한다. (　　　)

3 다음 **보기**에서 서우가 느꼈을 마음을 글에서 찾아 세 글자로 쓰세요.

적용 하기

보기

지훈: 서우야, 무슨 일이야?
서우: (고개를 숙여 무언가를 찾으며) 뭘 좀 찾고 있어.
지훈: 찾는 물건이 뭔데?
서우: 우리 할머니께서 직접 만들어 주신 장갑인데, 한 짝이 안 보이네.
지훈: 저런, 오는 길에 떨어뜨린 걸까?
서우: 아까부터 찾고 있는데 없어. 아무래도 잃어버렸나 봐.

(　　　　　)

마음을 나타내는 말

우리는 생활하면서 여러 가지 마음을 느끼게 돼요. 행복한 마음이 들 때도 있고, 슬픈 마음이 들 때도 있지요. 마음은 겉으로 어떻게 나타날까요? 행복한 마음은 웃는 표정으로, 슬픈 마음은 눈물을 흘리는 행동으로 드러나요. 또 글이나 말을 사용하면 내 마음을 더 정확하게 나타낼 수 있어요. 그러면 마음을 나타내는 말에는 어떤 것이 있을까요?

먼저 기쁜 마음을 나타내는 말을 생각해 볼까요? 선생님께 칭찬을 받았을 때, 친한 친구를 만날 때, 맛있는 음식을 먹을 때 어떤 마음이 드는지 생각해 보세요. '자랑스러워', '반가워', '행복해', '신나', '만족스러워' 등과 같은 말로 기쁜 마음을 나타낼 수 있어요.

슬픈 마음을 나타내는 말에는 무엇이 있을까요? 친구와 오랫동안 헤어지거나, 몸이 아프거나, 함께 살던 강아지가 죽었을 때 우리는 슬픈 마음이 들어요. '속상해', '**서러워***', '외로워' 등과 같은 말로 이 마음을 표현할 수 있어요.

이 외에도 **불안한*** 마음은 '무서워', '**긴장돼***', '**초조해***' 등과 같은 다양한 말들로 나타낼 수 있어요. 화나는 마음은 '**분해***', '불만스러워', '짜증 나' 등과 같은 말들로 조금씩 다르게 표현할 수 있어요.

이처럼 마음을 나타내는 말은 매우 다양해요. 그리고 어떤 상황에서는 여러 가지 마음이 서로 섞여서 나타나기도 해요. 예를 들어 '억울해'라는 말에는 슬픈 마음과 화나는 마음이 함께 섞여 있는 것처럼요.

다양한 마음을 나타내는 말을 정확히 알고 사용해 보세요. 다른 사람에게 내 마음을 더 분명하게 전할 수 있어요. 그리고 나도 다른 사람의 마음을 잘 알고 서로를 잘 이해할 수 있게 된답니다.

어휘사전

* **서럽다** 화나고 억울하고 슬프다.
* **불안하다** 마음이 편하지 않다.
* **긴장되다** 마음을 조이고 정신을 바짝 차리게 되다.
* **초조하다** 애가 타서 마음이 조마조마하다.
* **분하다** 억울한 일을 당하여 화나다.

내용요약

글의 중심 내용을 생각하며 빈칸의 낱말을 써 보세요.

마 음 을 나타내는 말은 아주 다 양 해요. 다양한 마음을 나타내는 말을 잘 알고 바르게 사용하면 내 마음을 잘 전할 수 있고, 다른 사람의 마음도 잘 이해할 수 있어요.

1 내용 이해

이 글에서 알 수 있는 내용으로 알맞지 않은 것을 두 가지 고르세요. (   )

① 마음을 바꾸는 방법
② 마음을 숨기는 방법
③ 마음을 나타내는 방법
④ 기쁜 마음을 나타내는 말의 예
⑤ 불안한 마음을 나타내는 말의 예

2 내용 이해

마음을 나타내는 말을 사용할 때의 좋은 점으로 알맞지 않은 것을 두 가지 고르세요. (   )

① 다른 사람의 마음을 잘 알 수 있다.
② 내 마음을 더 어렵게 표현할 수 있다.
③ 내 마음대로 자유롭게 행동할 수 있다.
④ 다른 사람과 서로의 마음을 더 잘 이해할 수 있다.
⑤ 내 마음을 다른 사람에게 정확하게 전달할 수 있다.

3 적용하기

다음 상황에 어울리는 마음을 나타내는 말을 찾아 각각 선으로 이으세요.

(1) 대회에서 상을 받았을 때 •　　• ㉠ 초조해.
(2) 몸이 아파서 여행을 가지 못할 때 •　　• ㉡ 서러워.
(3) 공연에서 내 발표 차례가 다가올 때 •　　• ㉢ 행복해.

1 생각 주제와 관련된 앞의 두 글을 읽고 내용을 정리해 보세요.

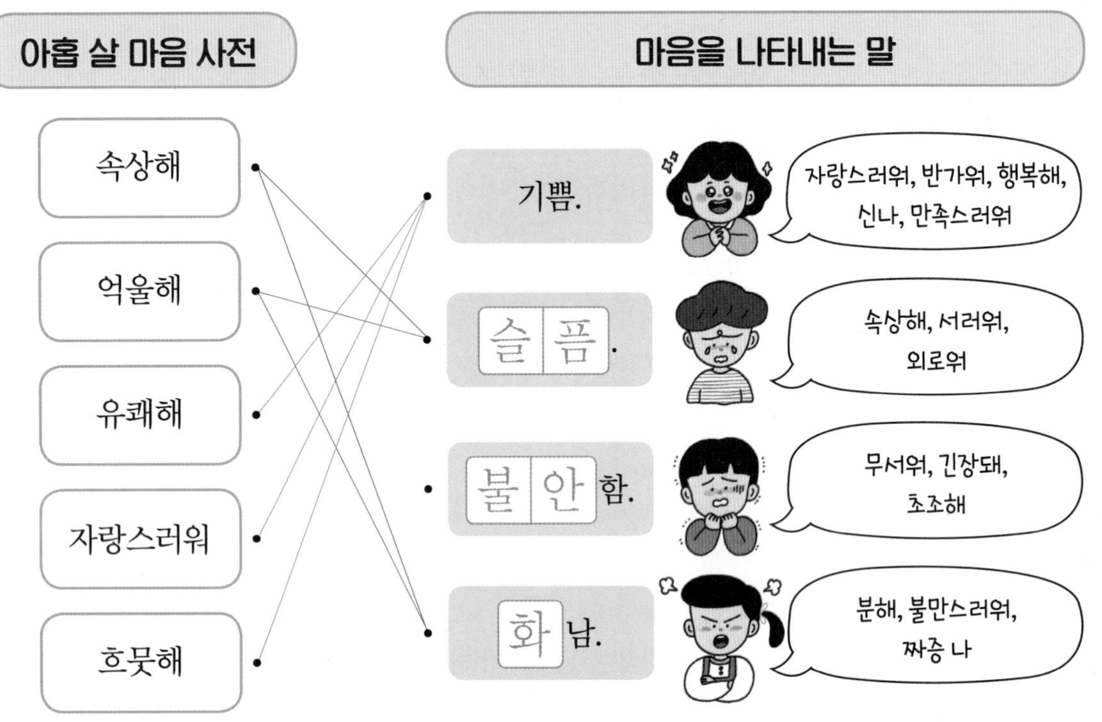

2 다음 문장에 어울리는 낱말을 찾아 ○표 하세요.

(1) 소풍날 비가 올까 봐 (걱정돼 , 반가워).
(2) 아끼는 책이 물에 젖어서 (흐뭇해 , 속상해).
(3) 생일날 갖고 싶었던 옷을 선물로 받아서 (행복해 , 억울해).
(4) 우리 반 대표로 달리기 대회에 나가게 되어서 (분해 , 자랑스러워).

3 마음을 나타내는 말을 사용하여 오늘 내가 겪은 일을 써 보세요.

저는 오늘

주제 어휘	억울하다	유쾌하다	흐뭇하다	긴장되다

4 다음 뜻에 알맞은 주제 어휘에 ○표 하세요.

(1) 즐겁고 상쾌하다. [불쾌하다] [유쾌하다]

(2) 마음에 들어 기분이 좋다. [흐뭇하다] [초조하다]

(3) 마음을 조이고 정신을 바짝 차리게 되다. [긴장되다] [편안하다]

(4) 아무 잘못 없이 혼나거나 벌을 받아서 속이 상하고 화가 나다. [억울하다] [소중하다]

5 다음 문장의 빈칸에 들어갈 주제 어휘를 찾아 각각 선으로 이으세요.

(1) "내가 망가뜨린 것이 아니야. 나는 (　　　　)." • • ㉠ 흐뭇해

(2) "청소가 힘들었지만, 방이 깨끗한 것을 보니 (　　　　)." • • ㉡ 긴장돼

(3) "숙제를 못 했는데 선생님께서 곧 확인하실 것 같아서 (　　　　)." • • ㉢ 억울해

6 다음 밑줄 친 말과 뜻이 비슷한 낱말을 주제 어휘에서 찾아 쓰세요.

> 오늘은 동생의 태권도 시합이 있는 날이었다. 부모님과 나는 동생을 응원하기 위해 체육관으로 갔다. 동생의 시합이 시작되고 있었다. 동생의 시합을 지켜보던 나는 <u>마음을 졸이다</u>가 곧 안심하였다. 동생이 뒤돌려 차기를 멋지게 선보였기 때문이다. 우리 가족은 모두 일어나 박수쳤다. 경기에 이겨서 기뻐하는 동생의 모습을 보니 대견스러웠다.

(　　　　　　　　)

멋지다! 얀별 가족

멋지다!
얀별 가족
글 이종은
노루궁뎅이

새엄마는 먼 나라에서 왔어요. 코끼리가 사는 나라래요. 처음에는 새엄마만 보면 코끼리 타는 모습이 자꾸 떠올랐어요.

얼굴도 **까무잡잡하지***, 우리나라 말도 전혀 못 하지, 싫은 것투성이였어요. 좋아하는 초콜릿을 딱 끊을 정도였다니까요. 새엄마처럼 까맣잖아요.

"아빠, 하얀 엄마로 바꿔 줘. 우리나라 말도 잘하는 엄마로 바꿔 달란 말이야. 딴 애들은 하얀 엄마 가졌는데 왜 나만 까만 엄마야?"

속상해서 아빠를 조르기도 했어요.

그런데 며칠 전이었어요.

"우리 엄마 아기 **낳을*** 거야."

신나게 자랑했더니 송희가 아주 걱정스러운 표정을 지으며 이렇게 말하지 뭐예요.

"까만 엄마는 까만 아기 낳는대."

얼마나 놀랐는지 몰라요. 하늘이 꿍! 무너지는 줄 알았다니까요.

동생은 좋아요. 하지만 까만 동생은 생각도 하기 싫어요. 다시 초콜릿이 싫어질 정도로요.

얀별은 방으로 돌아와 침대에 누웠어요.

새엄마가 얀별 방으로 들어왔어요. 새엄마가 걱정스러운 표정으로 얀별을 **살폈어요***.

그런데 그때였어요.

툭! 하고 새엄마 배가 움직였어요. 얀별도 느낄 정도로요.

"어머나, 동생이 누나한테 반갑다고 인사하네."

새엄마가 호호 웃었어요.

얀별은 새엄마 배 위에 손을 얹었어요.

동생이 어떻게 생겼을까? 눈을 감고 생각해 보았어요. 꿈에서 본 것처럼 얼굴이 통통하고 귀엽게 생겼을 거예요. 씩씩하게 뛰기도 잘해서 아주 건강하고요. 하지만 까만 얼굴을 어떻게 하죠?

"에이, 까매도 어쩔 수 없지 뭐. 나는 누나잖아."

그렇게 말하고 나니까 맘이 훨씬 밝아졌어요.

㉠ <u>**먹구름***이 끼었던 하늘이 많이 맑아진 것처럼요.</u>

어휘사전

* **까무잡잡하다** 빛깔이 약간 짙게 검은 듯하다.
* **낳다** 배 속의 아이, 새끼, 알을 몸 밖으로 내놓다.
* **살피다** 조심하여 자세히 보다.
* **먹구름** 몹시 검은 구름.

1 내용 이해

이 글의 내용으로 알맞지 않은 것은 무엇인가요? (　　　　)

① 얀별의 새엄마는 피부가 까맣다.
② 얀별이의 동생이 태어날 예정이다.
③ 얀별의 새엄마는 다른 나라 사람이다.
④ 얀별이는 엄마를 바꿔 달라고 아빠에게 말했다.
⑤ 얀별의 새엄마는 여전히 우리말을 전혀 하지 못한다.

2 추론하기

얀별이 까만 동생도 괜찮다고 생각하게 된 까닭을 알맞게 말한 친구의 이름을 쓰세요.

(　　　　)

3 추론하기

㉠에 대한 설명으로 알맞은 것을 두 가지 골라 기호를 쓰세요.

㉮ 내 마음을 하늘에 빗대서 표현하였다.
㉯ '맑아진 하늘'은 새엄마를 바꾸고 싶은 마음을 뜻한다.
㉰ '먹구름이 끼었던 하늘'은 누나가 되어 기쁜 마음을 뜻한다.
㉱ '먹구름이 끼었던 하늘'은 피부색이 까만 동생이 싫었던 마음을 뜻한다.

(　　　　)

다문화 가족

우리는 가고 싶은 다른 나라에 언제든지 갈 수 있어요. 교통과 통신 기술이 발달하면서 세계의 나라들은 이전보다 훨씬 가깝게 지내게 되었지요. 우리나라에도 여러 나라의 사람들이 함께 살고 있어요. 그러다 보니 **다문화*** 가족도 많아졌어요. 다문화 가족은 우리나라 사람과 다른 나라 사람이 결혼하여 함께 사는 가족이에요.

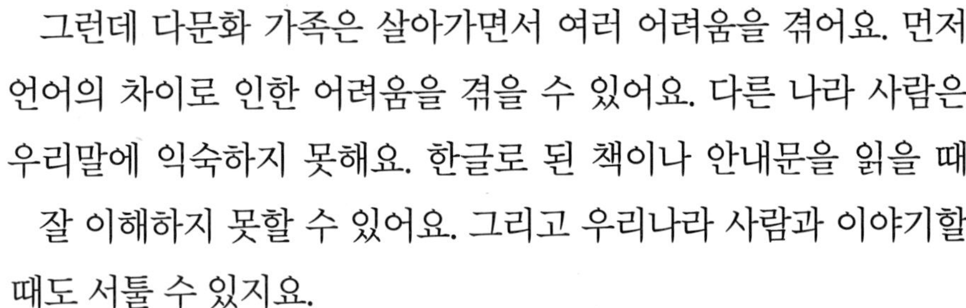

그런데 다문화 가족은 살아가면서 여러 어려움을 겪어요. 먼저 언어의 차이로 인한 어려움을 겪을 수 있어요. 다른 나라 사람은 우리말에 익숙하지 못해요. 한글로 된 책이나 안내문을 읽을 때 잘 이해하지 못할 수 있어요. 그리고 우리나라 사람과 이야기할 때도 서툴 수 있지요.

또 문화적 차이로 인한 어려움을 겪을 수 있어요. 어떤 나라는 밥을 먹을 때 손을 사용해요. 또 다른 나라는 오후에 낮잠을 꼭 자야 하지요. 이처럼 나라마다 가진 문화가 다 달라요. 그래서 다른 나라 사람에게 우리나라의 문화가 낯설고 어색할 수 있어요.

그리고 ㉠사회적 **편견***으로 인한 어려움도 겪을 수 있어요. 다른 나라 사람은 우리나라 사람과 피부색이나 종교가 다를 수 있어요. 그런데 이러한 차이를 인정하지 않는 사람들이 있어요. 나의 피부색이나 종교만 옳다고 생각하는 편견 때문이지요.

다문화 가족은 우리와 겉모습이나 문화가 다를 수 있지요. 하지만 우리와 다르다는 이유로 **차별***을 하면 안 돼요. 우리는 ㉡열린 마음으로 다른 나라 사람이나 그들의 문화를 받아들여야 해요. 그래야 함께 더불어 살아가는 좋은 사회를 만들 수 있답니다.

어휘사전

- * **다문화**(多 많을 다, 文 글월 문, 化 될 화) 한 사회 안에 여러 나라의 사람들이 어우러져 여러 문화가 뒤섞인 것을 이르는 말.
- * **편견** 공평하지 못하고 한쪽으로 치우친 생각.
- * **차별** 둘 이상의 대상을 차이를 두어서 구별함.

내용요약

글의 중심 내용을 생각하며 빈칸의 낱말을 써 보세요.

우리나라 사람과 다른 나라 사람이 결혼하여 사는 가족을 [다 문 화] 가족이라고 해요. 이들은 언어가 잘 통하지 않아서 어려움을 겪어요. 그리고 문화적인 차이나 사회적 [편 견] 때문에 어려움을 겪기도 해요. 우리는 다문화 가족을 차별하지 말고 열린 마음으로 받아들여야 해요.

1 다음 중 다문화 가족에 대한 설명으로 알맞은 것에 ○표 하세요.

내용 이해

(1) 우리나라 사람끼리 결혼하여 함께 사는 가족이다. ( )

(2) 우리나라 사람끼리 결혼하여 다른 나라에서 함께 사는 가족이다. ( )

(3) 우리나라 사람과 다른 나라 사람이 결혼하여 함께 사는 가족이다. ( )

2 다문화 가족이 겪는 어려움으로 알맞지 않은 것을 두 가지 고르세요. ( )

내용 이해

① 언어가 달라서 어려움을 겪는다.
② 다른 나라로 여행을 갈 수 없어서 어려움을 겪는다.
③ 우리나라의 문화가 낯설고 어색하여 어려움을 겪는다.
④ 우리나라 사람과 대화를 전혀 나눌 수 없어서 어려움을 겪는다.
⑤ 다문화 가족에 대해 편견을 가진 사람들이 있어서 어려움을 겪는다.

3 다음 **보기**에서 ㉠과 ㉡의 예로 알맞은 것을 두 가지씩 찾아 각각 기호를 쓰세요.

적용 하기

보기

㉮ "피부색이 검으면 가난할 것 같아."
㉯ "다른 나라에서 손으로 음식을 먹는 행동은 너무 더러워."
㉰ "우리와는 다른 언어나 종교에 대해 이해하고 배려해 주어야 해."
㉱ "다른 나라는 우리나라와 생활 환경이 다르니까 문화가 다를 수 있어."

㉠ 사회적 편견	㉡ 열린 마음
(1)	(2)

1 생각주제와 관련된 앞의 두 글을 읽고 내용을 정리해 보세요.

멋지다! 얀별 가족

다른 나라에서 온 새엄마와 아빠가 결혼을 해서 얀별의 [가 족]이 됨.

↓

얀별은 새엄마의 피부색이 까만 것이 싫어서 하얀 엄마로 바꾸고 싶어 함.

↓

얀별은 곧 태어날 동생에 대해 사랑스러움을 느끼면서 피부색이 다른 가족을 받아들이게 됨.

다문화 가족

다문화 가족	
뜻	우리나라 사람과 다른 나라 사람이 결혼하여 사는 가족.
겪는 어려움	• 언어 차이로 인한 어려움. • [문 화]적 차이로 인한 어려움. • 사회적인 [편 견]으로 인한 어려움.

2 생각주제와 관련된 앞의 두 글을 읽고, 생각하거나 느낀 점을 알맞게 말하지 <u>못한</u> 친구의 이름을 쓰세요.

지현: 새엄마가 다른 나라에서 왔으니, 얀별 가족은 다문화 가족이구나.
지호: 새엄마의 얼굴이 까맣다고 해서 싫어하는 것은 피부색에 대한 잘못된 편견이야.
민주: 우리나라에서 살려면 우리나라 문화에 맞게 바꾸려고 노력해야 해. 그러니까 얀별의 새엄마는 피부색을 밝게 하기 위해 노력해야 해.

( )

3 다문화 가족이 겪는 어려움을 덜어 주기 위해 우리가 할 수 있는 노력에는 어떤 것이 있는지 자신의 생각을 써 보세요.

다문화 가족이 겪는 어려움을 덜어 주기 위해서는 ✎

주제 어휘	낳다	다문화	편견	차별

4 다음 **주제 어휘**의 뜻으로 알맞은 것을 찾아 선으로 이으세요.

(1) 낳다 •
(2) 차별 •
(3) 편견 •
(4) 다문화 •

• ㉠ 공평하지 못하고 한쪽으로 치우친 생각.
• ㉡ 둘 이상의 대상을 차이를 두어서 구별함.
• ㉢ 배 속의 아이, 새끼, 알을 몸 밖으로 내놓다.
• ㉣ 한 사회 안에 여러 나라의 사람들이 어우러져 여러 문화가 뒤섞인 것을 이르는 말.

5 다음 빈칸에 들어갈 알맞은 **주제 어휘**를 쓰세요.

우리 주위에 몸이 불편한 친구가 있다면, [　　　　]하지 말고 함께 어울려 친하게 지내야 해요.

(　　　　　　　　)

6 다음 문장의 밑줄 친 말과 비슷한 뜻을 가진 **주제 어휘**에 ○표 하세요.

(1) 우리 이모는 지난주에 예쁜 아기를 <u>출산하셨다</u>. → 나으셨다 | 낳으셨다

(2) 키 큰 사람은 무조건 운동을 잘할 것이라는 생각은 <u>잘못된 생각</u>이다. → 편견 | 믿음

(㉠)의 여행

여긴 푸른 바다, 내가 태어나고 자란 곳이야. 나는 이곳에서 친구들과 넓은 바다를 마음껏 헤엄치며 살고 있었지.

어느 날, 커다란 그림자가 우리 위에 나타났어. 친구들 말로는 그 그림자는 '배'라는 건데, 그걸 타면 바깥세상에 나갈 수 있다는 거야. 그때였어! 커다란 그물이 우리를 감싸기 시작했어. 그리고 우린 배 위로 올라가게 되었지. 배 위에는 밝은 불빛이 가득했어. 우리를 끌어 올린 사람들의 모습도 보였어.

'이제 어디로 가는 걸까?'

파도를 따라 배가 울렁거리는 것을 느끼며 나는 잠시 생각에 잠겼어. 얼마쯤 갔을까, "**시장***에 도착했다."라고 외치는 사람들의 목소리가 들렸어. 우리는 땅으로 내려졌지. 나와 친구들은 깜짝 놀랐어. 이곳에는 우리 말고도 엄청나게 많은 물고기가 있었거든. 사람들은 바닥에 놓인 우리를 두고 **왁자지껄했어***. 아마도 우릴 데려갈지 말지 이야기하는 듯했어.

한 아저씨가 우릴 작은 상자에 넣었어. 그리고 다시 출발했지. 아, 이번에는 배가 아니고 '트럭'이라는 차에 올라탔어. 덜컹거리는 차를 한참 타고 가서야 내릴 수 있었어. 나는 얼른 주위를 둘러봤지. '생선 **가게***'라고 쓰인 큰 건물이 보였어. 안으로 들어가자, 한 아주머니가 우리를 반겨 주었어.

작은 **수조*** 안에서 본 세상은 정말 신기했어. 사람들이 바구니를 들고 다니며 여러 가지 생선을 구경하고 있었어. 나는 내 앞에 선 어떤 아이와 눈이 마주쳤지.

"엄마, 우리 고등어 사요!"

아이의 말에 아주머니가 나를 바라보았어. 나는 이제 또다시 ㉡새로운 곳으로 가게 될 것 같아.

어휘사전

- * **시장** 여러 가지 상품을 사고파는 장소.
- * **왁자지껄하다** 여럿이 시끄럽게 떠들다.
- * **가게** 작은 규모로 물건을 파는 집.
- * **수조** 물을 담아 두는 큰 통.

내용요약
글의 중심 내용을 생각하며 빈칸의 낱말을 써 보세요.

바다에 살던 '나(고등어)'는 어느 날, 어부에게 잡혀 (배)에 실렸어. 그리고 친구들과 함께 (시 | 장)을 지나, 생선 가게로 가게 되었지. 그곳에서 만난 아이가 '나'를 사고 싶어 했어.

1 글의 특징

㉠에 들어갈 알맞은 낱말을 넣어 이 글의 제목을 완성하세요.

• ☐☐☐의 여행

2 내용 이해

다음은 '내(고등어)'가 옮겨 다닌 장소입니다. 순서에 알맞게 기호를 쓰세요.

㉮ 바다　㉯ 시장　㉰ 배
㉱ 트럭　㉲ 생선 가게

㉮ → (　　　) → (　　　) → (　　　) → (　　　)

3 추론하기

다음 중 ㉡이 가리키는 곳은 어디일까요? (　　　)

① 고등어를 파는 시장
② 고등어가 살던 바다
③ 고등어를 파는 백화점
④ 고등어가 필요한 사람의 집
⑤ 고등어를 잡는 배의 그물 속

물건의 유통

우리가 매일 먹는 밥을 지으려면 쌀이 필요해요. 그런데 쌀은 농촌에서 나지요. 그러면 ㉠우리가 쌀이 필요할 때 농촌으로 직접 가야 할까요? 그렇지 않아요. 쌀은 집 주변의 가게에서도 쉽게 살 수 있기 때문이에요. 농촌에서 기르는 쌀을 우리가 어떻게 가게에서 바로 살 수 있을까요? 바로 '**유통*** 과정'이 있기 때문이에요. 유통 과정은 만들어진 어떤 물건을 ㉡필요로 하는 사람에게 전달하는 과정이에요.

유통 과정이 없다면 어떻게 될까요? 예를 들어 공책을 사려면 공장에 직접 가야 해요. 또 고등어를 먹고 싶으면 바닷가 마을로 직접 가야 하지요. 그뿐만 아니라 ㉢고등어를 잡는 어부는 고등어를 팔기 위해 직접 살 사람을 찾아다녀야 하겠지요. 이처럼 유통 과정은 우리가 필요한 물건을 쉽게 사고팔 수 있게 해 주는 꼭 필요한 과정이에요.

유통은 어떻게 이루어질까요? '**도매***시장'의 **상인***이 물건이 만들어진 곳에 가서 직접 많은 물건을 사 와요. 그리고 그 물건을 '**소매***시장'의 상인에게 팔지요. 소매 시장의 상인은 이 물건을 ㉣**소비자***들에게 다시 판답니다. 소매 시장에는 마트, 백화점, 전통 시장 등이 있어요. 이렇게 '도매 시장'이나 '소매 시장'과 같은 중간 시장을 거쳐서 ㉤우리가 물건을 살 수 있게 되는 것이에요.

그런데 유통 과정이 길수록 물건값은 더 비싸져요. 왜냐하면 물건을 옮기거나 보관하는 데 돈이 들기 때문이에요. 그래서 요즘은 유통 과정을 줄이기 위해서 ㉥소비자가 물건을 생산하는 사람에게 직접 주문하여 사는 경우도 많아요.

오늘 여러분이 먹은 음식, 사용한 물건은 어떤 유통 과정을 거쳐 여러분에게 왔을까요? 한번 생각해 보세요.

어휘사전

* **유통**(流 흐를 유, 通 통할 통) 상품이 만든 사람을 거쳐 파는 사람과 사는 사람에게 도달하기까지의 여러 단계에서 일어나는 활동.
* **도매**(都 도읍 도, 賣 팔 매) 물건을 낱개로 팔지 않고 한데 묶어 파는 일.
* **상인** 장사를 직업으로 하는 사람.
* **소매**(小 적을 소, 賣 팔 매) 생산자나 도매상에게 물건을 사서 소비자에게 다시 파는 일.
* **소비자** 돈을 내고 물건을 사서 쓰는 사람.

내용요약

글의 중심 내용을 생각하며 빈칸의 낱말을 써 보세요.

물건은 만들어진 곳에서 중간 시장을 거쳐 마지막으로 [소 비 자]에게 전달되는데, 이러한 과정을 '[유 통]'이라고 해요.

1 이 글의 내용으로 알맞지 않은 것에 ×표 하세요.

내용 이해

(1) 소비자는 물건을 사서 쓰는 사람이다. (   )

(2) 소매상인은 도매상인에게 물건을 판다. (   )

(3) 중간 시장에는 도매 시장, 소매 시장이 있다. (   )

2 ㉠~㉤ 중 뜻하는 대상이 나머지 넷과 다른 것은 무엇인가요? (   )

추론 하기

① ㉠ 우리

② ㉡ 필요로 하는 사람

③ ㉢ 고등어를 잡는 어부

④ ㉣ 소비자

⑤ ㉤ 우리

3 다음 중 ㉥의 예로 알맞은 것을 찾아 기호를 쓰세요.

적용 하기

㉮ 어부가 바다에서 오징어를 잡은 일

㉯ 내가 문구점에서 연필과 공책을 산 일

㉰ 어머니께서 시장에서 삼겹살과 야채를 사 오신 일

㉱ 아버지께서 인터넷을 이용해 과수원에서 직접 사과를 주문하신 일

(   )

1 생각주제와 관련된 앞의 두 글을 읽고 내용을 정리해 보세요.

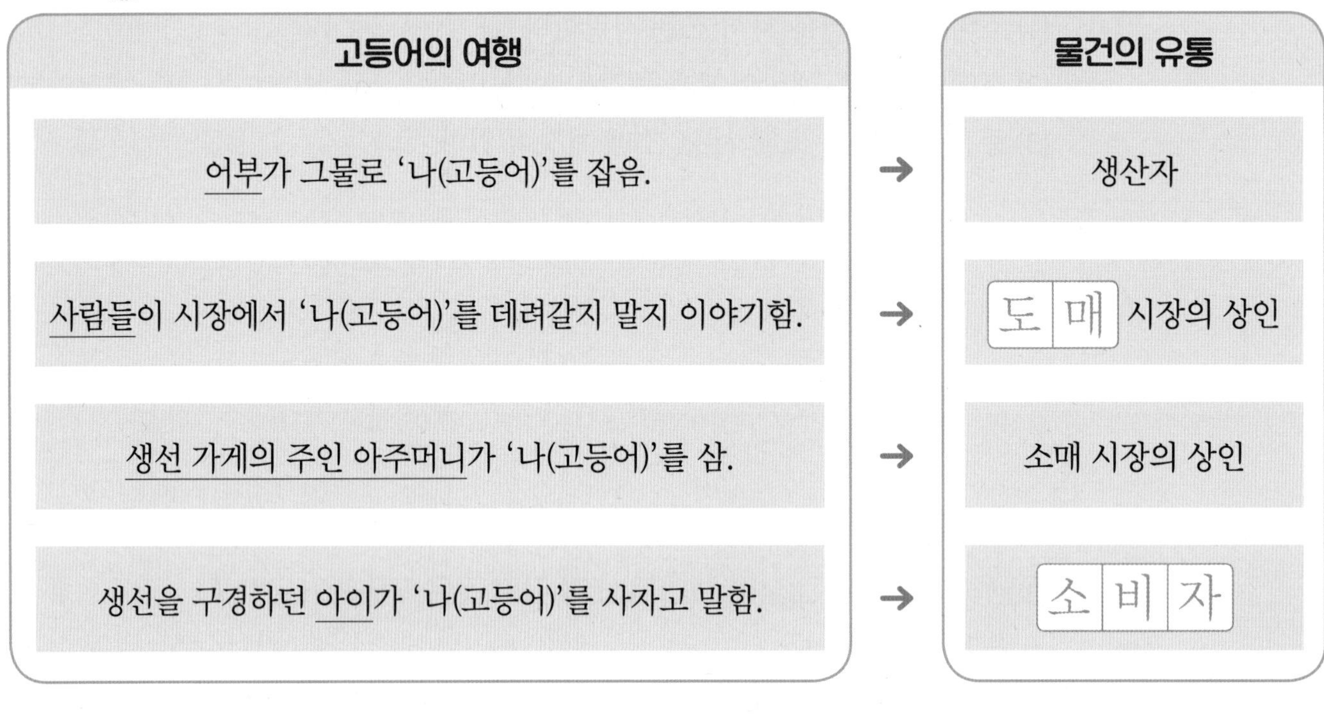

고등어의 여행		물건의 유통
어부가 그물로 '나(고등어)'를 잡음.	→	생산자
사람들이 시장에서 '나(고등어)'를 데려갈지 말지 이야기함.	→	도매 시장의 상인
생선 가게의 주인 아주머니가 '나(고등어)'를 삼.	→	소매 시장의 상인
생선을 구경하던 아이가 '나(고등어)'를 사자고 말함.	→	소비자

2 생각주제를 통해 알게 된, 물건의 유통이 필요한 까닭으로 알맞은 것에 ○표 하세요.

(1) 사람들이 물건을 쉽게 사고팔 수 있게 도와주기 때문이다.

(2) 유통 과정이 길수록 물건의 값이 싸지기 때문이다.

(3) 유통 과정이 길수록 물건이 이동하는 데 걸리는 시간이 줄어들기 때문이다.

3 쌀이 우리 식탁에 오르기까지 어떠한 유통 과정을 거치는지 자신의 생각을 써 보세요.

쌀이 식탁에 오르기까지 ✎

주제 어휘	왁자지껄하다	유통	도매	상인	소매

4 다음 **주제 어휘**의 뜻으로 알맞은 것을 찾아 선으로 이으세요.

(1) 도매 •
(2) 상인 •
(3) 소매 •
(4) 유통 •

• ㉠ 장사를 직업으로 하는 사람.
• ㉡ 물건을 낱개로 팔지 않고 한데 묶어 파는 일.
• ㉢ 생산자나 도매상에게 물건을 사서 소비자에게 다시 파는 일.
• ㉣ 상품이 만든 사람을 거쳐 파는 사람과 사는 사람에게 도달하기까지의 여러 단계에서 일어나는 활동.

5 다음 빈칸에 들어갈 알맞은 **주제 어휘**를 쓰세요.

부모님과 함께 간 시장에는 손님을 부르는 [　　　　]들의 소리가 가득했다.

(　　　　　　　　)

6 다음 밑줄 친 말과 뜻이 비슷한 낱말을 **주제 어휘**에서 찾아 쓰세요.

해마다 추석이 되면 우리 가족은 할머니 댁에 가요. 할머니 댁은 우리 집에서 세 시간이나 차를 타고 가야 해요. 그렇지만 친척들을 만날 생각을 하면 멀지 않게 느껴져요. 할머니 댁에는 친척들이 많이 모여요. 온 가족이 함께 모여 웃으며 <u>떠들썩하다</u> 맛있는 것도 먹고 한자리에서 잠을 자는 그 시간이 정말 좋아요.

(　　　　　　　　)

조선 시대 담이네 집

안녕? 나는 아주 먼 과거인 조선 시대에 사는 담이라고 해. 나는 아홉 살이고, 한양에 살고 있어. 한양은 너희가 사는 시대에서는 서울이라고 부르는 곳이야. 조선 시대 사람들은 어떤 집에서 살았는지 궁금하지 않니? 지금부터 내가 우리 집을 소개해 줄게.

우리 집은 자연에서 얻은 재료들로 만들었어. 돌이나 나무, 흙 같은 것들로 만들었지. 집의 벽은 흙을 반죽해 만들어서 건강에도 좋아. 그리고 흙이 **습도***를 조절해 주어서 공기도 쾌적하지.

우리 집에는 **대청마루***라고 부르는 아주 넓은 마루가 있어. 내가 제일 좋아하는 공간이기도 해. 왜냐하면 앞뒤가 뻥 뚫려 있어서 더운 여름에도 시원한 바람이 불어오기 때문이야. 대청마루에 앉아서 마당에 있는 닭들을 구경하는 게 얼마나 재미있는지 몰라.

아, 우리 집의 지붕은 기와로 만들었어. 지붕 끝부분은 **처마***라고 하는데, 위로 살짝 들려 있어. 그래서 햇빛을 조절해 줘. 해가 높게 뜨는 여름에는 햇빛이 집 안으로 많이 들어오지 않게 해 주고, 해가 낮게 뜨는 겨울에는 집 안 깊숙이 햇빛이 들어오도록 해 주지. 지붕에 담겨 있는 옛사람들의 지혜가 놀랍지?

이렇게 조선 사람들의 지혜를 엿볼 수 있는 곳은 또 있어. 겨울이 되면 꼭 필요한 **난방*** 시설인 온돌이야. 부엌에 있는 **아궁이***에 불을 지피면 뜨거운 열기가 방의 바닥을 통과해서 굴뚝으로 나가게 돼. 밥을 지으면서 동시에 방도 따뜻하게 할 수 있지.

이렇게 생긴 우리 집을 '한옥'이라고 불러. ㉠<u>한옥은 정말 과학적인 집이야.</u> 우리 집에 한번 와 보고 싶지 않니?

어휘사전

* **습도** 공기 중에 수증기가 들어 있는 정도.
* **대청마루** 한옥에서, 안방과 건넌방 사이에 있는 큰 마루.
* **처마** 지붕이 벽이나 기둥 밖으로 내민 부분.
* **난방**(暖 따뜻할 난, 房 방 방) 난로나 보일러 등으로 방이나 건물 안을 따뜻하게 하는 일.
* **아궁이** 방이나 솥 등에 불을 때기 위해 만든 구멍.

내용요약

글의 중심 내용을 생각하며 빈칸의 낱말을 써 보세요.

조선 시대에 사람들이 살던 집을 [한][옥]이라고 해. 한옥은 시원한 대청마루가 있고, 햇빛을 조절해 주는 지붕의 처마가 있어. 방바닥 아래에는 [온][돌]이 있어서 방을 따뜻하게 해 줘. 이처럼 한옥은 과학적인 집이야.

1 내용 이해

이 글의 내용으로 알맞지 않은 것을 두 가지 고르세요. (   )

① 한옥은 오늘날의 집과 모습이 똑같다.
② 조선 시대 사람들이 살았던 집은 한옥이다.
③ 한옥은 방문이 없이 모두 뚫려 있어 시원하다.
④ 한옥에는 마당, 마루, 방, 부엌 등의 공간이 있다.
⑤ 한옥의 벽은 흙을 반죽해 만들어서 습도 조절이 된다.

2 내용 이해

담이가 ㉠과 같이 말한 까닭으로 알맞은 것을 두 가지 찾아 ○표 하세요.

(1) 방을 여러 개 만들 수 있기 때문이다. (   )
(2) 지붕의 처마가 햇빛이 들어오는 양을 조절해 주기 때문이다. (   )
(3) 방의 바닥을 뜨거운 열기로 데워 주는 온돌이 있기 때문이다. (   )

3 적용 하기

다음은 주원이가 담이에게 쓴 답장입니다. ㉮~㉰ 중 주원이가 한옥에 대해 잘못 이해하고 쓴 부분을 찾아 기호를 쓰세요.

담이야, 안녕? 나는 현재 대한민국에 살고 있는 주원이야.
너의 편지를 읽고, 한옥이 어떻게 생겼는지 실제로 보고 싶어졌어. 한옥은 참 장점이 많은 집이더라. 특히 ㉮여름엔 시원하고, 겨울에 따뜻하다니 정말 신기해. 하지만 ㉯집을 만드는 재료를 구하기가 어려운 것은 단점인 것 같아.
참, 그리고 ㉰닭을 키울 정도로 마당이 넓다니 부럽다. 우리 집은 마당이 없거든. 대신 우리 집엔 거실 옆에 베란다가 있어. 나도 우리 집에서 너와 함께 놀고 싶어. 한번 놀러 오지 않을래?

(   )

집의 변화

먼 옛날 사람들은 동굴 같은 곳을 옮겨 다니며 살았어요. 그러다가 농사를 짓기 시작하게 되면서 한 장소에 머물러 살게 되었어요. 그래서 집을 만들고 살았는데, 맨 처음 지어진 집은 움집이에요. 움집은 구덩이에 나무로 기둥을 세우고, 그 위를 나뭇가지나 풀로 덮어 만들었어요.

시간이 흐르면서 점차 집을 짓는 기술도 발전하게 되었어요. 방을 나누고, 문과 창 그리고 지붕이 있는 집을 만들기 시작했지요. 점점 오늘날과 같은 **주택***의 모습을 갖추게 된 것이에요.

옛날 우리 조상들이 살던 집은 한옥이라고 불러요. 한옥을 지을 때는 먼저 잘 다져진 땅 위에 큰 돌을 단단하게 박고, 그 위에 나무 기둥을 세워 집의 뼈대를 만들어요. 그리고 지붕을 얹어요. 이 지붕을 짚이나 억새로 만들면 초가집이라고 불렀어요. 그리고 지붕을 진흙과 기와로 만들면 기와집이라고 불렀지요.

우리나라는 조선 시대 후기에 **서양***의 **문물***이 많이 들어오게 되었어요. 벽돌과 콘크리트 등으로 지은 집인 양옥도 이때 등장했어요. 오늘날까지 지어지고 있는 형태의 집이지요. 양옥은 ㉠집 안에 생활을 편리하게 해 주는 다양한 시설이 있어요. 전기가 들어와서 **등불***이 없어도 밝게 생활할 수 있어요. 그리고 수도 시설이 되어 있어서 물을 바로 사용할 수 있지요.

이처럼 집은 사회의 발전에 따라 변화해 왔어요. 그리고 집에 사는 사람들의 생활 모습도 함께 변화해 왔답니다.

어휘사전

- * **주택**(住 살 주, 宅 집 택) 사람이 들어가 살 수 있게 지은 건물.
- * **서양** 유럽과 남북아메리카의 여러 나라를 통틀어 이르는 말.
- * **문물**(文 글월 문, 物 만물 물) 문화의 산물. 정치·경제·종교·예술 등 문화에 관한 모든 것을 통틀어 이르는 말.
- * **등불** 어두운 곳을 밝히는 기구인 '등'에 켠 불.

내용요약

글의 중심 내용을 생각하며 빈칸의 낱말을 써 보세요.

먼 옛날 사람들은 동굴 같은 곳을 옮겨 다니며 살다가 [움][집]을 만들어 살았어요. 그러다 점차 주택의 모습을 갖추게 되었지요. 우리 조상들은 옛날에 초가집이나 기와집 같은 한옥에 살았어요. 조선 시대 후기에는 [양][옥]이 등장했어요.

1 내용 이해

이 글의 내용을 바탕으로, 집이 변화해 온 순서에 알맞게 기호를 쓰세요.

㉮ 동굴 같은 곳을 옮겨 다니며 살았음.

㉯ 구덩이에 나무로 기둥을 세우고, 그 위를 나뭇가지나 풀로 덮은 움집을 만들었음.

㉰ 벽돌과 콘크리트를 재료로, 집 안에 편리한 다양한 시설이 있는 양옥을 만들었음.

㉱ 단단하게 박은 큰 돌 위에 나무 기둥을 세우고 지붕을 얹어 초가집이나 기와집을 만들었음.

㉮ → (　　　) → (　　　) → (　　　)

2 내용 이해

한옥과 양옥에 대한 내용으로 알맞지 않은 것은 무엇인가요? (　　　)

① 한옥과 양옥은 현재에는 볼 수 없는 집이다.
② 양옥을 지을 때는 벽돌과 콘크리트가 필요하다.
③ 한옥을 지을 때는 돌, 나무, 진흙 등이 필요하다.
④ 우리나라에는 조선 시대 후기에 양옥이 등장했다.
⑤ 한옥은 지붕을 만드는 재료에 따라 초가집과 기와집으로 나뉜다.

3 적용 하기

㉠의 예를 알맞게 말한 친구의 이름을 쓰세요.

자연의 재료로만 집을 지으니까 몸이 건강해져.

수지

밖에 나가지 않아도 집 안에서 물을 사용할 수 있어.

민호

모든 집에 마당이 있어서 동물을 키우는 사람이 많아.

서준

(　　　)

1 생각주제와 관련된 앞의 두 글을 읽고 내용을 정리해 보세요.

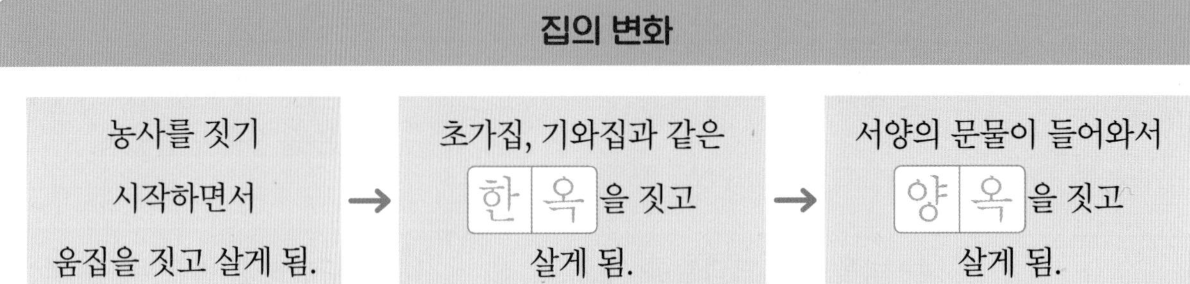

조선 시대 담이네 집

- 자연의 재료를 사용함.
- 대청마루가 있음.
- 처마로 햇빛의 양을 조절함.
- 온돌로 방을 따뜻하게 함.

- 벽돌, 콘크리트와 같은 재료를 사용함.
- 전기가 들어오고 수도 시설이 있어 편리함.

2 사회의 발전에 따라 집이 변화해 온 모습을 알맞게 말하지 못한 친구의 이름을 쓰세요.

은혜: 기술이 발전하면서 집의 모습도 바뀌어 왔어.
지원: 옛날 우리 조상들은 한옥을 아주 과학적으로 지었어.
세영: 오늘날의 집은 한옥과 달리 집 안에서 세탁도 할 수 있어.
서훈: 농사를 짓기 전에는 사람들이 옮겨 다니며 살았으니, 집을 많이 지어야 했겠어.

(　　　　　　)

3 사회가 변하면서 집의 모습이 변화해 온 것처럼, 미래에는 어떤 집이 등장할지 자신의 생각을 써 보세요.

미래에는 ✎ ______________________

주제 어휘	처마	난방	서양	문물

4 다음 주제 어휘의 뜻으로 알맞은 것을 찾아 선으로 이으세요.

(1) 처마 •
(2) 난방 •
(3) 서양 •
(4) 문물 •

• ㉠ 지붕이 벽이나 기둥 밖으로 내민 부분.
• ㉡ 유럽과 남북아메리카의 여러 나라를 통틀어 이르는 말.
• ㉢ 난로나 보일러 등으로 방이나 건물 안을 따뜻하게 하는 일.
• ㉣ 정치·경제·종교·예술 등 문화에 관한 모든 것을 통틀어 이르는 말.

5 다음 빈칸에 들어갈 알맞은 주제 어휘를 쓰세요.

(1) ☐ 시설이 잘된 집에서는 겨울을 따뜻하게 지낼 수 있다. (　　　)

(2) 조선 시대 말에는 ☐에서 안경, 자명종, 유리 거울과 같은 물건들이 들어와 사람들이 매우 신기해했다. (　　　)

6 다음 밑줄 친 말과 뜻이 비슷한 낱말을 주제 어휘에서 찾아 쓰세요.

> 우리나라의 위치를 지도에서 본 적이 있나요? 우리나라는 북쪽으로는 중국과 가까워요. 그리고 남쪽으로는 일본과 가깝지요. 그래서 옛날부터 중국, 일본의 <u>문화</u>를 접할 수 있었어요. 그리고 오늘날에는 교통의 발달로 인해 더 먼 나라의 문화까지 접하게 되었답니다.

(　　　)

정답 및 해설 16쪽

생각주제

11 이순신이 살던 시대는 어땠을까?

이순신은 나라를 잃을 처지에 놓인 조선을 구한 영웅이에요. 당시 조선은 어떤 상황이었는지 생각해 보아요.

12 선덕 여왕은 어떻게 신라를 다스렸을까?

선덕 여왕은 우리나라 최초의 여왕이에요. 선덕 여왕이 다스리던 신라의 모습은 어땠는지 생각해 보아요.

13 우리나라에서 전쟁이 일어났다고?

우리나라에서 전쟁이 일어났던 때가 있어요. 1950년 6월 25일에 남북이 서로 갈라져 벌였던 비극적인 사건에 대해 생각해 보아요.

14 식물은 어떻게 살아갈까?

식물은 자라고, 씨를 퍼뜨리며 대를 이어 가요. 식물의 한살이는 어떤 모습인지 생각해 보아요.

15 지진은 왜 일어날까?

지진이 일어나면 땅이 흔들리며 큰 피해가 생겨요. 지진은 왜 일어나는 것인지, 지진에 대비하는 방법은 무엇인지 생각해 보아요.

달곰한 공부계획
공부한 날
60일 완성
40일 완성
20일 완성
생각글 1 이순신
생각글 2 임진왜란
익힘학습 자란다 문해력
생각글 1 선덕 여왕
생각글 2 선덕 여왕이 다스리던 신라
익힘학습 자란다 문해력
생각글 1 큰 기와집의 오래된 소원
생각글 2 6.25 전쟁
익힘학습 자란다 문해력
생각글 1 식물원에 다녀와서
생각글 2 식물의 한살이
익힘학습 자란다 문해력
생각글 1 흔들리는 땅은 무서워!
생각글 2 지진이 일어나는 원인
익힘학습 자란다 문해력
월 일

이순신

이순신
글 김종렬
비룡소

1591년, 이순신은 전라도의 **수군***을 다스리는 전라도 수군절도사가 되었어요.

이순신은 군영(군대가 머무는 장소)을 돌며 작은 무기 하나까지 꼼꼼히 살폈어요. 싸움에 쓸 배를 만들고, 새로운 무기도 개발했지요.

당시 일본 배는 조선의 **판옥선***보다 훨씬 빨랐어요. 이순신은 일본 배에 뒤지지 않을 만큼 날래고 튼튼한 배를 만들고 싶었어요. 그러던 어느 날, 나대용이라는 무관이 기이한 설계도를 들고 이순신을 찾아왔어요.

"장군님께서 배를 만드신다기에 찾아왔습니다."

설계도에는 새로운 판옥선이 그려져 있었어요. 이순신은 눈앞이 밝아지는 것 같았어요.

"지붕에 뾰족한 철 송곳을 박고 사방에 **화포***를 달아 적의 배를 쏠 수 있게 하면 더 좋겠구나!"

이순신과 나대용은 머리를 맞대고 거북선을 만들었어요.

하지만 거북선을 만든 기쁨도 잠시, 얼마 지나지 않아 일본군이 조선에 쳐들어왔어요.

1592년 4월 13일, 일본군이 수백 척의 배를 끌고 부산 앞바다로 몰려왔어요. 일본군은 단숨에 부산을 무너뜨렸어요.

급박한 상황에서도 이순신은 침착했어요. 전라도의 수군을 모으고 판옥선을 갖추어 옥포(오늘날의 거제도 부근)로 떠났지요.

옥포 앞바다에 다다르자, 하늘 높이 치솟는 불화살이 보였어요. 일본군을 발견했다는 신호였어요.

"가볍게 움직이지 마라! 태산처럼 무겁게 나아가라!"

이순신은 잔뜩 굳은 군사들을 향해 천둥 같은 목소리로 소리쳤어요.

"북을 울려라! 있는 힘을 다해 싸우라!"

이순신이 다시 한번 크게 외치자, 조선 수군이 화포를 펑펑 쏘며 일본 배를 향해 나아갔어요.

조선 수군은 달아나는 일본군을 **맹렬히*** 공격했어요. 일본군은 수십 척의 배를 잃고 혼쭐이 나 도망쳤지요. 임진왜란이 시작되고 조선군이 거둔 첫 번째 승리였어요.

어휘사전

* **수군**(水 물 수, 軍 군사 군) 조선 시대에 바다를 지키던 군대.
* **판옥선** 조선 시대에, 널빤지로 지붕을 덮은 전투용 배.
* **화포** 대포처럼 화약의 힘으로 탄알을 쏘는 무기.
* **맹렬히** 기세가 몹시 사납고 세찬 정도로.

1 다음 일이 일어난 순서대로 기호를 쓰세요.

내용 이해

㉮ 일본이 조선을 공격해 옴.

㉯ 이순신이 거북선을 만듦.

㉰ 조선의 수군이 전쟁에서 첫 번째 승리를 거둠.

㉱ 이순신이 전라도의 수군을 모아 옥포로 떠남.

㉯ → (　　　) → (　　　) → (　　　)

2 이 글의 내용으로 알맞지 않은 것은 무엇인가요? (　　　)

내용 이해

① 이순신은 일본보다 강한 배를 만들고 싶어 했다.

② 일본군은 조선에 쳐들어와 부산에서 패배하였다.

③ 거북선은 뾰족한 송곳을 박은 지붕을 가지고 있었다.

④ 조선 수군은 일본 배를 향해 화포를 쏘며 공격을 하였다.

⑤ 이순신은 옥포에서 일본군과 싸워 첫 번째 승리를 이끌었다.

3 이 글에 나타난 이순신의 행동과 이를 통해 배울 수 있는 점을 알맞게 선으로 이으세요.

적용 하기

(1) 전쟁을 대비해 무기를 연구하고 만듦. •　　　　• ㉠ 늘 준비하는 자세

(2) 군사들을 격려하며 전쟁에서 맹렬히 싸움. •　　　　• ㉡ 두려움 없이 용감하게 맞서는 자세

임진왜란

1592년, 우리나라가 '조선'이라고 불렸을 때의 이야기예요. 당시 일본은 20만이나 되는 군사를 이끌고 조선을 공격했어요. 이 전쟁이 '임진왜란'이에요.

당시 조선은 미처 전쟁에 대비하지 못했어요. 그에 비해 ㉠일본의 군대는 조총이라는 새로운 무기까지 갖고 있었지요. 결국 부산을 거쳐 한양, 평양까지 순식간에 일본의 손에 넘어가게 되었어요. 당시 조선의 왕이었던 선조와 신하들은 궁궐을 버리고 도망가기까지 했지요.

하지만 바다에서의 전투는 달랐어요. 바로 이순신 장군이 있었기 때문이에요. 이순신 장군과 ㉡조선의 수군은 거북선이라는 무기와 뛰어난 **전술***을 갖고 있었어요. 그래서 모든 전투에서 일본 군대를 물리쳤어요. 특히 한산도 앞바다에서는 조선 군대가 마치 학이 날개를 펼친 듯한 모양으로 일본 군대를 에워싸서 큰 승리를 거두었어요.

시간이 흐르면서 백성들도 나라를 구하기 위해 스스로 군대를 만들었어요. 이들을 '의병'이라고 불러요. ㉢의병들은 자신이 살던 마을의 길이나 상황을 잘 알고 있었기 때문에 일본 군대를 쉽게 공격할 수 있었어요.

의병들이 용감하게 싸우는 동안 ㉣조선의 군대도 전투에서 승리하기 시작했어요. 특히 진주성과 행주산성에서 일본 군대를 크게 물리치면서 조선의 **사기***를 올렸어요.

이렇게 조선은 물러서지 않고 끝까지 일본 군대를 막아냈어요. 결국 1598년 도요토미 히데요시가 죽고, 일본 군대가 **철수***하면서 전쟁은 끝이 났어요. 7년간 이어진 임진왜란은 조선에 큰 피해를 남겼어요. 많은 백성이 다치거나 죽었고, 경복궁을 비롯한 많은 문화재가 불에 타기도 했지요.

어휘사전

* **전술** 전투나 경기에서 싸우는 방법.
* **사기**(士 선비 사, 氣 기운 기) 어떤 일을 해내거나 싸움에서 이기려고 하는 씩씩한 기운.
* **철수** 머물러 있던 곳에서 장비 등을 거두어 가지고 물러남.

내용요약

글의 중심 내용을 생각하며 빈칸의 낱말을 써 보세요.

임 진 왜 란 초기에는 일본이 승리하는 듯했지만, 조선의 군대가 힘을 내어 맞서 싸우면서 결국 1598년 일본이 물러났어요.

1 글의 특징

이 글에 대한 설명으로 알맞은 것에 ○표 하세요.

(1) 책을 읽고 나서 생각이나 느낀 점을 쓴 글이다. (　　　　)

(2) 실제 있었던 일을 일이 일어난 순서대로 쓴 글이다. (　　　　)

(3) 읽는 사람에게 재미를 주기 위해 상상해서 꾸며 쓴 글이다. (　　　　)

2 내용 이해

임진왜란에 대한 설명으로 알맞지 않은 것은 무엇인가요? (　　　　)

① 1592년에 일본이 조선을 침략한 전쟁이다.

② 일본군은 조총이라는 새로운 무기가 있었다.

③ 육지와 바다에서 일본군이 모두 승리하였다.

④ 왕은 도망갔지만 백성들은 왜군에 맞서 싸웠다.

⑤ 7년간의 전쟁으로 조선의 문화재가 많이 파괴되었다.

3 추론하기

다음은 임진왜란 때 활약했던 인물에 관한 설명입니다. 이 인물은 ㉠~㉣ 중 어디에 속하는지 알맞은 기호를 쓰세요.

곽재우는 경상도의 양반집에서 태어났는데 원래 군대에 속해 있던 사람은 아니었어요. 그러나 임진왜란이 일어나자 함께 싸울 사람들을 모아 일본에 맞서기로 결심했어요. 곽재우가 일으킨 군대는 숨어 있다가 일본 군대를 공격했어요. 곽재우는 늘 붉은 도포를 입고 싸워 '홍의 장군'이라 불렸어요.

(　　　　　　)

주제 정리 **1** 생각주제와 관련된 앞의 두 글을 읽고 내용을 정리해 보세요.

임진왜란

1592년, 임진년에 일본이 조선을 공격하며 전쟁이 시작됨.

→

임진왜란의 진행

- 처음에는 일본이 승리를 많이 거두었음.
- 백성들이 스스로 만든 의병, 바다의 수군, 육지의 군대가 맞서 싸움.

→

임진왜란의 끝

- 1598년, 왜군이 물러남.
- 조선에 많은 피해를 남김.

이순신

- 전라도의 수군절도사 이순신이 거북선을 만들어 전쟁에 대비함.
- 옥포에서 임진왜란의 첫 번째 승리를 거둠.

2 이순신에 대한 설명으로 알맞은 것을 두 가지 찾아 ○표 하세요.

(1) 이순신의 거북선이 임진왜란 때 큰 공을 세웠다.

(2) 이순신은 전투할 때 학이 날개를 펼친 듯한 전술을 사용했다.

(3) 이순신은 의병으로, 자신이 스스로 군대를 일으켜 일본과 싸웠다.

(4) 이순신은 육지와 바다 모두에서 승리하면서 조선의 사기를 올렸다.

3 이순신 장군을 떠올리면 어떠한 생각이나 느낌이 드는지 써 보세요.

저는 이순신 장군을 떠올리면 ✎

주제 어휘	맹렬히	전술	사기	철수

4 다음 **주제 어휘**의 뜻으로 알맞은 것을 찾아 선으로 이으세요.

(1) 전술 •　　• ㉠ 전투나 경기에서 싸우는 방법.

(2) 사기 •　　• ㉡ 기세가 몹시 사납고 세찬 정도로.

(3) 철수 •　　• ㉢ 머물러 있던 곳에서 장비 등을 거두어 가지고 물러남.

(4) 맹렬히 •　　• ㉣ 어떤 일을 해내거나 싸움에서 이기려고 하는 씩씩한 기운.

5 다음 빈칸에 들어갈 알맞은 **주제 어휘**를 쓰세요.

오늘 학교에서 운동회를 하였다. 나는 우리 팀의 [　　　　]를 올리기 위해 열심히 응원을 하였다.

(　　　　　　　)

6 다음 문장의 밑줄 친 말과 바꿔 쓸 수 있는 **주제 어휘**에 ○표 하세요.

(1) 환경 보호 운동이 <u>거세게</u> 일어났다. → [맹렬히] [가혹히]

(2) 외국에 진출하였던 우리나라의 많은 회사가 <u>물러났다</u>. → [철수했다] [진격했다]

선덕 여왕

선덕 여왕
글 남찬숙
비룡소

"후……."

마야 부인의 한숨 소리에 덕만 공주가 눈을 동그랗게 떴어요.

"어머니가 왜 저러시지?"

덕만 공주는 동생인 천명 공주를 보고 물었어요.

"아버지 뒤를 이어 왕위에 오를 아들이 없어서 그러실걸. 언니랑 나는 딸이라서 왕이 될 수 없잖아."

"왕은 남자만 할 수 있다고? 너도 그렇게 생각해?"

"언니, 신라에서는 여자가 왕이 된 적이 한 번도 없었잖아. 나랏일은 여자가 하기에 너무 힘드니까. 더구나 요즘은 고구려, 백제와 전쟁도 잦잖아. 만약 나한테 왕이 되라고 하면 난 무조건 싫다고 할 거야. 그런 건 남자들한테나 어울리는 일이니까."

천명 공주가 머리를 설레설레 흔들며 말했어요.

하지만 덕만 공주는 천명 공주와 생각이 달랐어요.

'여자라서 왕이 될 수 없다니, 말도 안 돼. ㉠나는 여자지만 얼마든지 훌륭한 왕이 될 수 있어!'

덕만 공주는 신라 제26대 왕인 진평왕의 딸이에요. 어릴 때부터 머리가 **총명***하고 마음이 **어질어서*** 칭찬하는 사람들이 많았지요.

'더 늦기 전에 **후계자***를 정해야 할 텐데…….'

진평왕은 오래전부터 왕위를 이을 후계자를 정하는 일로 골치를 앓고 있었어요.

얼마 후 진평왕이 후계자를 확실히 하지 못한 채, 병으로 세상을 떠났어요. 신라의 귀족들은 누가 다음 왕이 될 것인지를 정하기 위해 회의를 열었어요.

당시 신라에는 **진골*** 이상의 귀족들이 참여하는 '화백'이라는 회의 제도가 있었어요. 나라의 큰일들은 모두 이 회의를 통해 결정되었지요.

화백 회의에서 귀족들은 덕만 공주가 왕이 되는 데 찬성하는 사람과 반대하는 사람으로 나뉘었어요.

오랜 회의 끝에 화백 회의는 덕만 공주를 신라의 제27대 왕으로 결정했어요. 덕만 공주는 신라 최초의 여왕인 선덕 여왕이 되었지요.

어휘사전

* **총명**(聰 밝을 총, 明 밝을 명) 영리하고 재주가 있음.
* **어질다** 마음이 너그럽고 착하며 슬기롭고 덕이 높다.
* **후계자** 어떤 일이나 사람의 뒤를 잇는 사람.
* **진골** 신라 시대, 골품의 둘째 등급으로 부모 가운데 어느 한 쪽이 왕족인 사람.

1 내용 이해

이 글의 내용으로 알맞지 않은 것은 무엇인가요? (　　　　)

① 천명과 덕만 공주는 진평왕의 딸이다.
② 천명 공주는 왕이 되고 싶어 하지 않았다.
③ 진평왕은 후계자를 정하는 일로 고민이 깊었다.
④ 신라는 선덕 여왕 전까지는 여자가 왕이 된 적이 없었다.
⑤ 귀족들은 모두 천명 공주가 왕이 되어야 한다고 생각했다.

2 추론하기

㉠에서 알 수 있는 덕만 공주의 성격으로 알맞은 것에 ○표 하세요.

(1) 자신감이 있고 적극적이다. (　　　　)

(2) 작은 일에도 화를 잘 낸다. (　　　　)

(3) 다른 사람의 말을 잘 듣는다. (　　　　)

(4) 어려워 보이는 일은 쉽게 포기한다. (　　　　)

3 추론하기

이 글을 바탕으로 알 수 있는 신라 시대에 대한 설명으로 알맞은 것을 두 가지 찾아 기호를 쓰세요.

㉮ 신라는 고구려, 백제와 늘 평화롭게 지냈다.
㉯ 신라 시대에는 나라의 중요한 일들을 화백 회의를 열어 결정했다.
㉰ 신라 시대에는 귀족들이 회의를 통해 왕을 결정할 만큼 귀족의 힘이 막강했다.

(　　　　　　　　)

선덕 여왕이 다스리던 신라

▲ 분황사 모전석탑

선덕 여왕은 신라의 제27대 왕이에요. 당시 신라에는 태어난 집안에 따라 신분이 정해지는 제도가 있었어요. 신라 사회는 신분에 따른 구별이 매우 **엄격***했지요. 양쪽 부모가 모두 왕족인 집에서 태어난 선덕 여왕은 왕이 되었어요.

선덕 여왕이 다스리던 신라는 불교를 믿는 나라였어요. 선덕 여왕은 불교를 통해 신라가 강한 나라라는 것을 보이고자 했어요. 그리고 백성들의 마음도 하나로 모으고자 했지요. 그래서 분황사에 석탑을 세웠어요. 황룡사에는 9층 목탑을 세웠답니다. 황룡사 9층 목탑은 현재는 남아 있지 않지만 매우 크고 웅장했다고 해요. 아파트 30층 정도의 높이였다니 엄청난 높이였겠지요?

선덕 여왕이 살았던 시기의 한반도에는 세 나라가 있었어요. 고구려, 백제, 신라였지요. 이 나라들은 서로 자신의 땅을 넓히기 위해 다른 나라와 치열한 전쟁을 하였어요. 때로는 다른 나라와 **동맹***을 맺기도 했지요.

특히 선덕 여왕이 왕위에 올랐을 때는 백제가 신라를 **위협***하고 있었어요. 백제는 신라를 공격할 기회를 엿보고 있다가 고구려와 힘을 합쳐 신라를 공격했어요. 그래서 선덕 여왕은 당나라에 신하를 보내서 동맹을 맺자고 하였어요. 이때 신라와 당나라가 맺은 동맹은 훗날 신라가 삼국을 **통일***하는 데 도움이 되었답니다.

신라에는 선덕 여왕을 돕는 인물들이 많았어요. 김유신, 김춘추 등은 선덕 여왕을 도와 신라의 힘을 키우기 위해 노력한 인물들이에요. 김유신과 김춘추는 선덕 여왕이 죽은 후 결국 신라, 백제, 고구려 세 나라를 하나로 통일하게 된답니다.

어휘사전

- * **엄격** 말, 태도, 규칙 등이 매우 엄하고 철저함.
- * **동맹**(同 같을 동, 盟 맹세할 맹) 둘 이상의 나라가 같은 목적을 이루기 위해 힘을 합치기로 약속함.
- * **위협** 해칠 듯이 무서운 말이나 행동으로 협박함.
- * **통일** 나누어진 것들을 합쳐서 하나로 모이게 함.

내용요약

글의 중심 내용을 생각하며 빈칸의 낱말을 써 보세요.

선덕 여왕이 다스리던 신라에는 엄격한 [신 분] 제도가 있었어요. 선덕 여왕은 [불 교]를 중요하게 여겨 절에 탑을 세웠고, 고구려, 백제의 공격을 이겨 내기 위해 당나라와 동맹을 맺기도 하였지요.

1 신라에 대한 설명으로 알맞지 않은 것은 무엇인가요? (　　　　)

내용 이해

① 삼국을 통일하였다.
② 불교를 중요하게 여겼다.
③ 제27대 왕은 선덕 여왕이었다.
④ 신분에 따른 구별이 엄격하였다.
⑤ 고구려와 동맹을 맺기 위해 땅을 넘겼다.

2 선덕 여왕이 황룡사 9층 목탑을 세운 까닭으로 알맞은 것을 두 가지 찾아 ○표 하세요.

내용 이해

(1) 백성들의 마음을 하나로 모으기 위해서 (　　　　)
(2) 당나라가 공격하지 못하도록 막기 위해서 (　　　　)
(3) 탑을 만드는 방법을 다른 나라에 알려 주기 위해서 (　　　　)
(4) 불교를 통해 신라가 강한 나라라는 것을 보이기 위해서 (　　　　)

3 다음은 선덕 여왕이 다스리던 시대에 살았던 신라 사람들의 대화입니다. 알맞지 않게 말한 사람을 찾아 기호를 쓰세요.

적용 하기

㉠ 나는 신라의 사신이야. 당나라와 동맹을 맺기 위해 직접 당나라에 갔었지.
㉡ 나는 평민이야. 하지만 열심히 공부해서 시험에 통과하면 왕이 될 수 있어.
㉢ 나는 평민이야. 엄청난 크기의 황룡사 9층 목탑을 세우다니 우리 신라는 정말 위대한 나라야!

(　　　　　　)

주제 정리

1 생각주제와 관련된 앞의 두 글을 읽고 내용을 정리해 보세요.

선덕 여왕

- 진평왕의 뒤를 이을 성골 남자가 없었음.
- 덕만 공주가 귀족들의 화백 회의를 통해 신라 최초의 [여][왕]이 됨.

→

선덕 여왕이 다스리던 신라	
신분 제도	• 태어난 집안에 따라 신분이 정해짐. • 신분에 따른 구별이 매우 엄격했음.
종교	[불][교]
건축물	• 분황사 석탑 • 황룡사 9층 목탑
다른 나라와의 관계	백제와 고구려가 공격하자 [당]나라와 동맹을 맺음.

2 선덕 여왕이 한 일로 알맞은 것을 두 가지 찾아 ○표 하세요.

(1) 신라의 엄격했던 신분 제도를 없앴다.

(2) 고구려와 힘을 합쳐 신라의 땅을 넓혔다.

(3) 절에 탑을 세워 신라의 힘을 보이고자 했다.

(4) 김유신, 김춘추의 도움을 받아 신라를 다스렸다.

3 선덕 여왕에 대한 자신의 생각을 정리하여 써 보세요.

선덕 여왕은 ✎ ______________________

주제 어휘	총명	후계자	엄격	동맹

4 다음 뜻에 알맞은 **주제 어휘**에 ○표 하세요.

(1) 영리하고 재주가 있음. [공명 | 총명]

(2) 어떤 일이나 사람의 뒤를 잇는 사람. [후계자 | 설계자]

(3) 말, 태도, 규칙 등이 매우 엄하고 철저함. [감격 | 엄격]

(4) 둘 이상의 나라가 같은 목적을 이루기 위해 힘을 합치기로 약속함. [동맹 | 가맹]

5 다음 빈칸에 들어갈 알맞은 **주제 어휘**를 쓰세요.

세계 여러 나라는 나라의 발전을 위해 다른 나라와 [   ]을 맺고 서로 협력하기도 합니다.

(   )

6 다음 밑줄 친 말과 뜻이 비슷한 낱말을 **주제 어휘**에서 찾아 쓰세요.

조선의 태종에게는 여러 아들이 있었어요. 그중 충녕 대군은 어릴 때부터 책을 손에서 놓지 않고 늘 가까이하였어요. 그렇게 일찍이 <u>똑똑하고 슬기로움</u>으로 눈에 띄었던 충녕 대군은 아버지의 왕위를 물려받아 조선의 제4대 왕이 되었어요. 이 왕이 바로 한글을 만든 세종 대왕이랍니다.

(   )

큰 기와집의 오래된 소원

큰 기와집의 오래된 소원
글 이규희
키위북스

새벽부터 쌕쌕이가 요란하게 날아가고, 어디선가 대포 소리도 쿵쿵 들려왔어요.

툭하면 남쪽을 향해 총을 쏘아 대던 북쪽 군이 쳐들어온 거예요.

사람들은 갑작스레 일어난 전쟁에 어쩔 줄을 몰랐어요.

허둥지둥 짐 보따리를 이고 지고 **피난***을 가는 사람들도 보였어요.

큰 기와집도 괜히 마음이 뒤숭숭했어요.

사흘째 되는 날 새벽이었어요.

콰르릉 쾅, 쾅쾅! 귀가 찢어질 듯 무서운 폭격 소리가 들려왔어요.

큰 기와집이 흔들흔들할 만큼 가까운 데서 나는 소리였어요.

북쪽 군이 벌써 미아리고개를 넘어 서울 한복판까지 쳐들어온 거예요.

㉠"저 **빨갱이***들 때문에 큰일 났다!"

사람들은 겁에 질린 채 수군거렸어요.

큰 기와집도 피난을 가지 않은 식구들 생각에 더럭 겁이 났어요.

북쪽 사람들은 집집마다 돌아다니며 사람들을 잡아갔어요.

잡혀간 사람들은 모두 북쪽으로 끌려갔어요.

"**아범***아, 안 되겠다. 놈들이 들이닥치기 전에 더 깊숙이 몸을 피해야겠다."

할아버지는 골방에 숨어 있던 미루 아버지에게 다급하게 일렀어요.

학교에서 영어를 가르치는 미루 아버지도 눈에 띄기만 하면 잡혀갈 게 뻔했거든요.

달도 별도 뜨지 않은 캄캄한 **그믐밤***이었어요.

삐꺽, 뒷문이 열리며 벙거지를 깊이 눌러 쓴 남자가 집을 나섰어요.

북쪽 사람들을 피해 미루 아버지가 안성 외갓집으로 떠나는 길이었어요.

"한강에 가면 몰래 배를 태워 주는 사람이 있다니 그리로 가세요."

㉡"연합군들이 우릴 돕기 위해 속속 들어오고 있으니 곧 서울을 되찾을 게요. 그때까지 어머님과 아이들을 잘 부탁하오."

미루 아버지는 어머니와 낮은 목소리로 인사를 나눈 뒤 미루와 정아를 꼭 껴안아 주곤 서둘러 대문을 나섰어요.

㉢'제발 무사하셔야 할 텐데.'

큰 기와집은 간절히 빌었어요.

어휘사전

* **피난** 재난을 피하여 멀리 옮겨 감.
* **빨갱이** 공산주의를 지지하는 사람들을 낮게 이르는 말.
* **아범** 아버지의 낮춤말인 '아비'를 조금 대접하여 이르는 말.
* **그믐밤** 음력으로 그달의 마지막 날의 밤을 이르는 말.

1 내용 이해

이 글에서 일어난 일로 알맞지 않은 것은 무엇인가요? (　　　　)

① 북쪽 군이 쳐들어와 전쟁이 일어났다.
② 미루 아버지는 안성으로 피난을 떠났다.
③ 마을 사람들은 모두 북쪽으로 피신했다.
④ 마을 가까운 데서 폭격 소리가 들려왔다.
⑤ 북쪽 군인들이 서울 한복판까지 들어왔다.

2 추론하기

㉠~㉢에 나타난 인물의 마음으로 알맞지 않은 것에 X표 하세요.

(1) ㉠: 무섭고 놀란 마음 (　　　　)
(2) ㉡: 기쁘고 설레는 마음 (　　　　)
(3) ㉢: 불안하고 걱정스러운 마음 (　　　　)

3 추론하기

이 글을 읽고 당시 우리나라의 상황을 알맞게 짐작한 친구의 이름을 쓰세요.

정민

준건

현민

(　　　　　　　　)

6.25 전쟁

우리나라는 오래전에 일본의 **지배***를 받은 적이 있어요. ㉠세계 전쟁 이후에야 일본의 지배에서 벗어나게 되었지요. 당시 우리나라를 돕는다는 이유로 남쪽에는 미국 군인이, 북쪽에는 소련 군인이 머물렀어요. 그래서 결국 남과 북에는 서로 다른 **정부***가 생기게 되었지요. ㉡북위 38도선을 기준으로 남쪽에는 이승만을 대통령으로 한 대한민국이, 북쪽에는 김일성을 지도자로 한 조선 민주주의 인민 공화국이 생기게 되었어요.

그런데 1950년 6월 25일, 북한이 남한을 공격하여 전쟁이 일어났어요. 이 전쟁이 바로 6.25전쟁이에요. 소련의 도움을 받은 북한은 남한 땅을 향해 거침없이 내려왔어요. 이를 미처 대비하지 못했던 남쪽 군인은 북쪽 군인을 막아 내기가 어려웠어요. 결국 남한은 전쟁이 일어난 지 3일 만에 서울을 빼앗기고 부산까지 내려가게 되었어요. 남한에 살던 많은 사람들이 집을 잃고 피난을 떠나게 되었지요.

그러자 세계 평화를 위해 만들어진 국제 연합(UN)이 남한을 돕기로 했어요. 미국을 포함한 여러 나라의 **연합*** 군대가 오게 되었지요. 같은 해 9월에 ㉢맥아더 장군은 남한과 북한의 가운데에 위치한 인천을 차지하고, 서울을 되찾는 데 성공했어요. 이제 전쟁이 남한에 유리해진 거예요. 하지만 이번에는 중국에서 북한을 돕는 군대를 보냈어요. 엄청난 숫자의 중국 군인이 남한으로 내려와 다시 서울을 빼앗아 갔지요.

그 뒤로도 남한과 북한은 서로 밀고 밀리는 싸움을 계속했어요. 전쟁이 벌어지는 동안 건물과 도로가 망가지고, 많은 사람이 죽거나 다쳤어요. ㉣가족을 잃어버린 사람도 너무나 많았지요.

결국 1953년, 양쪽은 전쟁을 쉬기로 약속했어요. 그리고 남한과 북한은 지금까지도 세계의 유일한 **분단***국가로 남아 있답니다.

어휘사전

- * **지배** 어떤 사람이나 집단 등을 자기의 뜻대로 복종하게 하여 다스림.
- * **정부**(政 정사 정, 府 마을 부) 나랏일을 맡아보는 가장 중심이 되는 관청.
- * **연합** 두 가지 이상의 사물이 서로 협동하여 만든 조직.
- * **분단** 동강이 나게 끊어 가름.

내용요약

글의 중심 내용을 생각하며 빈칸의 낱말을 써 보세요.

1950년 [6]월 [2][5]일, 북한이 남한을 공격하여 전쟁이 일어났어요. 남한과 북한은 전쟁으로 인해 큰 피해를 보게 되었지요. 결국 1953년, 전쟁을 쉬기로 했고, 우리나라는 지금까지 [분][단]국가로 남아 있어요.

1 다음 일이 일어난 순서에 알맞게 빈칸에 번호를 쓰세요.

내용 이해

㉮ 중국이 북한을 돕는 군대를 보내어 다시 서울을 빼앗김.

㉯ 1950년 6월 25일, 북한이 남한을 공격하여 전쟁이 일어남.

㉰ 서로 밀고 밀리던 남한과 북한은 1953년, 전쟁을 쉬기로 약속함.

㉱ 남한을 돕는 국제 연합 군대의 맥아더 장군이 인천을 차지하는 데 성공함.

㉯ → (　　　) → (　　　) → (　　　)

2 다음은 남한과 북한에 대해 정리한 표입니다. 알맞지 않은 것은 무엇인가요? (　　　)

내용 이해

		남한	북한
①	정부	대한민국	조선 민주주의 인민 공화국
②	최초의 대통령(지도자)	이승만	김일성
③	세계 전쟁 이후 머무른 군대	소련	미국
④	6.25 전쟁 중 도와준 군대	국제 연합 군대	중국 군대
⑤	6.25 전쟁으로 입은 피해	건물과 도로가 망가지고, 많은 사람이 죽고 다침.	

3 ㉠~㉣ 중 다음 기사의 내용이 나타난 것을 찾아 기호를 쓰시오.

추론하기

죽기 전에 만나 볼 수 있을까, 애타는 이산가족

김 할아버지는 6.25 전쟁이 벌어지던 당시 열여섯 살이었습니다. 그는 어머니, 형과 헤어지게 되었습니다. 평양에 살던 그는 기차를 타고 홀로 남쪽으로 피난을 왔습니다. 그날 이후 가족과 떨어져 70년이 지난 지금까지도 그는 어머니와 형의 소식을 알지 못합니다.

(　　　)

1 생각주제와 관련된 앞의 두 글을 읽고 내용을 정리해 보세요.

6.25 전쟁

시작	중간	끝
1950년 6월 25일, 북한이 남한을 공격하여 전쟁이 일어남.	• 북한 군인이 [서][울]을 빼고 부산까지 내려감. • 국제 연합 군대와 중국 군대가 참여하여 전쟁이 계속됨.	• 1953년, 남한과 북한은 [전][쟁]을 쉬기로 약속함. • 세계 유일한 분단 국가로 남음.

큰 기와집의 오래된 소원

북쪽 군인들이 남한에 쳐들어와 전쟁이 일어남. → 북쪽 사람들이 사람들을 잡아서 북쪽으로 데려감. → 큰 기와집에 살던 미루 아버지는 북한 사람들을 피해 안성으로 [피][난]을 감.

2 6.25 전쟁과 우리나라에 대한 설명으로 알맞은 것을 두 가지 골라 ○표 하세요.

(1) 우리 민족인 남한과 북한이 싸운 전쟁이다.

(2) 현재는 전쟁이 완전히 종료되어 하나의 나라가 되었다.

(3) 6.25 전쟁으로 우리나라의 힘을 세계에 알릴 수 있었다.

(4) 우리 민족만이 아니라 다른 나라들도 많이 관련되어 있다.

3 6.25 전쟁이 남긴 결과에 대해 자신의 생각을 써 보세요.

6.25 전쟁으로 인해 현재 우리나라는 ✎ ______________________

주제 어휘	피난	지배	연합	분단

4 다음 주제 어휘의 뜻으로 알맞은 것을 찾아 선으로 이으세요.

(1) 분단 •　　• ㉠ 동강이 나게 끊어 가름.

(2) 연합 •　　• ㉡ 재난을 피하여 멀리 옮겨 감.

(3) 지배 •　　• ㉢ 두 가지 이상의 사물이 서로 협동하여 만든 조직.

(4) 피난 •　　• ㉣ 어떤 사람이나 집단 등을 자기 뜻대로 복종하게 하여 다스림.

5 다음 빈칸에 들어갈 알맞은 주제 어휘를 쓰세요.

우리 할아버지께서는 옛날에 일본이 우리 나라를 ☐하는 것에 반대하다 붙잡힌 경험이 있으시다.

(　　　　　　　)

6 다음 문장의 밑줄 친 말과 바꿔 쓸 수 있는 주제 어휘에 ○표 하세요.

(1) 지진이 나자 마을 사람들은 모두 다른 곳으로 <u>대피</u>했다.

→ 복귀 | 피난

(2) 우리 반은 이번 체육 대회에서 옆 반과 <u>연맹</u>을 맺고 함께 응원하기로 하였다.

→ 분리 | 연합

식물원에 다녀와서

지난 주말, 우리 가족은 평창에 있는 식물원에 다녀왔다.

"식물원은 어떤 곳이에요?"

"다양한 식물들을 모아 키우면서 연구하고 사람들에게 교육도 하는 곳이지. 우리가 가는 식물원은 우리나라의 산이나 들에서 저절로 나는 꽃과 나무들이 모여 있는 특별한 식물원이야."

나는 어떤 식물을 보게 될지 기대가 많이 되었다. 식물원은 산 아래에 있었는데 그래서인지 입구에서부터 시원한 바람이 느껴졌다.

입구에 계시던 직원분이 우리를 안내해 주셨다.

"이곳에는 주변에서 쉽게 찾아보기 어려운 멸종 위기에 처한 식물들도 자라고 있습니다. **보존***해야 할 귀중한 식물들이지요."

우리 가족은 직원분의 설명을 들으며 **온실*** 안을 둘러보았다. 곳곳에 파릇파릇한 싹이 돋아나 있었다. ㉠약재로 쓰이는 식물들이 있고, 염색 재료로 쓰이는 식물들도 있었다. 식물들을 둘러보면서 식물의 쓰임새가 매우 다양하다는 것을 알았다. 평소에는 식물을 보면 그냥 예쁘다는 생각만 했었는데, 식물원에 와 보니 식물이 참 **가치*** 있는 소중한 자원임을 알게 되었다.

다른 한쪽에는 용머리, 기린초 등 이름이 낯선 꽃들도 한가득 피어 있었다. 그런데 활짝 핀 꽃도 있고, 그렇지 않은 꽃도 있었다.

"왜 어떤 꽃은 피어 있고, 어떤 꽃은 피지 않은 거예요?"

"식물마다 자라는 시기와 속도가 다르기 때문이란다."

식물도 사람처럼 ㉡자라는 모습이 다 다른 것이 재미있었다. 식물원 **산책***길에는 내 키보다 더 큰 식물들이 저마다 푸른 잎을 뽐내며 자라나고 있었다. ㉢앵두나무에 달린 빨간 앵두 열매도 보였다. ㉣그림책에서만 보던 모습을 실제로 보니 신기했다.

어휘사전

* **보존**(保 보전할 보, 存 있을 존) 잘 보호하고 보살펴서 남김.
* **온실** 식물을 기르기 위해 알맞은 온도와 습도를 유지할 수 있게 만든 건물.
* **가치**(價 값 가, 値 값 치) 사물이 지니고 있는 쓸모.
* **산책** 휴식이나 건강을 위해 천천히 걷는 일.

내용요약

글의 중심 내용을 생각하며 빈칸의 낱말을 써 보세요.

지난 주말 가족과 함께 식 물 원 에 다녀왔다. 그곳에서 다양한 식물을 보고, 식물에 대한 여러 가지 지식을 얻었다.

1 글의 특징

이 글에 대한 설명으로 알맞은 것은 무엇인가요? (　　　　　)

① 어떤 대상을 알기 쉽게 설명하는 글이다.
② 어떤 문제에 대해 의견을 주장하는 글이다.
③ 있었던 일에 대한 사실만을 전달하는 글이다.
④ 어떤 곳에 가서 보고 듣고 느낀 점을 쓴 글이다.
⑤ 현실에서 일어날 수 없는 일을 상상해서 쓴 글이다.

2 내용 이해

이 글에서 '내'가 겪은 일로 알맞지 않은 것은 무엇인가요? (　　　　　)

① 지난 주말 가족과 식물원에 갔다.
② 식물원에서 직접 식물을 심고 가꾸었다.
③ 멸종 위기에 처한 식물들을 직접 보았다.
④ 식물의 여러 가지 쓰임에 대하여 알게 되었다.
⑤ 식물원 직원분에게 식물에 대한 설명을 들었다.

3 적용하기

㉠~㉣을 다음과 같이 정리할 때, 빈칸에 알맞은 기호를 쓰세요.

'내'가 보고 들은 것	(1)
'내'가 생각하거나 느낀 것	(2)

생각주제 14 식물은 어떻게 살아갈까?

식물의 한살이

씨앗을 심거나 식물을 길러 본 적이 있나요? 그랬다면 잠시 못 본 새에 식물이 훌쩍 커 버린 경험이 있을 거예요. 식물은 물과 햇빛이 있으면 무럭무럭 자라요. 이렇게 식물이 싹이 **트고***, 자라고, 다시 씨를 맺어 한 대를 이어 가는 과정을 '식물의 한살이'라고 해요. 식물의 한살이에 대해 자세히 알아볼까요?

1 먼저, 씨앗을 심고 싹이 나올 때까지 기다려요. 싹이 트려면 적당한 온도와 물이 필요해요. 땅속에 묻힌 씨앗은 적절한 **조건***이 갖추어지면 부풀어요. 그리고 뿌리가 나오기 시작하지요. 이때 씨앗의 껍질이 벗겨지면서 잎이 나와 자라게 된답니다.

2 식물은 자라면서 잎과 줄기의 모습이 많이 바뀌어요. 잎은 점점 많아지고, 줄기는 더 길어지며 굵어지지요. 물과 햇빛, 적당한 온도가 갖추어지면 식물은 더 튼튼하게 자라요.

3 식물이 자라면서 꽃봉오리가 생겨요. 봉오리의 개수가 많아지면서 꽃이 피기 시작하지요. 꽃 속에는 꽃가루가 있는데 이 꽃가루가 옮겨지면 식물은 씨를 만들 수 있어요. 벌이나 나비 같은 곤충이나, 새, 바람 등이 꽃가루를 옮길 수 있게 도와주지요.

4 시간이 지나 꽃이 지면 열매가 생겨요. 바로 이 열매 속에 씨가 들어 있답니다. 이렇게 만들어진 씨가 옮겨져서 땅에 떨어지면 그 씨에서 또다시 싹이 트고 식물이 자라게 되지요.

이러한 식물의 한살이는 식물의 종류에 따라 그 모습이 달라요. 강낭콩이나 벼처럼 한 해만 사는 식물도 있고, 사과나무, 무궁화처럼 여러 해 동안 살아가는 식물도 있어요. 저마다 모습은 달라도 모든 식물은 한살이를 통해 **대***를 이어 간답니다.

어휘사전

* **트다** 식물의 싹, 움, 순 등이 벌어지다.
* **조건**(條 가지 조, 件 사건 건) 어떤 일이 이루어지려면 갖추어야 할 상태나 요소.
* **대** 조상으로부터 자손으로 집안이 이어지는 것.

내용요약

글의 중심 내용을 생각하며 빈칸의 낱말을 써 보세요.

식물은 [씨앗]에서 싹이 트고 줄기와 잎이 점점 자라 꽃을 피워요. 꽃이 진 자리에는 열매가 열리고, 그 속에는 다시 씨가 생겨요. 이러한 과정을 식물의 [한살이]라고 해요.

1 내용 이해 식물의 한살이에 대한 설명으로 알맞은 것은 무엇인가요? (   )

① 싹이 트려면 햇빛만 필요하다.
② 꽃과 열매는 같은 때에 함께 열린다.
③ 식물의 한살이 모습은 식물마다 모두 같다.
④ 식물이 자랄수록 줄기는 가늘어지고 잎은 적어진다.
⑤ 식물의 한살이에는 물, 햇빛, 온도 등 적절한 조건이 필요하다.

2 적용 하기 다음 중 식물을 기르는 방법에 대해 알맞게 말한 친구의 이름을 쓰세요.

현민

준건

정민

(   )

3 추론 하기 이 글에 **보기**의 내용을 덧붙이려고 합니다. **1**~**4** 중 어느 문단에 덧붙이면 좋을지 번호를 쓰세요.

보기

씨가 옮겨지는 방법에는 여러 가지가 있어요. 씨는 새나 곤충에게 먹혀서 이동하기도 하고, 바람을 타고 옮겨지기도 해요. 또 동물의 털에 붙어서 옮겨지기도 한답니다.

(   )

1 생각주제와 관련된 앞의 두 글을 읽고 내용을 정리해 보세요.

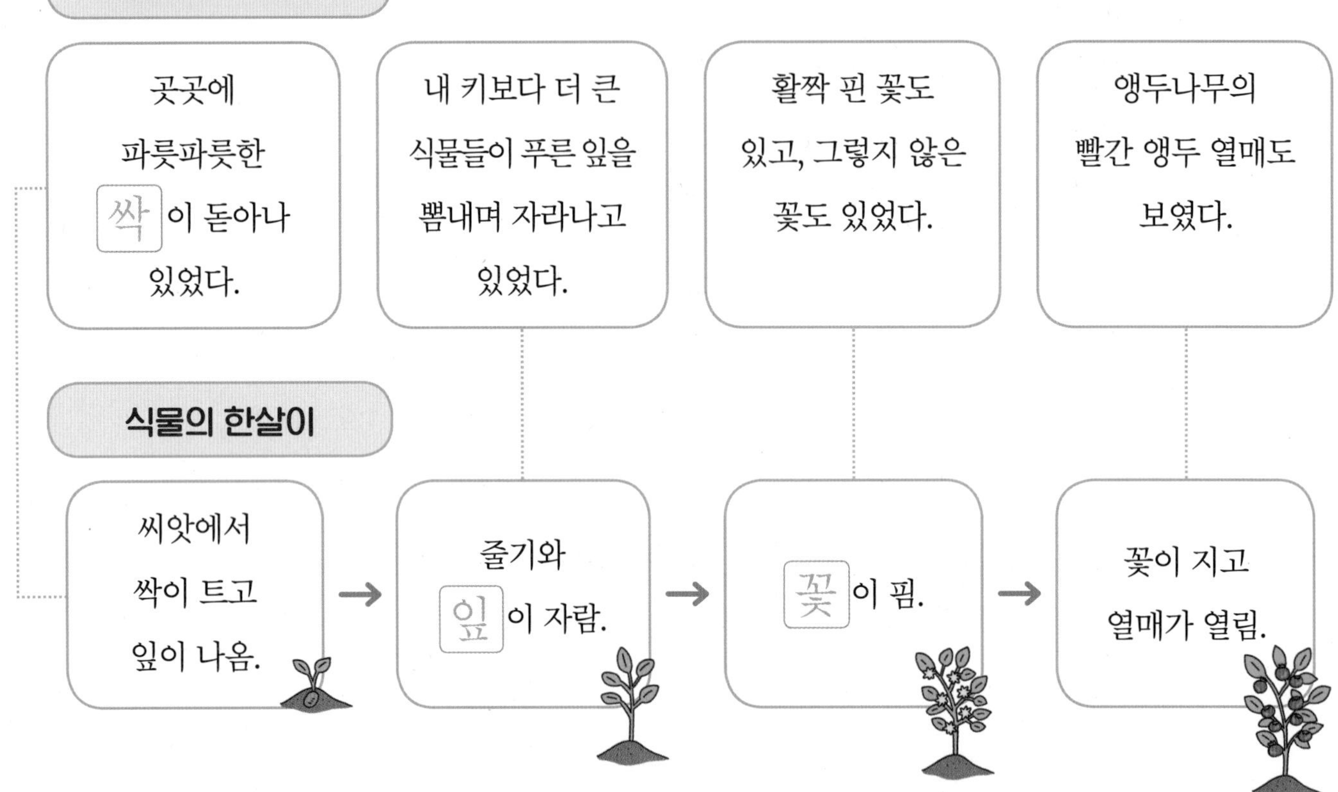

2 다음 중 식물이 살아가는 데 도움을 주는 것을 모두 찾아 ○표 하세요.

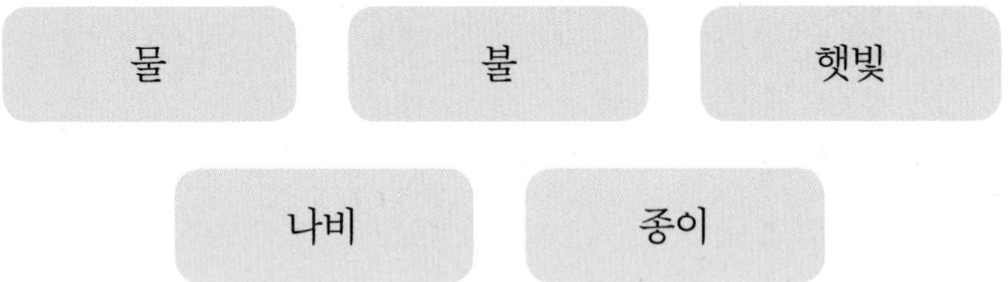

3 씨앗을 심거나 식물을 가꾸어 본 경험을 떠올려 보고, 그때의 생각이나 느낌을 정리하여 써 보세요.

제가 키워 본 식물은 ✎ ____________________

____

____

주제 어휘	보존	가치	조건	대

4 다음 뜻에 알맞은 주제 어휘에 ○표 하세요.

(1) 사물이 지니고 있는 쓸모. [가치 | 재미]

(2) 잘 보호하고 보살펴서 남김. [보좌 | 보존]

(3) 조상으로부터 자손으로 집안이 이어지는 것. [대 | 댁]

(4) 어떤 일이 이루어지려면 갖추어져야 할 상태나 요소. [조건 | 조력]

5 다음 빈칸에 들어갈 알맞은 주제 어휘를 쓰세요.

우리는 조상들이 남긴 [　　　　] 있는 문화유산을 잘 지키고 보호하는 데 힘써야 합니다.

(　　　　　　　　)

6 밑줄 친 말과 뜻이 비슷한 낱말을 주제 어휘에서 찾아 쓰세요.

우리가 일상생활에서 별생각 없이 사용하는 플라스틱은 편리하기는 하지만 지구의 환경을 오염시키는 주범이에요. 썩거나 분해되는 데 오랜 시간이 걸릴 뿐만 아니라 바다로 흘러들어 가면 바다 생물의 목숨도 위협하기 때문이지요. 플라스틱 사용을 줄이고, 환경을 잘 <u>보호하여 지키는 것</u>은 우리 모두 꼭 해야 할 숙제랍니다.

(　　　　　　　　)

흔들리는 땅은 무서워!

오늘 아침에 있었던 일이다. 나는 평소처럼 식탁에 앉아 아침을 먹고 있었다. 그때 갑자기 형이 이상하다는 듯 말했다.

"무슨 소리 들리지 않았어?"

형의 말이 끝나자마자 무언가 부르르 떨리는 듯한 소리가 작게 들렸다. 형과 나는 주위를 두리번거렸다. 그 소리는 방의 창문이 떨리는 소리였다.

이상했다. 창문이 흔들릴 만큼 바람이 부는 날씨가 아니었기 때문이다. 다시 밥을 먹으려는데, 갑자기 컵에 담긴 물이 찰랑거렸다. 그 순간 발밑에서 **진동***이 느껴졌다.

"땅이 흔들리는 것 같아!"

형이 소리쳤다. 나와 형은 자리에서 벌떡 일어나 식탁을 붙잡았다. 부모님께서도 놀라 방에서 뛰어나오셨다. 그사이 흔들림은 점점 더 심해졌다. 어머니께서는 우리에게 주변에 있던 방석과 쿠션을 건네셨다.

㉠"얼른 머리를 가리렴. 그리고 모두 식탁 밑으로 들어가자!"

우리는 모두 쿠션으로 머리를 감싼 채 재빨리 식탁 밑으로 들어갔다. 그리고 몸을 웅크렸다. 바닥에는 식탁에서 떨어진 컵과 그릇들이 나뒹굴었다. 너무 무서웠다.

몇 분이 지났을까, 흔들림이 멈췄다. 우리는 겨우 몸을 일으켜 식탁 밑에서 나왔다.

"**지진***이 났었나 보구나."

아버지의 말씀에 나는 깜짝 놀랐다. 책이나 뉴스에서는 봤지만, 실제로 지진을 느껴 본 것은 처음이었기 때문이다. 거실 바닥은 책장에서 떨어진 책들 때문에 발 디딜 틈이 없었다. 위험할 뻔했지만, 어머니께서 지진 **대피*** 방법을 알고 계셔서 다행이었다. 언제든 내 주변에서도 지진이 일어날 수 있다는 사실을 깨닫게 된 하루였다.

어휘사전

- * **진동** 흔들려 움직임.
- * **지진**(地 땅 지, 震 벼락 진) 땅 속의 어떤 힘에 의하여 땅이 크게 울리고 갈라지는 현상.
- * **대피** 위험이나 피해를 입지 않도록 피함.

내용요약

글의 중심 내용을 생각하며 빈칸의 낱말을 써 보세요.

오늘 아침, 집이 흔들리는 것을 느꼈다. 우리 가족은 모두 쿠션으로 머리를 가리고 [식][탁] 밑으로 피했다. [지][진]을 처음 겪는 것이었는데 정말 무서웠다.

1 내용 이해

'내'가 겪은 일로 알맞지 않은 것은 무엇인가요? (　　　　　)

① 형과 함께 아침을 먹었다.
② 창문이 떨리는 소리를 들었다.
③ 지진이 왜 일어나는지 알게 되었다.
④ 부모님, 형과 함께 식탁 밑으로 몸을 숨겼다.
⑤ 발밑에서 땅이 흔들리는 듯한 진동을 느꼈다.

2 추론 하기

어머니께서 ㉠처럼 말씀하신 까닭으로 알맞은 것은 무엇일까요? (　　　　　)

① 어두운 곳으로 피해야 하기 때문에
② 식탁 밑에서 밥을 먹어야 하기 때문에
③ 지진이 나는 소리가 너무 컸기 때문에
④ 식탁 밑은 진동이 느껴지지 않기 때문에
⑤ 떨어지는 물건으로부터 몸을 보호할 수 있기 때문에

3 적용 하기

다음은 '나'와 어머니가 오늘 겪은 일에 대해 나눈 대화입니다. ㉮~㉱ 중 지진에 대한 생각이나 느낌으로 알맞지 않은 것을 찾아 기호를 쓰세요.

> 나: 어머니, 처음에 ㉮창문이 흔들렸던 것도 땅의 진동 때문이었나 봐요.
> 어머니: 그래, 엄마도 느꼈어. 지진을 직접 겪어 보니까 어땠니?
> 나: 지진이 ㉯생각보다 무섭다는 걸 느꼈어요. 그리고 ㉰잘 대피하는 것이 중요하다는 것을 알았어요. 식탁 밑에 들어가 머리를 보호하는 것처럼요. 그리고 ㉱책장은 무겁고 튼튼하니까 그 옆에 기대 있어도 좋을 것 같아요.
> 어머니: 많은 생각을 했구나. 우리 같이 지진 대피 요령을 더 알아보자.

(　　　　　)

정답 및 해설 23쪽

지진이 일어나는 원인

일본의 후쿠시마라는 곳에서 큰 지진이 일어났어요. 건물이 흔들리면서 무너졌고, 유리창은 산산조각 났어요. 도로와 다리도 파괴되었어요. 전기선이 끊어져서 전기가 들어오지 않았지요. 사람들은 어둠 속에서 떨어야 했어요. 게다가 이 지진은 **해일***까지 불러왔어요. 바다에서 거대한 파도가 육지를 덮쳐 많은 사람이 죽거나 **실종***되는 피해가 생겼어요. 이렇게 사람들에게 큰 피해를 주는 지진이 발생하는 원인은 무엇일까요?

우리가 살고 있는 지구의 **내부***에는 여러 가지 힘이 작용하고 있어요. 힘은 밀어내거나 당기면서 **균형***을 이루다가, 서로 부딪치기도 해요. 이러한 힘이 오랫동안 작용하면 땅은 휘어지거나 끊어지게 되어요. 땅이 끊어지면서 그 충격으로 엄청난 진동이 생기는데 이것이 바로 지진의 원인이에요. 이렇게 지구 내부에서 작용하는 힘을 받아 땅이 끊어지면서 흔들리는 것을 '지진'이라고 합니다.

㉠지진이 발생하는 원인을 이해할 수 있는 실험이 있어요. 이 실험을 위해 스티로폼 판을 준비해요. 이 스티로폼 판의 양쪽을 양손으로 잡고, 가운데 방향을 향해 위로 밀어요. 점차 스티로폼 판의 가운데가 볼록 솟아오르면서 휘어질 거예요. 그렇게 계속 힘을 가하면 어느 순간 스티로폼 판이 부러져요. 그리고 이때 손이 떨리면서 진동이 느껴져요. 손으로 스티로폼 판을 미는 것을 지구 내부에서 작용하는 힘이라고 생각해 보세요. 이때 힘에 의해 부러진 스티로폼 판은 땅이고, 스티로폼 판이 부러질 때 느끼는 진동은 지진과 같아요.

최근 우리나라의 포항이나 경주에서도 지진이 발생하고 있어요. 큰 피해는 없었지만 더 이상 우리나라도 지진으로부터 안전하지 않다는 것을 알게 되었지요. 지진을 대비하는 방법을 미리 알아보고 준비한다면 지진이 일어났을 때 안전하고 슬기롭게 대처할 수 있을 거예요.

어휘사전

- * **해일**(海 바다 해, 溢 넘칠 일) 지진이나 화산의 폭발 또는 폭풍우 때문에 갑자기 바닷물이 크게 일어서 육지로 넘쳐 들어오는 것.
- * **실종** 자취가 없어져서 어디에 있는지, 죽었는지 살아 있는지를 알 수 없게 되는 것.
- * **내부**(內 안 내, 部 나눌 부) 안쪽의 부분.
- * **균형** 어느 한쪽으로 기울거나 치우치지 않은 고른 상태.

내용요약

글의 중심 내용을 생각하며 빈칸의 낱말을 써 보세요.

지구 내부에서 작용하는 힘을 받아 땅이 끊어지면서 흔들리는 것을 '지진'이라고 해요.

1 지진이 일어나는 과정에 맞게 순서대로 기호를 쓰세요.

내용 이해

㉮ 땅이 휘어지거나 끊어진다.
㉯ 지구 내부의 힘이 오랫동안 땅에 작용한다.
㉰ 땅이 끊어지면서 진동이 생겨 땅이 흔들린다.

( ) → ( ) → ( )

2 ㉠에 대해 정리한 표입니다. 빈칸에 들어갈 알맞은 내용에 ○표 하세요.

적용 하기

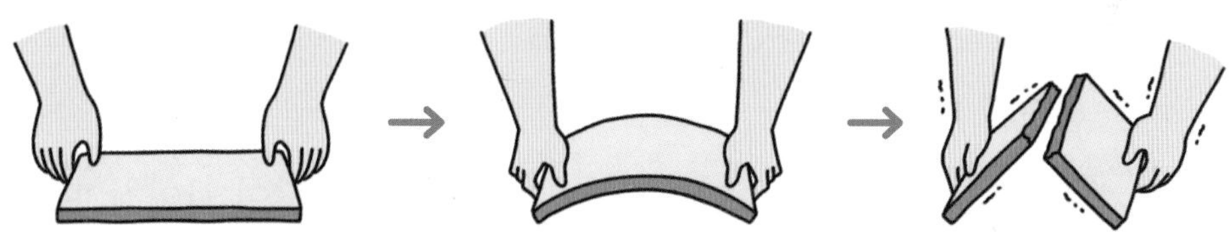

실험 내용	실제 자연 현상
스티로폼 판	땅
스티로폼 판을 미는 것	
스티로폼 판이 부러질 때 느끼는 진동	지진

(1) 땅이 끊어지는 현상 ( )
(2) 지구 내부에서 작용하는 힘 ( )

3 이 글을 읽고 답을 알 수 있는 질문이 아닌 것은 무엇인가요? ( )

추론 하기

① 지진으로 인한 피해는 무엇인가요?
② 지진이 발생하는 원인은 무엇인가요?
③ 지진의 세기를 나타내는 방법은 무엇인가요?
④ 지진을 대비하는 방법을 알아야 하는 까닭은 무엇인가요?
⑤ 지진의 발생 원인을 이해할 수 있는 실험 방법은 무엇인가요?

1 생각주제와 관련된 앞의 두 글을 읽고 내용을 정리해 보세요.

지진

지구 내부에서 작용하는 힘으로 땅이 끊어지면서 흔들리는 것

흔들리는 땅은 무서워!

지진이 났을 때는 어떻게 할까?

- 물체가 떨어질 만한 곳으로부터 피한다.
- [머][리]를 보호하며 안전한 공간으로 대피한다.

지진이 일어나는 원인

지진은 왜 일어날까?

지구 내부의 힘이 균형을 이루다가 서로 부딪침.

↓

이런 힘이 오랫동안 작용하여 [땅]이 끊어짐.

땅이 끊어질 때 충격으로 지진이 생김.

2 지진의 원인과 대피 방법에 대한 설명으로 알맞은 것을 두 가지 골라 ○표 하세요.

(1) 지진이 일어나는 원인을 알아야 대피할 수 있다.

(2) 흔들림이 느껴지기 시작할 때는 대피할 필요가 없다.

(3) 지진이 일어나면 빨리 안전한 장소로 대피해야 한다.

(4) 지진은 지구 내부 힘의 작용으로 땅이 끊어지면서 일어난다.

3 신문이나 텔레비전에서 지진이 난 것을 보았거나 지진을 직접 겪었을 때 어떤 생각이나 느낌이 들었는지 써 보세요.

지진은 ✎ ____________________

____

____

주제 어휘 | 진동 | 대피 | 내부 | 균형

4 다음 **주제 어휘**의 뜻으로 알맞은 것을 찾아 선으로 이으세요.

(1) 균형 •　　　　• ㉠ 안쪽의 부분.

(2) 내부 •　　　　• ㉡ 흔들려 움직임.

(3) 대피 •　　　　• ㉢ 위험이나 피해를 입지 않도록 피함.

(4) 진동 •　　　　• ㉣ 어느 한쪽으로 기울거나 치우치지 않은 고른 상태.

5 다음 빈칸에 들어갈 알맞은 **주제 어휘**를 쓰세요.

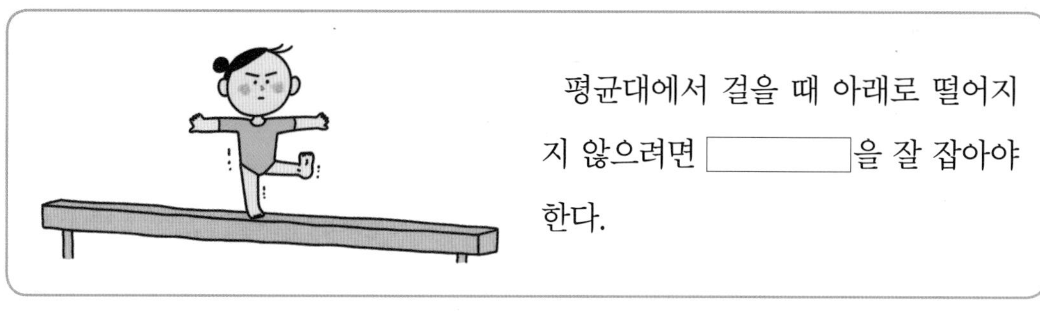

평균대에서 걸을 때 아래로 떨어지지 않으려면 [　　　　]을 잘 잡아야 한다.

(　　　　　　　　)

6 다음 문장의 밑줄 친 말과 바꿔 쓸 수 있는 **주제 어휘**에 ○표 하세요.

(1) 그 집은 문이 열려 있어서 <u>안쪽</u>이 모두 보였다. → 외부 | 내부

(2) 바람이 세게 불면 안전한 곳으로 <u>피신</u>해야 한다. → 대피 | 준비

생각주제

16 지구는 어떤 모양일까?

지구는 둥근 공 모양이에요. 사람들은 지구가 둥글다는 것을 어떻게 알았는지 생각해 보아요.

17 발레는 어떤 춤일까?

발레리나의 우아한 춤을 보면 감동을 받아요. 발레는 어떤 춤인지 생각해 보아요.

18 여러 악기가 모여 어떤 소리를 낼까?

오케스트라는 여러 악기가 모여서 하나의 곡을 연주해요. 어떤 악기들로 아름다운 소리를 만드는 것인지 생각해 보아요.

19 책과 인터넷의 공통점은?

우리가 정보를 찾을 때 이용하는 책과 인터넷은 어떤 점이 같고, 어떤 점이 다른지 생각해 보아요.

20 우리는 생각을 어떻게 주고받을까?

옛날에 몽룡은 춘향에게 마음을 전하기 위해 편지를 썼어요. 오늘날 우리는 어떻게 마음을 전하고 있는지 생각해 보아요.

달곰한 공부계획

공부한 날

		60일 완성	40일 완성	20일 완성
생각글 1	최초의 세계 일주, 마젤란의 항해	월 일	월 / 일	월 / 일
생각글 2	지구는 둥글다	월 일		
익힘 학습	자란다 문해력	월 일	월 일	
생각글 1	내일도 발레	월 일	월 / 일	월 / 일
생각글 2	발레의 역사와 특징	월 일		
익힘 학습	자란다 문해력	월 일	월 일	
생각글 1	오케스트라 연주회에 가다	월 일	월 / 일	월 / 일
생각글 2	아름다운 소리의 모임, 오케스트라	월 일		
익힘 학습	자란다 문해력	월 일	월 일	
생각글 1	다양한 방법으로 정보를 찾아요	월 일	월 / 일	월 / 일
생각글 2	여러 가지 매체	월 일		
익힘 학습	자란다 문해력	월 일	월 일	
생각글 1	춘향전	월 일	월 / 일	월 / 일
생각글 2	알파 세대의 의사소통	월 일		
익힘 학습	자란다 문해력	월 일	월 일	

최초의 세계 일주, 마젤란의 항해

1519년 9월, 마젤란은 다섯 척의 배와 많은 선원을 이끌고 바다로 떠났어요. 유럽인 에스파냐에서 동아시아를 향해 **항해***를 시작했지요.

당시 유럽의 여러 나라는 **향신료***를 얻기 위해 뱃길을 찾고 있었어요.

"서쪽으로 계속 나아가 향신료를 얻고, 에스파냐로 돌아오겠습니다. 지구가 둥글다면 한 방향으로 계속 나아가 에스파냐로 되돌아올 수 있을 것입니다."

마젤란은 끈질기게 에스파냐 국왕을 설득했어요. 사실 그때까지 그 누구도 서쪽으로 계속 나아가면 어떨지 알지 못했어요. 바다가 얼마나 넓은지, 바다 건너에 어떤 새로운 땅이 있는지 아무도 몰랐지요. 마젤란은 그야말로 새로운 길을 찾아 나선 것이었어요.

항해는 마젤란의 생각보다 힘들고 어려웠어요. 폭풍우를 만나기도 했고, 싸움이 일어나기도 했지요. 여러 가지 힘든 일을 겪은 끝에 1년이 지나서야 남아메리카의 남쪽에 다다르게 되었어요. 하지만 그곳은 좁고 물살이 거셌어요. 그래서 빠져나오는 데에만 한 달이 넘게 걸렸지요. 이 좁은 바다를 오늘날 사람들은 마젤란 **해협***이라고 불러요.

해협을 빠져나오자, 마젤란의 앞에 새로운 바다가 펼쳐졌어요. 바다는 너무나 넓고 잔잔했죠. 마젤란은 이 바다에 크고 평화롭다는 뜻의 '태평양'이라는 이름을 붙였답니다.

한참을 항해하던 배는 필리핀 제도에 도착했어요. 하지만 이곳에서 마젤란은 원주민들을 무리하게 공격하다가 목숨을 잃고 말아요. 마젤란의 부하들은 선장 없이 항해를 계속해 목적지인 말루쿠 제도에 도착하게 되어요. 그리고 그토록 원하던 향신료를 얻지요. 그리고 같은 방향으로 계속 항해하여 결국 에스파냐로 돌아왔어요.

이토록 험난한 항해였지만, 마젤란의 항해는 최초의 세계 일주였어요. 그리고 지구가 정말 둥글다는 것을 **증명***한 여행이었답니다.

어휘사전

* **항해**(航 배 항, 海 바다 해) 배를 타고 바다 위를 다님.
* **향신료** 음식에 매운맛이나 향기를 더하는 조미료. 겨자, 고추, 마늘, 후추 등.
* **해협** 육지 사이에 끼어 있는 좁고 긴 바다.
* **증명**(證 증거 증, 明 밝을 명) 어떤 사실에 대해 그것이 참인지 거짓인지 증거를 들어서 밝힘.

내용요약

글의 중심 내용을 생각하며 빈칸의 낱말을 써 보세요.

[마젤란]은 에스파냐를 출발해 서쪽으로 계속 나아가 향신료를 얻고, 다시 에스파냐로 돌아오는 항해를 했어요. 이것은 최초의 세계 일주로, [지구]가 둥글다는 것을 증명한 항해였어요.

1 마젤란과 선원들이 항해한 곳을 순서대로 기호를 쓰세요.

내용 이해

㉠ 태평양	㉡ 마젤란 해협	㉢ 말루쿠 제도	㉣ 필리핀 제도

• 에스파냐 → (   ) → (   ) → (   ) → (   ) → 에스파냐

2 마젤란의 항해에 대한 설명으로 알맞지 않은 것은 무엇인가요? (   )

내용 이해

① 마젤란은 지구가 둥글다고 생각하여 항해를 시작했다.
② 마젤란은 필리핀 제도에서 원주민에게 목숨을 잃었다.
③ 마젤란의 항해는 매우 험난하여 여러 가지 힘든 일을 겪었다.
④ 마젤란의 부하들은 항해를 계속하여 결국 목적지에 도착했다.
⑤ 마젤란은 좁고 물살이 거센 바다에 '태평양'이라는 이름을 붙였다.

3 마젤란의 항해를 통해 알 수 있는 것을 알맞게 말한 친구의 이름을 쓰세요.

적용 하기

서연

연우

도진

(   )

지구는 둥글다

아주 먼 옛날 사람들은 지구가 네모나거나 평평하다고 생각했어요. 그래서 바다 끝까지 가면 낭떠러지에서 떨어진다고 믿고 있었지요. 그러다가 점점 지구가 둥글다는 **증거***를 찾아내기 시작했어요.

2,300년 전에 살았던 아리스토텔레스는 월식을 통해 지구가 둥글다는 것을 밝혔어요. 태양, 지구, 달이 **일렬***로 늘어섰을 때 달에 비치는 지구의 둥근 그림자를 가지고 증명했지요.

그리고 1522년, 마젤란이 이끄는 빅토리아호가 세계 일주를 하고 돌아오면서 실제로 지구가 둥글다는 것이 밝혀졌어요. 지구가 네모난 모양이라면 빅토리아호는 항해하는 동안 낭떠러지를 만났을 거예요. 하지만 계속 서쪽으로만 항해하다가 처음 출발한 곳으로 돌아왔지요. 지구가 둥글기 때문에 한 방향으로 계속 나아가면 처음 있었던 곳으로 되돌아온다는 주장이 증명된 것이지요.

지구가 둥근 것은 배가 항구로 들어오는 모습을 보고도 알 수 있어요. **수평선*** 너머에서부터 배가 다가오는 모습을 보면 배의 **돛대***부터 조금씩 보이기 시작해서 점차 전체적인 모습이 보여요. 만약에 지구가 네모나거나 평평한 모양이었다면 배가 들어올 때 전체 모습이 다 보였을 거예요. 하지만 지구가 둥글기 때문에 가장 높은 돛대부터 보이는 것이지요.

이외에도 많은 사람이 끊임없는 노력으로 지구가 둥글다는 증거를 찾아냈어요. 이제는 지구의 모양이 둥글다는 것을 누구나 알게 되었지요. 과학 기술이 발전한 요즘에는 달에서 찍은 **인공위성*** 사진을 통해 지구의 둥근 모습을 직접 볼 수 있기 때문이에요.

어휘사전

- * **증거** 무엇이 사실, 또는 진실이라는 것을 증명할 수 있는 근거.
- * **일렬**(一 한 일, 列 벌일 렬) 하나로 벌인 줄.
- * **수평선** 물과 하늘이 맞닿아 경계를 이루는 선.
- * **돛대** 돛을 매어 달기 위해 배 바닥에 세운 높은 기둥.
- * **인공위성** 로켓을 쏘아 올려서 지구 둘레를 돌게 만든 장치.

내용요약

글의 중심 내용을 생각하며 빈칸의 낱말을 써 보세요.

아리스토텔레스는 월 식 을 통해, 마젤란은 항해를 통해 지구가 둥글다는 것을 증 명 했어요. 오늘날에는 인공위성 사진을 통해 지구의 둥근 모습을 직접 볼 수 있어요.

1 적용하기

다음 중 지구의 모양과 비슷한 것을 찾아 기호를 쓰세요.

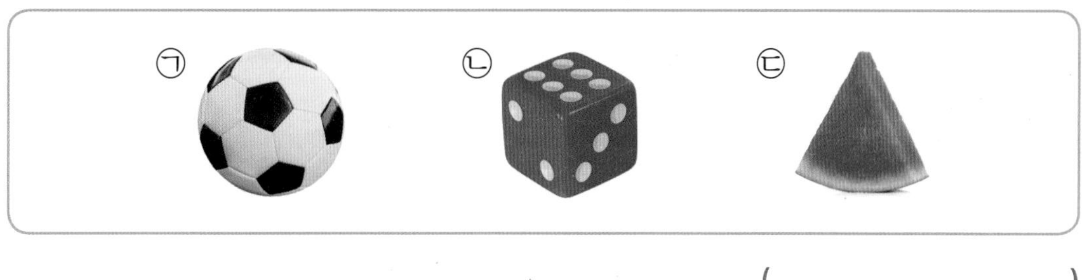

(　　　　　　　　)

2 내용 이해

다음 인물이 지구가 둥글다는 것을 증명한 방법으로 알맞은 것을 찾아 선으로 이으세요.

(1) 마젤란 •

(2) 아리스토텔레스 •

• ㉮ 태양, 지구, 달이 일렬로 늘어섰을 때 달에 비치는 지구의 둥근 그림자를 통해 증명함.

• ㉯ 서쪽으로 계속 항해하여 낭떠러지를 만나지 않고, 처음 출발한 곳으로 돌아옴으로써 증명함.

3 추론하기

이 글을 읽고 짐작한 것으로 알맞은 것은 무엇인가요? (　　　)

① 옛날 사람들은 달이 네모난 모양이라는 증거를 찾기 위해 노력했었군.
② 배를 타고 지구 끝까지 같은 방향으로 계속 가면 낭떠러지를 만나겠군.
③ 인공위성 사진을 보면 지구의 모양이 둥글다는 것을 정확히 알 수 있겠군.
④ 앞으로도 지구가 평평하다는 것을 증명하기 위한 많은 연구가 이루어지겠군.
⑤ 수평선 너머에서 배가 다가오는 모습을 보면 배의 아랫부분이 가장 먼저 보이겠군.

주제 정리

1 생각주제와 관련된 앞의 두 글을 읽고 내용을 정리해 보세요.

지구는 둥글다

아리스토텔레스	태양, 지구, 달이 일렬로 늘어서는 월식 때 달에 비친 지구의 둥근 [그][림][자]를 통해 증명함.
마젤란	한 방향으로 계속 나아가 처음 있었던 곳으로 되돌아온 최초의 세계 일주 항해를 통해 증명함.
수평선 너머 배의 모습	수평선 너머에서부터 항구로 다가오는 배는 돛대부터 보이기 시작하여 점차 전체적인 모습이 보임.
오늘날	달에서 찍은 [인][공][위][성] 사진을 통해 지구의 둥근 모습이 증명됨.

2 지구의 모양에 대한 생각이나 느낌을 바르게 말한 친구의 이름을 쓰세요.

( )

3 지구의 모양과 관련하여 새롭게 알게 된 점과 더 알아보고 싶은 점을 써 보세요.

저는 ✎

주제 어휘	항해	증명	증거	일렬

4 다음 뜻에 알맞은 **주제 어휘**에 ○표 하세요.

(1) 하나로 벌인 줄. 맹렬 / 일렬

(2) 배를 타고 바다 위를 다님. 항해 / 항구

(3) 무엇이 사실, 또는 진실이라는 것을 증명할 수 있는 근거. 증거 / 증가

(4) 어떤 사실에 대해 그것이 참인지 거짓인지 증거를 들어서 밝힘. 공명 / 증명

5 다음 빈칸에 들어갈 알맞은 **주제 어휘**를 쓰세요.

약이 효과가 있는지 ☐하기 위해서는 여러 차례 실험을 해 보아야 한다.

(　　　　　　)

6 다음 밑줄 친 말과 뜻이 비슷한 낱말을 **주제 어휘**에서 찾아 쓰세요.

이번 추석에는 할아버지, 할머니 댁에 가족 모두가 모이기로 했답니다. 우리 가족은 차가 막힐 것 같아서 아침 일찍 일어나 출발했어요. 그런데 모두가 우리와 같은 마음이었던 것일까요? 길 위에 엄청나게 많은 차가 <u>한 줄</u>로 늘어서 있었어요. 게다가 전혀 움직이지 못하고 있어서 마치 도로 전체가 주차장 같았지요.

(　　　　　　)

내일도 발레

내일도 발레
글 오민영
별숲

어린이 발레 초대장을 본 나는 코웃음을 치며 말했다.

"발레는 딱 질색이야. 공연 내내 하품만 나올 게 분명해."

며칠 뒤 나는 공연장에 끌려갔다. 동희 때문이었다. 동희가 어찌나 보고 싶다고 엄마를 달달 볶던지. 쫀드기보다 질긴 동희에게 엄마는 두 손 두 발 다 들었다. 나는 '5학년 남자아이와 발레는 정말 1도 안 어울리는 조합'이라며 툴툴댔다. 하지만 ㉠내 예상은 완벽하게 빗나갔다.

「백조의 호수」를 보는 내내 나는 구름 속을 걷는 기분이었다. 백조처럼 **우아한*** 발레리나, 멋지게 점프하는 발레리노를 본 순간 전기가 흐르는 것처럼 찌릿했다. 발레가 이렇게 아름다운 춤이었나? 오데트 공주와 지그프리드 왕자가 사랑을 속삭일 때는 가슴이 간질간질하고, 무용수들이 신나게 춤출 때는 몸이 들썩거렸다. 특히 흑조가 한 발로 서서 빠르게 연속 회전을 할 때는 숨이 멎는 느낌이었다. **무용수***들의 아름다운 몸짓에 홀려 나도 모르게 발레의 바다에 풍덩 빠져 버렸다.

며칠 동안 발레 생각이 머릿속을 떠나지 않았다. 수업 중에도, 밥 먹을 때도, 잠을 자기 전에도 발레 생각뿐이었다. 발레라는 자석에 딱 붙어 버린 느낌이었다. 나는 발레하는 남자, 발레리노가 되고 싶었다.

발레 연습은 다음으로 미루고 컴퓨터를 켰다. 엄마를 설득하려면 발레에 대해 많이 알아야 한다. 생각보다 발레에 대한 자료가 많았다. 내가 알고 있는 명작 동화들이 발레극으로 공연되고 있었다. 「인어 공주」, 「이상한 나라의 앨리스」, 「오즈의 마법사」, 짜짜 할머니가 말한 「빨강 머리 앤」까지.

발레극 「호두까기 인형」의 주요 장면을 담은 영상을 보았다. 호두까기 인형을 맡은 무용수는 다른 무용수보다 키가 많이 작았다. **앳돼*** 보이는 얼굴이 학생 같았다. 알고 보니 오디션으로 선발한 초등학생 무용수였다. 아, 멋있다! 나도 열심히 연습해서 언젠가는 **오디션***에 나가고 말 거다.

"마동우, 힘내자!"

어휘사전

* **우아하다** 수준이 높고 훌륭하며 아름답다.
* **무용수** 극단이나 무용단 등에서 춤추는 일을 전문으로 하는 사람.
* **앳되다** 어린 태도나 모양이 있어 어려 보이다.
* **오디션(audition)** 가수, 배우 등 연예인을 뽑기 위한 실기 시험.

내용요약

글의 중심 내용을 생각하며 빈칸의 낱말을 써 보세요.

발레에 관심 없던 동우는 발레 공연을 본 뒤 [발][레]에 빠졌고, 발레리노가 되기로 결심했습니다.

1 내용 이해

이 글에 나타난 발레에 대한 설명으로 알맞지 않은 것은 무엇인가요? (　　　　)

① 발레는 남자도 할 수 있다.
② 발레에는 점프와 회전 동작이 있다.
③ 「백조의 호수」에는 흑조가 등장한다.
④ 발레 공연에는 여러 명의 무용수가 나온다.
⑤ 「오즈의 마법사」는 발레극을 동화로 만든 것이다.

2 추론하기

동우가 ㉠과 같이 말한 까닭으로 알맞은 것은 무엇인가요? (　　　　)

① 발레 공연이 생각보다 오래 했기 때문이다.
② 발레에 관심이 없었는데 아는 음악이 나왔기 때문이다.
③ 발레 공연이 있는 줄 몰랐는데 초대를 받았기 때문이다.
④ 발레가 재미있을 것이라고 기대했는데 지루했기 때문이다.
⑤ 발레가 지루할 것이라고 생각했는데 매력적이었기 때문이다.

3 적용하기

다음은 이 글의 주인공인 동우에게 쓴 편지입니다. ㉮~㉱ 중 글의 내용에 알맞지 않은 것을 골라 기호를 쓰세요.

> 동우야, 안녕? 나는 서진이라고 해. ㉮네가 발레 공연을 보고 발레를 좋아하게 된 것이 인상 깊었어. ㉯네가 매일매일 발레 생각뿐이라는 점도 재미있었어. 나도 사실 발레를 배우고 있거든. ㉰네가 공연을 보기 전에는 발레에 대해 잘 몰랐었던 것처럼 나도 그랬어. 그런데 공연을 본 뒤로 발레에 빠져서 배우기 시작했어. ㉱참, 너는 아직 어려서 무대에 설 수 없어 실망했었지? 발레를 열심히 연습하고 익혀서 나중에는 꼭 바라는 대로 발레리노가 되길 바라. 나도 응원할게.

(　　　　)

발레의 역사와 특징

발레는 유럽에서 시작되었어요. '발레'라는 이름은 '춤을 춘다'는 뜻의 이탈리아어에서 나온 거예요. 옛날 이탈리아의 **귀족***들은 연회에서 춤을 즐겼어요. 프랑스가 이 문화를 들여와 궁에서 가장무도회를 열었지요. 가장무도회에서 사람들은 가면을 쓰고 짝을 이루어 춤을 추다가, 끝날 때 가면을 벗고 인사를 나누었어요. 이러한 문화에서 시작된 발레는 러시아에서 더욱 발전하였어요. 그리고 오늘날까지 많은 사람에게 사랑받는 **예술***이 되었답니다.

발레 공연에는 다양한 무용수들이 등장해요. 무용수들이 입는 옷도 특색이 있어요. 여자 무용수들은 튀튀라고 하는 주름진 치마를 입어요. 그리고 남자 무용수들은 몸에 달라붙는 타이츠를 주로 입어요. 신발은 토슈즈라고도 불리는 발끝이 평평한 전용 신발을 신지요.

발레를 할 때 토슈즈를 신는 이유는 발레의 기본자세가 발끝으로 서는 것이기 때문이에요. 발레에는 팔과 다리의 움직임을 정해 놓은 자세들이 여러 가지 있어요. 이러한 동작을 기본으로 하여 **안무가***는 음악에 어울리는 무용을 만든답니다.

발레에서는 음악도 중요한 역할을 해요. 음악은 무용수들의 움직임과 함께 이야기의 내용을 표현하고 관객들에게 감동을 선사하지요. 러시아의 작곡가 차이콥스키가 만든 「백조의 호수」, 「잠자는 숲속의 미녀」, 「호두까기 인형」은 고전 발레의 3대 걸작으로 불리는 유명한 발레 음악이에요.

발레 공연에는 대사가 없어요. 무용수들은 춤과 **마임***으로 무대 위에서 이야기를 표현하지요. 발레의 마임은 내용을 표현하기 위한 신체 동작이에요. 이렇게 발레는 무용수들의 춤, 음악, 무대가 함께 어우러진 **종합*** 예술이랍니다.

어휘사전

- * **귀족** 가문이 좋거나 신분이 높아서 특별한 대접을 받는 사람.
- * **예술** 아름다움을 표현하려는 인간의 활동. 또는 그 작품.
- * **안무가** 춤의 형태나 진행을 전문적으로 창작하는 사람.
- * **마임**(mime) 대사 없이 표정과 몸짓만으로 내용을 전달하는 연극.
- * **종합**(綜 바디 종, 合 합할 합) 여러 가지를 한데 모아서 합함.

내용요약

글의 중심 내용을 생각하며 빈칸의 낱말을 써 보세요.

발레는 옛날 유럽에서 시작되어 러시아를 거치며 발전하였어요. 공연에서 무용수들은 튀튀나 타이츠를 입고, 토슈즈를 신어요. 발레는 이런 무용수들의 춤, 음 악, 무대가 함께 어우러진 종 합 예술이에요.

1 내용 이해

발레에 대한 설명으로 알맞은 것을 두 가지 고르세요. ( )

① 우리나라에서 생겨났다.
② 일반 평민들이 즐겨 추던 춤이었다.
③ 궁에서 열린 무도회에서 시작되었다.
④ 귀족들이 그리던 그림에서 시작되었다.
⑤ '발레'라는 말은 이탈리아어에서 나온 말이다.

2 내용 이해

발레 공연에 필요한 것으로 알맞지 <u>않은</u> 것은 무엇인가요? ( )

① 무대
② 배경 음악
③ 무용수들의 춤
④ 무용수들의 대사
⑤ 무용수들의 마임

3 추론하기

다음 중 발레에 대한 생각이나 느낌을 <u>잘못</u> 말한 친구의 이름을 쓰세요.

선우: 무용수가 발끝으로 서서 회전하는 모습이 정말 신기해.
라윤: 발끝으로 서기 위해서 발끝 부분이 평평한 신발을 신는구나.
인현: 회전할 때 무용수가 입은 튀튀가 빙글빙글 돌아가니까 너무 예뻤어.
성주: 발레는 무용수들이 각자 추고 싶은 춤을 자유롭게 생각해서 추는 거야.

( )

주제 정리 **1** 생각주제와 관련된 앞의 두 글을 읽고 내용을 정리해 보세요.

내일도 발레

동우는 가족을 따라 발레 공연에 억지로 가게 됨.

↓

발레 공연을 보면서 발레의 매력에 빠짐.

↓

동우는 발레를 하는 남자, 발레리노가 되기 위해 열심히 연습하기로 다짐함.

발레의 역사와 특징

발레의 역사	• 유럽의 무도회에서 시작됨. • 러시아에서 발전하여 오늘날에 이름.	
발레 공연을 구성하는 것들	무용수 의상	튀튀나 타이츠를 입고, 토슈즈를 신음.
	자세 (동작)	• 기본자세: 발끝으로 서기 • 기본 동작: 팔과 다리의 움직임을 여러 가지로 정해 놓음. • 이야기 표현: 춤, 마임
	음악	춤과 함께 이야기를 표현함.

2 발레에 대한 설명으로 알맞은 것을 두 가지 찾아 ○표 하세요.

(1) 춤에 어울리는 음악이 나온다.

(2) 인물들이 대화하는 장면이 나온다.

(3) 무용수들은 혼자서만 춤을 출 수 있다.

(4) 춤과 음악이 어우러진 종합 예술이다.

3 발레 공연을 볼 때 무엇을 주의 깊게 보고 싶은지 자신의 생각을 한번 써 보세요.

앞으로 발레 공연을 감상한다면 ✎

주제 어휘 | 우아하다 | 예술 | 종합 | 안무가

4 다음 주제 어휘의 뜻으로 알맞은 것을 찾아 선으로 이으세요.

(1) 예술 •　　• ㉠ 여러 가지를 한데 모아서 합함.

(2) 종합 •　　• ㉡ 수준이 높고 훌륭하며 아름답다.

(3) 안무가 •　　• ㉢ 춤의 형태나 진행을 전문적으로 창작하는 사람.

(4) 우아하다 •　　• ㉣ 아름다움을 표현하려는 인간의 활동. 또는 그 작품.

5 다음 빈칸에 들어갈 알맞은 주제 어휘를 쓰세요.

고려 시대에 만들어진 청자는 세계적으로 인정받는 뛰어난 [　　　] 작품입니다. 매우 신비롭고 아름다운 비색을 띠고 있지요.

(　　　　　　)

6 다음 문장의 밑줄 친 말과 뜻이 비슷한 주제 어휘에 ○표 하세요.

(1) 백조가 <u>아름다운</u> 날갯짓을 하며 날아올랐다. → 우직한 | 우아한

(2) 우리의 의견을 <u>모아서</u> 선생님께 전달해 보자. → 종합해서 | 분리해서

오케스트라 연주회에 가다

오케스트라 연주회는 6시부터 시작이었다. 가수의 공연도 아니고 연주회라니 왠지 지루할 것 같았다. 어머니께서는 뾰로통한 내 얼굴을 보며 웃으셨다. 그리고 핸드폰을 꺼내어 누군가의 얼굴을 보여 주셨다.

"선우야, 이 사람이 누군지 아니?"

"이 정도는 알죠. 베토벤이잖아요."

"그렇지? 우리가 오늘 들을 음악 중엔 베토벤이 쓴 「운명 **교향곡***」이 있어. 곡의 **선율***이 마치 운명이 문을 두드리는 것 같다고 해서 붙여진 이름이지. 그는 귀가 멀어 가는 순간까지도 음악에 대한 열정으로 이 곡을 만들었단다."

어머니의 설명을 들으니, 공연에 대한 기대가 조금 생겼다. 운명이 문을 두드리는 소리는 어떤 소리일까?

연주회 시작 시간이 다가왔다. 나는 어머니께 여쭈었다.

"저렇게 많은 사람이 함께 연주하는 거예요?"

"그렇단다. 오케스트라 연주에는 정말 다양한 악기 소리가 담겨 있지."

바이올린, 첼로 그리고 플루트 같은 여러 악기가 보였다. 잠시 후 지휘자가 입장했고 연주가 시작되었다.

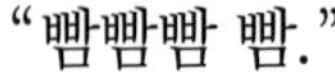

"빰빰빰 빰."

조용한 연주회장에 강렬한 소리가 울려 퍼졌다. 가슴이 두근거렸다. 어머니께서 말씀해 주신 운명이 문을 두드리는 소리가 무엇인지 알 것 같았다. 음악은 **웅장하게*** 시작되었다. 그러다가 부드러운 바이올린 선율로 이어졌다. 뒤이어 플루트의 통통 튀는 소리도 더해졌다.

춤추듯 움직이는 지휘자의 손끝 아래 악기들은 저마다의 소리를 들려주고 있었다. 그러면서도 모든 악기가 한데 어우러져 하나의 음악을 만들고 있었다. 마치 하늘에 ㉠아름다운 빛깔의 무지개가 펼쳐진 것 같았다.

어휘사전

* **교향곡** 관악기, 현악기, 타악기가 한데 어우러진 연주를 위해 작곡한 규모가 큰 곡.
* **선율** 소리의 높낮이가 길이나 리듬과 어울려 나타나는 음의 흐름.
* **웅장하다** 규모가 굉장히 크고 으리으리하다.

내용요약

글의 중심 내용을 생각하며 빈칸의 낱말을 써 보세요.

어머니와 [오 케 스 트 라] 연주회에서 베토벤의 교향곡을 감상하였다. 다양한 악기들이 한데 어우러져 내는 아름다운 소리에 '나'는 큰 감동을 받았다.

1 내용 이해

다음은 '내'가 겪은 일과 그 일에 대한 느낌을 순서대로 정리한 것입니다. ㉮에 들어갈 내용으로 알맞은 것은 무엇인가요? (　　　　)

① 공연에 늦어서 마음을 졸임.
② 안내 책자에서 공연 정보를 찾아봄.
③ 공연장 이곳저곳을 둘러보며 신기해함.
④ 연주자들을 비교하며 새로운 사실을 알게 됨.
⑤ 베토벤에 대한 이야기를 듣고 공연에 대한 기대가 생김.

2 내용 이해

이 글을 통해 알 수 있는 오케스트라에 대한 설명으로 알맞지 않은 것을 두 가지 고르세요. (　　　　)

① 지휘자의 지휘 아래 연주한다.
② 악기를 연주하는 사람의 수가 적다.
③ 다양한 종류의 악기를 동시에 연주한다.
④ 연주회를 열어 무대에서 공연을 하기도 한다.
⑤ 바이올린과 첼로 외에 다른 악기는 사용하지 않는다.

3 추론하기

'내'가 오케스트라를 ㉠과 같다고 생각한 까닭으로 알맞은 것에 ○표 하세요.

(1) 무지개가 빛나는 것처럼 악기들이 반짝거렸기 때문에 (　　　　)
(2) 무지개가 갑자기 뜨는 것처럼 악기에서 전혀 예상하지 못한 소리가 났기 때문에 (　　　　)
(3) 무지개에 다양한 색깔이 있는 것처럼 여러 악기가 한데 어울려 아름다운 소리를 만들어 내기 때문에 (　　　　)

아름다운 소리의 모임, 오케스트라

'오케스트라'는 여러 악기로 이루어진 **합주***를 말해요. 그리고 그러한 합주를 하는 단체를 뜻하기도 하지요. 오케스트라를 연주할 때는 악기의 종류에 따라 자리가 나뉘어요. 악기의 종류에는 현악기, 관악기, 타악기가 있답니다.

현악기는 줄을 이용해서 소리를 내는 악기예요. 바이올린, 비올라, 첼로와 같은 악기들이지요. 특히 바이올린은 주로 오케스트라의 기본 선율을 연주해요.

관악기는 악기에 있는 긴 관에 숨을 불어 넣어서 소리를 내는 악기예요. 악기를 만든 재료에 따라 목관 악기와 금관 악기로 나뉘어요. 목관 악기는 나무로 만들어진 관악기예요. 오보에, 플루트, 클라리넷, 바순 등이 있지요. 목관 악기는 부드럽고 아름다운 소리를 내요. 그래서 교향곡에서 **독주***를 담당하기도 하지요. 금관 악기는 금속으로 만들어진 관악기예요. 호른, 트럼펫, 트롬본, 튜바 등이 있지요. 목관 악기보다 더 크고 센 소리를 낸답니다.

마지막으로 타악기는 악기를 손이나 채로 치거나 서로 부딪쳐서 소리를 내는 악기를 말해요. 팀파니, 큰북, 실로폰, 심벌즈 등이 있어요. 오케스트라의 맨 뒤에 자리하고 있지요. 타악기는 전체 연주에서 적은 **비중***을 차지해요. 그렇지만 오케스트라가 더 **다채로운*** 음색을 내도록 해 준답니다.

이렇게 서로 다른 악기들은 지휘자의 지휘 아래 하나의 곡을 연주해요. 지휘자는 손이나 몸동작을 통해 음악 전체의 리듬과 속도를 조절하고, 연주자들이 다양한 음악적 표현을 하도록 이끌지요. 그래서 오케스트라는 마치 하나의 악기처럼 아름다운 소리를 낸답니다.

어휘사전

* **합주** 두 가지 이상의 악기로 동시에 연주함. 또는 그런 연주.
* **독주** 한 사람이 악기를 연주하는 것.
* **비중**(比 견줄 비, 重 무거울 중) 다른 것과 비교할 때 중요성의 정도.
* **다채롭다** 여러 가지 빛깔, 모양, 종류 등이 한데 어울리어 호화스럽다.

내용요약

글의 중심 내용을 생각하며 빈칸의 낱말을 써 보세요.

오케스트라는 여러 악기로 이루어진 합주 또는 합주하는 단체를 뜻해요. 오케스트라에 사용되는 악기에는 [현 악 기], 관악기, [타 악 기] 등이 있고, 지휘자의 지휘 아래 여러 악기들이 어우러져 아름다운 소리를 낸답니다.

1 내용 이해

이 글의 내용으로 알맞은 것을 두 가지 고르세요. (　　　　)

① 관악기는 목관 악기와 금관 악기가 있다.
② 현악기는 오케스트라의 맨 뒤에 자리한다.
③ 타악기는 전체 연주에서 기본 선율을 연주한다.
④ 지휘자는 손이나 몸동작으로 음악의 속도를 조절한다.
⑤ 오케스트라에 쓰이는 악기는 두 가지로 구분할 수 있다.

2 내용 이해

악기의 종류가 바르게 연결되지 않은 것은 무엇인가요? (　　　　)

① 타악기 — 팀파니
② 현악기 — 바이올린
③ 현악기 — 클라리넷
④ 금관 악기 — 트럼펫
⑤ 목관 악기 — 플루트

3 글의 특징

다음 중 이 글의 설명 방법에 대해 알맞게 말하지 못한 친구의 이름을 쓰세요.

성희: 오케스트라에 쓰이는 악기를 소리 내는 방법에 따라 나누었어.
주현: 오케스트라에 쓰이는 악기에 어떤 것들이 있는지 구체적으로 예를 들었어.
민우: 여러 가지 악기의 모양을 마치 눈앞에 보이듯이 그림 그리는 것처럼 자세히 표현했어.

(　　　　　　)

1 생각 주제와 관련된 앞의 두 글을 읽고 내용을 정리해 보세요.

오케스트라 연주회에 가다

어머니와 오케스트라 공연을 감상하러 감.

↓

베토벤의 「운명 교향곡」에 대한 이야기를 들음.

↓

공연을 보며 다양한 악기들이 내는 소리의 어울림에 깊은 감동을 받음.

아름다운 소리의 모임, 오케스트라

오케스트라의 악기	현악기	줄로 소리를 내는 악기
	관악기	입으로 숨을 불어 넣어서 소리를 내는 악기
	타악기	손이나 채로 치거나 서로 부딪쳐서 소리를 내는 악기
지휘자의 역할	음악 전체의 리듬과 속도를 조절함.	

2 오케스트라에 대해 알맞게 말한 것을 두 가지 골라 ○표 하세요.

(1) 큰북은 줄로 소리를 내는 악기야.

(2) 플루트는 서로 부딪쳐서 소리를 내는 악기야.

(3) 연주자들은 지휘자를 보며 한 마음으로 연주를 하는구나.

(4) 지휘자는 연주자들이 다양한 음악적 표현을 하도록 돕는구나.

3 오케스트라에 대해 새롭게 알게 된 점에 대해 자신의 생각을 한번 써 보세요.

오케스트라는 ✎

주제 어휘	선율	웅장하다	독주	다채롭다

4 **다음 뜻에 알맞은 주제 어휘에 ○표 하세요.**

(1) 한 사람이 악기를 연주하는 것. 합주 / 독주

(2) 규모가 굉장히 크고 으리으리하다. 웅장하다 / 웅크리다

(3) 소리의 높낮이가 길이나 리듬과 어울려 나타나는 음의 흐름. 비율 / 선율

(4) 여러 가지 빛깔, 모양, 종류 등이 한데 어울리어 호화스럽다. 다채롭다 / 단순하다

5 **다음 빈칸에 들어갈 알맞은 주제 어휘를 쓰세요.**

대회에 나간 내 동생은 무대에 올라서 피아노 [   ]를 무사히 잘 마쳤다.

(   )

6 **다음 밑줄 친 말과 뜻이 비슷한 낱말을 주제 어휘에서 찾아 쓰세요.**

쇼팽은 '피아노의 시인'이라고도 불리는 폴란드의 작곡가입니다. 피아노의 연주 기법을 잘 살린 피아노곡을 200여 편이나 작곡하였어요. 쇼팽이 남긴 아름다운 피아노 <u>멜로디</u>는 오늘날에도 많은 사람들의 사랑을 받고 있답니다.

(   )

다양한 방법으로 정보를 찾아요

학교 가는 길에 선우와 나린이가 만나 인사를 나눈다.

선우: 나린아, 안녕? 어제 숙제는 다 했어?

나린: '내가 좋아하는 동물 소개하기' 발표 준비 숙제를 말하는 거지?

선우: (하품하며) 응. 어제 늦게까지 책을 찾았더니 졸리다. 너는 무슨 동물을 골랐어?

나린: 나는 새에 관해 소개할 거야. 근데 넌 무슨 책을 찾아본 거야?

선우: 나는 고양이를 소개하려고 해. 그래서 도서관에서 고양이에 대한 책들을 찾아서 읽었지. (책을 꺼내 보이며) 이 『고양이의 모든 것』이라는 책이 정말 도움이 많이 되더라. 여기 보면 고양이의 종류도 나와 있고, 고양이가 하는 행동에 대해서도 나와 있어. 책에 나온 사진하고 글로 발표 자료를 만들었어. 너는 어떤 ㉠**매체***로 **조사***했어?

나린: 나는 집에서 인터넷으로 조사했어. 인터넷 창에 '새의 종류'라고 써서 **검색***했더니 정말 다양한 정보가 나오더라. 우리나라에 사는 다양한 새들의 이름과 특징을 정리했어.

선우: 그렇구나. 새마다 우는 소리도 전부 다르지 않아?

나린: 맞아. 그래서 동영상으로 새들의 소리도 들려주려고 해.

선우: 오, 그러면 사진으로만 보는 것보다 더 재미있겠다.

나린: 그리고 먼 곳까지 이동하는 새들은 알파벳 브이 자 모양으로 함께 날아간대. 그 모습도 보여 주려고 영상을 준비했어.

선우: 근데 새들이 얼마나 멀리까지 날아간대?

나린: 글쎄, 그건 잘 모르겠다. 내가 동물학자가 만든 **누리집***에서 자료를 찾았으니 그곳 게시판에 질문 글을 남겨 볼게. 아마 답변해 줄 거야.

선우: 우아, 그거 좋다.

어휘사전

* **매체** 어떤 작용을 한쪽에서 다른 쪽으로 전달하는 물체나 방법.
* **조사**(調 고를 조, 査 사실할 사) 사물의 내용을 명확히 알기 위하여 자세히 살펴보거나 찾아봄.
* **검색**(檢 검사할 검, 索 찾을 색) 책이나 컴퓨터에서, 목적에 따라 필요한 자료들을 찾아내는 일.
* **누리집** 개인이나 단체가 인터넷에서 볼 수 있게 만든 홈페이지.

내용요약

글의 중심 내용을 생각하며 빈칸의 낱말을 써 보세요.

선우와 나린이는 '내가 좋아하는 동물 소개하기' 발표 준비 숙제를 했어요. 선우는 도서관에서 찾은 [책]을 통해, 나린이는 [인터넷]을 이용해 정보를 찾았어요.

1 이 글의 내용으로 알맞은 것은 무엇인가요? (   )

내용 이해

① 나린이는 책을 찾아서 조사했다.
② 나린이는 고양이에 대해 소개하려고 한다.
③ 선우는 새의 종류에 대해 소개하려고 한다.
④ 선우는 도서관에서 인터넷을 사용해 조사했다.
⑤ 선우와 나린이는 발표 준비 숙제를 하기 위해 자료를 찾았다.

2 ㉠에 대하여 알맞게 말한 것을 두 가지 찾아 ○표 하세요.

적용 하기

(1) 정보를 찾을 수 있는 도구를 말하는 것 같아. (   )

(2) 선우와 나린이가 나눈 대화를 말하는 것 같아. (   )

(3) 책이나 인터넷 같은 것을 가리키는 말인 것 같아. (   )

(4) 고양이, 새와 같은 동물을 가리키는 말인 것 같아. (   )

3 이 글을 통해 알 수 있는 책과 인터넷에 대한 설명으로 알맞지 <u>않은</u> 것은 무엇인가요? (   )

추론 하기

① 책은 글과 그림으로 된 자료이다.
② 책과 인터넷으로 정보를 찾을 수 있다.
③ 책은 책을 쓴 사람과 쉽게 대화를 나눌 수 있다.
④ 인터넷으로는 영상으로 된 자료도 찾을 수 있다.
⑤ 인터넷은 정보 검색을 통해 다양한 자료를 찾을 수 있다.

여러 가지 매체

우리는 다른 사람들과 다양한 정보와 생각을 교환하며 살아가요. 그 과정에서 우리가 몰랐던 정보들을 알게 되지요. 또 다른 사람들의 생각도 알게 되어요. 내가 알고 있는 정보나 나의 생각도 전달할 수 있지요. 이 과정을 도와주는 편리한 도구들이 있어요. 바로 매체예요. 매체에는 **인쇄*** 매체, 영상 매체, 인터넷 매체 등이 있어요.

가장 오래된 매체는 인쇄 매체예요. 인쇄 매체는 책, 신문, 잡지와 같은 것이에요. 종이에 글자를 인쇄하여 생각이나 정보를 전달해요. 인쇄 매체를 통해 정보를 얻을 때는 글뿐만 아니라 그림, 사진이 전달하는 정보들을 잘 살펴보아야 해요.

영상 매체는 움직이는 영상, 소리, 자막 등을 사용해 생각이나 정보를 전달해요. 대표적으로 텔레비전이 있지요. 우리가 텔레비전을 통해 뉴스를 보거나, 좋아하는 가수의 공연을 보는 것 등이 모두 해당돼요.

마지막으로 인터넷 매체는 인터넷을 이용하여 생각을 전달하는 것이에요. 이것은 인쇄 매체와 영상 매체의 방식을 모두 사용해요. 글과 그림, 영상과 소리 등을 모두 사용하기 때문에 다양한 정보를 얻을 수 있지요. 또 인터넷의 **블로그***나 누리집에 누구나 쉽게 정보를 만들어 올릴 수 있어요. 그리고 다른 사람과 **공유***하기도 쉽지요. 기술의 발달로 컴퓨터, 스마트폰 등이 생겨나면서 인터넷 매체는 우리의 생활에서 많은 부분을 차지하게 되었어요.

이렇게 시대가 변화하면서 매체도 함께 발전해 왔어요. 그 덕분에 사람들은 다양한 정보를 예전보다 쉽고 빠르게 얻을 수 있게 되었답니다.

어휘사전

* **인쇄**(印 도장 인, 刷 쓸 쇄) 잉크를 사용하여 판면에 그려져 있는 글이나 그림 등을 종이나 천에 박아 냄.
* **블로그**(blog) 자신의 관심사에 따라 다양한 정보를 올리는 웹사이트.
* **공유**(共 함께 공, 有 있을 유) 두 사람 이상이 한 물건을 공동으로 가짐.

내용요약

글의 중심 내용을 생각하며 빈칸의 낱말을 써 보세요.

매체에는 글과 그림이나 사진으로 정보를 전달하는 [인][쇄] 매체, 영상, 소리, 자막 등을 사용하는 [영][상] 매체, 글과 그림, 영상과 소리 등을 모두 사용하는 인터넷 매체 등이 있어요. 매체가 발전한 덕분에 우리는 다양한 정보를 쉽고 빠르게 얻게 되었어요.

1 내용 이해

매체에 대한 설명으로 알맞은 것은 무엇인가요? (　　　　)

① 영상 매체는 가장 오래된 매체이다.
② 인쇄 매체는 글과 영상으로 정보를 전달한다.
③ 인터넷 매체는 글과 그림으로만 정보를 전달한다.
④ 인터넷 매체는 다른 사람과 정보를 공유하기가 힘들다.
⑤ 인터넷 매체는 누구나 쉽게 정보를 만들어 올릴 수 있다.

2 내용 이해

매체와 그 종류가 알맞게 연결되지 않은 것은 무엇인가요? (　　　　)

① 인쇄 매체 — 책
② 인쇄 매체 — 신문
③ 영상 매체 — 잡지
④ 영상 매체 — 텔레비전
⑤ 인터넷 매체 — 누리집

3 적용하기

다음은 선우가 쓴 일기입니다. ㉮~㉱ 중 매체를 활용해 정보를 얻은 경우에 해당하는 것을 두 가지 찾아 기호를 쓰세요.

오늘은 방학이 시작되고 나서 첫 번째로 맞는 주말이다. 가족과 함께 놀이공원에 가려고 했는데 ㉮텔레비전 뉴스를 보니 오후에 비가 온다고 했다. 걱정이 되었지만 그래도 출발하기로 했다. 가는 차 안에서 ㉯어떤 놀이 기구를 탈지 형이랑 이야기를 했다. 그리고 ㉰스마트폰으로 놀이공원 누리집에 들어가 어떤 행사를 하는지 찾아보았다. 그랬더니 오늘 내가 좋아하는 불꽃놀이를 한다고 했다. ㉱불꽃이 얼마나 멋질지 상상만으로도 너무 기분이 좋았다.

(　　　　　　　)

1 생각주제와 관련된 앞의 두 글을 읽고 내용을 정리해 보세요.

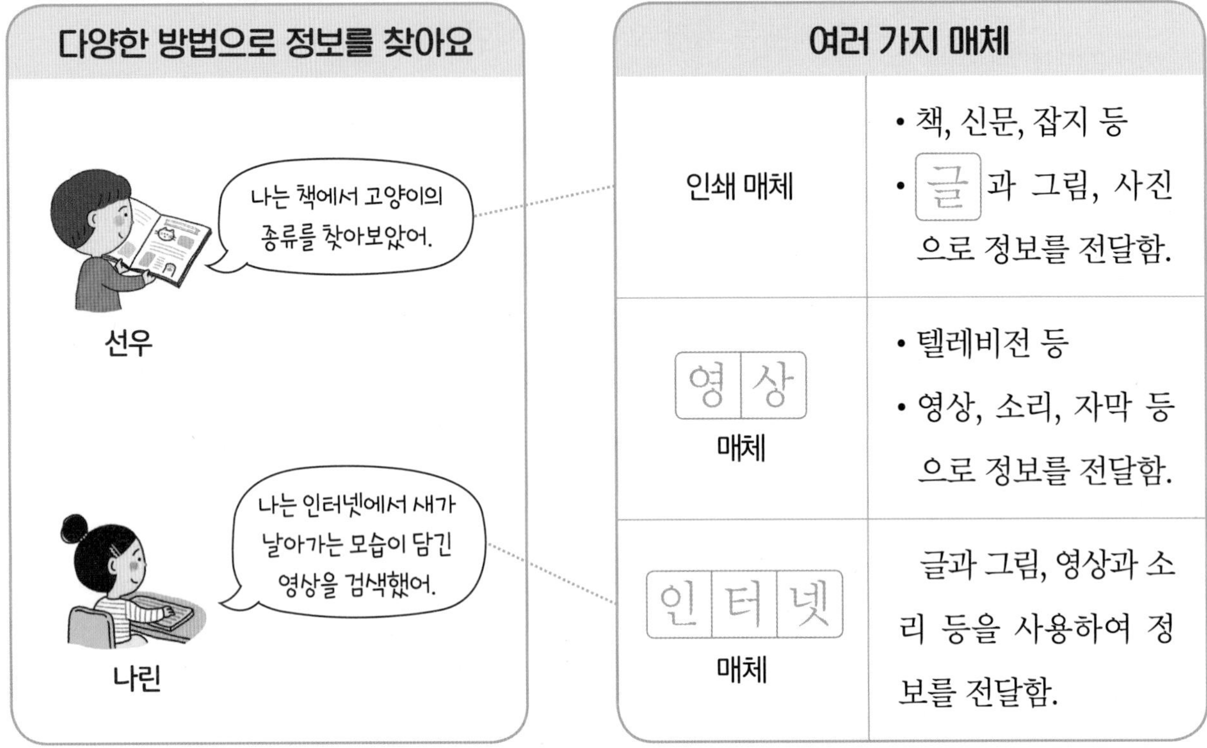

2 매체에 대한 설명으로 알맞은 것을 두 가지 골라 ○표 하세요.

(1) 인터넷은 글로만 정보를 전달하는 매체이다.

(2) 책은 인쇄 매체로, 매체 중에서 가장 오래된 것이다.

(3) 인터넷 매체를 사용하면 자유롭게 생각을 주고받을 수 있다.

(4) 매체가 발전할수록 정보를 찾는 데 걸리는 시간은 길어진다.

3 매체가 발전하면 어떤 점이 좋은지에 대해 자신의 생각을 정리하여 써 보세요.

매체가 발전할수록 좋은 점은 ✎

주제 어휘	매체	조사	인쇄	공유

4 다음 주제 어휘의 뜻으로 알맞은 것을 찾아 선으로 이으세요.

(1) 매체 •
(2) 공유 •
(3) 조사 •
(4) 인쇄 •

• ㉠ 두 사람 이상이 한 물건을 공동으로 가짐.
• ㉡ 어떤 작용을 한쪽에서 다른 쪽으로 전달하는 물체나 방법.
• ㉢ 사물의 내용을 명확히 알기 위하여 자세히 살펴보거나 찾아봄.
• ㉣ 잉크를 사용하여 판면에 그려져 있는 글이나 그림 등을 종이나 천에 박아 냄.

5 다음 빈칸에 공통으로 들어갈 주제 어휘를 쓰세요.

• 만화는 그림과 글이 어우러져 있는 인쇄 [　　　　]이다.
• 인터넷은 시간과 장소에 영향을 받지 않는 편리한 [　　　　]이다.
• 텔레비전은 여러 사람을 상대로 하는 영상 [　　　　]이다.

(　　　　　　　　)

6 다음 문장의 밑줄 친 말과 바꿔 쓸 수 있는 주제 어휘에 ○표 하세요.

(1) 이 자료는 너와 <u>함께 보려고</u> 가져온 거야. → 공유하려고 / 전달하려고

(2) 어려운 낱말의 뜻을 국어사전에서 <u>찾아보았다</u>. → 조사했다 / 인쇄했다

춘향전

춘향전
글 신현수
보리

몽룡이 광한루에서 **사방***을 둘러보다가 춘향이 그네 타는 모습을 봤네. 그 모습이 어찌나 아리땁던지 눈앞이 아찔하고 가슴이 벌렁벌렁해.

"얘야, 방자야. 저 숲속에 구름 사이로 오락가락 희뜩희뜩 어른어른하는 게 무엇이냐?"

"아, 저 처자 말씀이오? 우리 고을 관아 기생 하던 월매 딸이오. 이름은 춘향이라 하지요."

그러고서 집으로 왔는데 글공부고 뭐고 아무것도 할 수가 없어. 춘향 모습이 눈앞에 **삼삼히*** 떠올라 마음이 붕 뜨니 그럴 수밖에.

몽룡은 얼른 편지를 쓰기 시작했어.

봄 내음 가득한 광한루에서 고운 이를 보았으니
부디 꼭 한번 만나기를 바라오.

방자는 몽룡이 쓴 편지를 건네받아 춘향 집으로 갔어.

마침 향단이 나오다 방자를 봤네.

"향단아, 너 마침 잘 나왔다. 이 편지 춘향 아씨한테 전해 다오."

방자는 돌아가서 몽룡한테 말했지.

"편지 전하고 왔소."

"춘향이 답장도 받아 왔느냐?"

"애고 도련님, 우물에서 숭늉 찾소? 성질도 급하시오. 방금 전하고 왔는데 어찌 그리 금세 답장을 주겠소? **진득하니*** 기다려 보시오."

마침 향단이 왔어. ㉠춘향이 쓴 답장을 갖고 온 거지.

몽룡은 덥석 받아 편지를 뜯어 봤어. 그랬더니 반듯반듯 또박또박 이렇게 적혀 있네.

꿈에 본 용은 보름달을 즐기고
달빛은 작은 집 소나무 두 그루를 비추네.

언뜻 보니 무슨 말인지 알쏭달쏭한데, 가만히 생각하니 조금은 짐작이 가. 꿈에 본 용은 바로 저, 몽룡을 뜻하고 소나무 두 그루가 있는 작은 집은 춘향이 집이 아니겠어?

그제야 뜻을 딱 알겠어. 보름달 뜨는 날 밤에 춘향이 저희 집 소나무 아래서 만나자는 소리지 뭐야.

어휘사전
* **사방** 동, 서, 남, 북 네 방향을 이르는 말.
* **삼삼히** 잊히지 않고 눈앞에 보이는 듯 또렷하게.
* **진득하다** 성질이나 행동이 질기게 끈기가 있다.

1 몽룡이 춘향에게 편지를 쓴 까닭으로 알맞은 것을 찾아 기호를 쓰세요.

내용 이해

㉮ 춘향이를 만나고 싶어서
㉯ 방자가 편지를 쓰라고 해서
㉰ 춘향이에게 그네 타는 법을 배우기 위해서

( )

2 ㉠의 내용으로 볼 때, 몽룡에 대한 춘향의 생각으로 알맞은 것은 무엇인가요? ( )

추론 하기

① 몽룡에게 관심이 있다.
② 몽룡의 집에 가 보고 싶다.
③ 답장을 보내고 싶지 않았다.
④ 향단이에게 잘해 주어 고맙다.
⑤ 앞으로 몽룡의 편지를 받고 싶지 않다.

3 이 글의 인물들은 '편지'를 통해 생각을 주고받았습니다. 편지에 대한 설명으로 알맞은 것을 두 가지 골라 ○표 하세요.

적용 하기

(1) 글로 생각을 주고받을 수 있다. ( )

(2) 생각을 전달하고 답장을 받는 데 시간이 걸린다. ( )

(3) 쓴 사람의 목소리를 직접 들을 수 있어 감정을 전달하기 쉽다. ( )

(4) 멀리 떨어져 있는 사람과 얼굴을 보면서 대화할 수 있다. ( )

알파 세대의 의사소통

서로의 생각이나 감정 그리고 정보 등을 주고받는 것을 의사소통이라고 해요. 의사소통은 직접 대화를 나눔으로써 이루어져요. 그리고 전화나 편지와 같은 다양한 매체를 통해 생각을 주고받을 수도 있지요. 또 현대 사회로 오면서 인터넷을 이용한 의사소통이 활발히 이루어지고 있어요.

인터넷을 이용한 의사소통이 가장 활발한 **세대***는 '알파 세대'예요. 2010년 이후에 태어난 사람들을 알파 세대라고 불러요. 이 세대는 태어날 때부터 컴퓨터, 스마트폰과 같은 기계를 쉽게 접할 수 있었어요. 그래서 인터넷을 활용한 의사소통에 아주 익숙하지요.

그러면 인터넷 매체의 특징은 무엇일까요? 먼저, 글과 그림, 영상과 소리 등을 **복합적***으로 사용할 수 있어요. 또 스마트폰이나 태블릿 등의 기기를 이용해 인터넷을 언제 어디서든 손쉽게 접할 수 있어요.

또 인터넷 매체는 양쪽 모두 서로의 생각을 전달할 수 있어요. 그리고 여러 사람이 동시에 생각을 주고받을 수도 있답니다. 이러한 인터넷 매체의 대표적 예로 누리 소통망(SNS)이 있어요. 누리 소통망은 온라인으로 사람들 사이에 관계를 만들어 나갈 수 있도록 하는 서비스예요. 이를 통해 사람들은 새로운 친구도 사귀고, 서로의 소식과 정보를 쉽게 주고받을 수 있어요.

하지만 기계를 통한 소통만 계속하다 보면 감정을 느끼고 표현하는 데 어려움을 겪을 수 있어요. 그리고 다른 사람을 직접 만나는 일이 줄어서 **사회성*** 발달에 나쁜 영향을 줄 수도 있지요. 따라서 상대와 직접 생각이나 감정을 나누는 시간을 갖는 것이 필요해요.

어휘사전

* **세대**(世 세대 세, 代 대신할 대) 같은 시대에 살면서 공통의 의식을 가지는 비슷한 나이대의 사람 전체.
* **복합적** 두 가지 이상이 합쳐 있는 것.
* **사회성** 함께 모여 살려고 하는 인간의 근본 성질.

내용요약

글의 중심 내용을 생각하며 빈칸의 낱말을 써 보세요.

알 파 세대는 인 터 넷 을 통한 의사소통에 익숙해요. 인터넷 매체는 여러 가지 장점이 많지만, 기계를 통한 의사소통만 하게 하면 감정을 느끼고 표현하는 데 어려움을 겪을 수 있고, 사회성에 문제가 생길 수 있어서 주의해야 해요.

1 내용 이해

알파 세대에 대한 설명으로 알맞은 것에 ○표 하세요.

(1) 2020년 이후에 태어난 사람들로, 주로 신문이나 텔레비전을 통해 정보를 얻는다. (   )

(2) 2010년 이후에 태어난 사람들로, 태어날 때부터 컴퓨터와 같은 기계를 쉽게 접했다. (   )

(3) 2010년 이후에 태어난 사람들로, 전화나 편지를 이용한 의사소통을 가장 활발히 한다. (   )

2 추론하기

인터넷 매체를 통한 의사소통의 장점으로 알맞지 않은 것은 무엇인가요? (   )

① 얼굴을 모르는 사람과도 친구가 될 수 있다.
② 멀리 떨어진 친구와도 대화를 나눌 수 있다.
③ 언제 어디서든 쉽게 의사소통을 할 수 있다.
④ 직접 만나서 대화를 나눌 기회가 많이 생길 수 있다.
⑤ 그림과 소리를 동시에 사용하여 정보를 올릴 수 있다.

3 적용하기

다음은 알파 세대의 친구들이 누리 소통망에서 나눈 대화입니다. 알파 세대의 의사소통에 대해 바르게 말하지 못한 친구의 이름을 쓰세요.

지수: 알파 세대는 스마트폰을 사용하는 데 아주 익숙해.
은우: 맞아. 학교 숙제를 할 때도 인터넷을 이용해서 자료를 찾을 수 있어.
성진: 인터넷에 접속하면 집에서 친구와 언제든지 대화를 나눌 수 있어.
민아: 우리 같은 알파 세대들은 다른 사람을 만날 필요가 전혀 없어.

(   )

1 **생각주제와 관련된 앞의 두 글을 읽고 내용을 정리해 보세요.**

춘향전
과거에 사용한 의사소통 수단: 편지
몽룡이 광한루에서 그네 타는 춘향을 보고 첫눈에 반함. ↓ 몽룡이 춘향에게 만나고 싶다는 편지를 보냄. ↓ 춘향이 몽룡에게 만나자는 답장을 보냄.

알파 세대의 의사소통	
알파 세대가 주로 사용하는 의사소통 수단: 인터넷	
인터넷 매체의 장점	• 글과 그림, 영상과 소리 등 다양한 방식으로 정보를 언제 어디서든 손쉽게 전달할 수 있음. • 여러 사람이 동시에 생각을 주고받을 수 있음.
인터넷 매체의 단점	• 감정을 느끼고 표현하는 데 어려움을 겪을 수 있음. • 사회성 발달에 좋지 않은 영향을 줄 수 있음.

2 **편지와 인터넷 중 알맞은 낱말에 ○표 하여 문장을 완성하세요.**

(1) (편지 , 인터넷)은/는 여러 사람이 동시에 대화를 나눌 수 있다.
(2) (편지 , 인터넷)은/는 종이에 글자를 써서 생각을 전달하는 수단이다.
(3) (편지 , 인터넷)은/는 글과 함께 소리와 영상으로 생각을 전할 수 있다.
(4) (편지 , 인터넷)은/는 과거에 사람들이 소식을 전하기 위해 많이 사용했다.

3 **자신이 평소에 많이 사용하는 의사소통 수단은 무엇이고, 왜 그것을 많이 사용하는지 써 보세요.**

제가 평소에 많이 사용하는 의사소통 수단은 ✎

주제 어휘	사방	세대	복합적	사회성

4 다음 뜻에 알맞은 주제 어휘에 ○표 하세요.

(1) 두 가지 이상이 합쳐 있는 것. [복합적] [예방적]

(2) 동, 서, 남, 북 네 방향을 이르는 말. [사방] [공방]

(3) 함께 모여 살려고 하는 인간의 근본 성질. [사회성] [사회악]

(4) 같은 시대에 살면서 공통의 의식을 가지는 비슷한 나이대의 사람 전체. [세상] [세대]

5 다음 주제 어휘가 들어갈 문장을 찾아 선으로 이으세요.

(1) 사방 •

(2) 세대 •

(3) 사회성 •

(4) 복합적 •

• ㉠ 그 집은 (　　　　)이 산으로 막힌 곳에 있다.

• ㉡ 요즘 젊은 (　　　　)는 옛날 문화를 잘 모른다.

• ㉢ 그 전염병은 증상이 (　　　　)이어서 치료가 쉽지 않다.

• ㉣ 학교에서 하는 단체 활동은 아이들의 (　　　　)을 기르는 데 도움을 준다.

6 다음 밑줄 친 말과 뜻이 비슷한 낱말을 주제 어휘에서 찾아 쓰세요.

> 감기 환자가 늘고 있습니다. 특히 올겨울에 유행하고 있는 감기는 매우 독한 것이 특징입니다. 감기의 증상도 <u>종합적</u>으로 나타나고 있습니다. 기침과 가래가 심하며 목이 붓고, 콧물과 코막힘 증상도 나타납니다. 감기에 걸리지 않도록 예방하는 것이 중요합니다.

(　　　　　　　　)

정답 및 해설 31쪽

사진 출처

국립중앙박물관	www.museum.go.kr
문화재청	www.cha.go.kr
한국방송광고진흥공사	www.kobaco.co.kr
셔터스톡	www.shutterstock.com/ko
연합뉴스	www.yna.co.kr

달곰한 문해력 기획진 소개

진짜 문해력을 키우는 독해 학습이 필요합니다.

문해력은 책을 읽고 문제를 푸는 기술이 아닙니다.
진짜 문해력은 글을 읽고 이해하는 것을 넘어
세상을 읽고 이해하는, '생각하고 표현하는 힘'입니다.
〈달곰한 문해력 독해〉는 문해력을
키우는 독해 학습이 가능합니다.
**하나의 주제로 연결된 2개의 글을 읽으면 세상을 읽고
이해하는 지식과 관점의 변화가 나타날 것입니다.**
〈달곰한 문해력 독해〉로 아이들에게 좋은 글을
달달 읽을 '기회'와 곰곰 생각하고 표현하는
'경험'을 선물해 주세요.

서울교육대학교 국어교육과 교수
초등 국어 교과서 기획위원
방은수

독서교육을 지도한 교사로서
최신 문학과 다양한 비문학을 교과와
연계하여 수록했습니다.

인제남초등학교 교사
독서교육 전문가
Yes24 한 학기 한 권 읽기 선정위원
최고봉

생각주제와 연결된 2개의 글을
읽으면 생각이 쌓이고 학습 효과가
두 배 이상입니다.

경희사이버대학교 한국어문화학부 교수
경인교육대학교 유아교육과 강사
전국교사교육마술연구회 스텝매직 대표
(전) 초등학교 교사
김택수

문해력을 완성하기 위해서는
자기 생각을 표현하는 단계까지
학습이 이어져야 합니다.

광명서초등학교 교사
참쌤스쿨 대표
경기실천교육 교사모임 회장
(전) 경기도교육청 장학사
김차명

아이들의 생각이 확장되도록
흥미를 가질 만한 생각주제로 구성하여
몰입할 수 있습니다.

서울시교육청 자문관
(독서토론 분야)
(전) 중학교 국어 교사
정미선

달달 읽고 곰곰 생각하는

NE 능률

주제 연결 X 독해 학습

달달 읽고 곰곰 생각하는

달곰한 문해력

초등 독해

1~2학년 추천

2단계

정답 및 해설

달달 읽고 곰곰 생각하는

달곰한 문해력

초등 독해

정답 및 해설

생각주제 01
나를 어떻게 소개할까?

발표 괴물이 나타났다!

10~11쪽

새 학기 첫날, 친구들 앞에서 자신을 소개할 때 설레기도 하지만 가슴이 두근거리기도 합니다. 이 글에 나오는 '나'는 친구들 앞에서 자기소개를 하는 것이 자신 없습니다. 무슨 말을 해야 할지, 어디를 봐야 할지 모르겠습니다. 그래서 '나'는 발표할 때마다 발표 괴물이 나타나 자신을 방해한다고 생각했습니다. 이러한 '나'에게 발표 괴물이 나타나는 상황과 그때의 마음을 이해해 봅니다.

내용요약 자기소개
1 ㉠, ㉢, ㉣ 2 ④ 3 (4) ○

1 새학기 첫날, '나'는 설레는 마음으로 자리에 앉았습니다(㉡). 선생님께서 친구들에게 자신을 소개해 보자고 하시자(㉠), '나'는 자기소개를 할 때, 발표 괴물이 나타나 발표를 방해할까 봐 걱정하였습니다(㉢). 아영이가 자신 있게 자기소개를 하는 것을 보고, '나'는 자기 차례가 오면 무슨 말부터 할지 고민하였습니다(㉣).

2 '나'는 발표할 때마다 발표 괴물이 나타나 발표를 못 하게 자신을 방해한다고 하였습니다. 발표 괴물이 나타나면 '나'는 어디를 봐야 하는지, 무슨 말을 해야 할지 모릅니다. 이것은 '내'가 여러 사람 앞에서 발표하는 것에 자신이 없기 때문입니다.

오답풀이
① 발표 괴물은 친구를 사귀는 일과 관련이 없습니다.
② 발표 괴물은 선생님께 혼나는 일과 관련이 없습니다.
③ 발표 괴물은 발표를 못할까 봐 떨리고 걱정되는 마음 때문에 생기는 것입니다.
⑤ 발표 괴물은 다른 친구가 말하는 내용과 관련이 없습니다.

3 발표 괴물은 '내'가 여러 사람 앞에서 말하는 상황에 생기는 것입니다. 따라서 (4)와 같이 반 친구들 앞에서 책을 소개하는 상황에 나타날 수 있습니다.

배경지식

발표를 할 때 긴장하지 않는 방법
- 발표 내용을 미리 연습합니다.
- 크게 심호흡을 하며 긴장을 풉니다.
- 자신감을 가지고 당당하게 말합니다.
- 발표할 내용이나 자료를 충분히 준비합니다.

자기소개를 하는 방법

12~13쪽

처음 만난 사람에게 자기소개를 해 본 경험이 있을 것입니다. 자신에 대해 이름이나 나이, 사는 곳, 좋아하거나 싫어하는 것 등 여러 가지 내용을 알려 줄 수 있습니다. 자기소개를 할 때 듣는 사람에 따라 어떤 내용을 말하면 좋을지 생각해 봅니다. 또한 어떤 자세로 말하는 것이 좋을지도 함께 알아봅니다.

내용요약 나, 바른
1 ⑤ 2 ③ 3 정원

1 자기소개는 나에 대해 알려 주고 소개하는 말하기이며, 자기소개를 할 때에는 허리를 펴고 바른 자세로 서서 말해야 하기 때문에 ⑤가 알맞습니다.

오답풀이
① 자기소개를 할 때 나의 가족을 소개하는 것도 좋습니다.
② 자기소개는 처음 보는 사람에게 나를 소개하는 말하기입니다.
③ 자기소개를 할 때 꼭 모든 것을 다 말해야 하는 것이 아니라 듣는 사람이 나에 대해 궁금해할 만한 내용을 골라서 말합니다.
④ 자기소개를 할 때에는 듣는 사람을 잘 쳐다보며 말해야 합니다.

2 자기소개를 할 때 나의 이름, 나의 꿈과 취향, 내가 잘하는 운동, 내가 좋아하는 과목 등은 말할 내용으로 알맞습니다. 하지만 ③의 '우리 학교의 역사'는 나를 소개하는 내용이 아니므로 알맞지 않습니다.

3 정원이는 듣는 사람을 쳐다보면서 말하지 않고 시계나 창문을 보았기 때문에 자기소개를 하는 태도가 바르지 않습니다. 지원이와 성빈이는 친구들을 보며 바르게 말했습니다.

배경지식

여러 사람 앞에서 자기소개를 하는 방법
- 밝은 표정으로 말합니다.
- 중요한 내용은 강조해서 말합니다.
- 자신 있는 목소리로 이야기합니다.
- 말할 내용을 미리 생각한 후 말합니다.
- 분명하고 똑똑한 발음으로 이야기합니다.

생각주제 02
친구와 사이좋게 지내려면?

익힘학습 자란다 문해력

14~15쪽

1 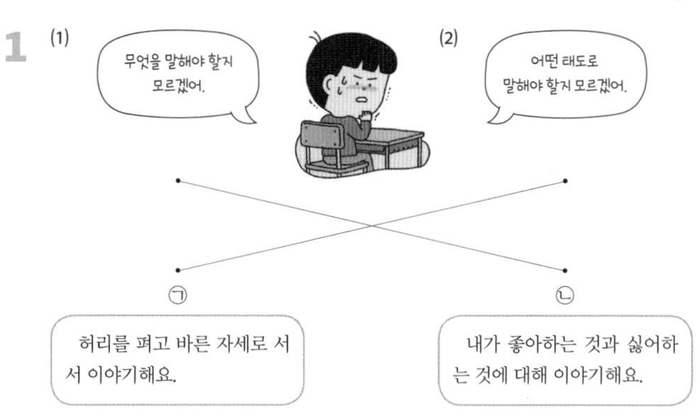

2 지수, 동현

3 예시답안 김애리입니다. 저희 가족은 엄마, 아빠, 저 총 3명이에요. 저의 취미는 책을 읽는 것이고, 수영을 잘해요. 제일 좋아하는 과목은 국어이고, 싫어하는 과목은 수학이에요. 저의 꿈은 수의사가 되는 것이에요. 꿈을 이루기 위해 열심히 공부하고 있어요. 앞으로 여러분과 친하게 지내고 싶어요.

채점 Tip

1) 친구들이 자신에 대해 궁금해할 만한 내용이 무엇인지 알고 답을 썼는지 체크해 보세요.
2) 자기소개를 할 때 친구들에게 자신에 대해 소개하고 싶은 내용을 쓰면 됩니다. 자신의 이름과 사는 곳, 취미, 좋아하거나 싫어하는 것, 자신의 꿈, 가족 등 자신을 소개하는 내용을 정리해서 쓰면 됩니다.
3) 이 문제의 답안은 자신에 대해 소개하는 내용으로 네 가지 이상 쓰는 게 좋아요.

4 (1) ㉢ (2) ㉣ (3) ㉠ (4) ㉡

5 취향

6 (1) 소개 (2) 자신
'설명'은 '어떤 일이나 대상의 내용을 상대편이 잘 알 수 있도록 밝혀 말함. 또는 그런 말.'이라는 뜻이므로 '남이 모르는 것이나 잘 알려지지 않은 것을 알게 해 주는 설명.'을 뜻하는 '소개'와 바꿔 쓸 수 있습니다. '믿음'은 '어떤 사실이나 사람을 믿는 마음.'이라는 뜻이므로 '어떤 일을 해낼 수 있다거나 어떤 일이 꼭 그렇게 될 것을 스스로 굳게 믿음.'을 뜻하는 '자신'과 바꾸어 쓸 수 있습니다.

생각글 1 빨간 머리 앤

16~17쪽

『빨간 머리 앤』에 나오는 앤은 다이애나를 처음 만나 영원히 자신의 친구가 되어 달라고 합니다. 그리고 서로 손을 잡고 길 위에서 진실하고 엄숙한 맹세를 합니다. 다이애나는 자신이 틀림없이 앤을 좋아하게 될 것이라고 말합니다. 그리고 둘은 다시 만날 약속을 하고 헤어집니다. 엉뚱하지만 솔직한 앤의 부탁에 다이애나는 영원한 친구가 되기로 합니다. 앤과 다이애나가 처음 만나 친구가 되는 과정을 통해 친구의 의미를 생각해 봅니다.

내용요약 친구
1 ① 2 ⑤ 3 도율

1 앤에게 여동생이 있는 것이 아니라 다이애나에게 어린 여동생이 있다고 하였으므로 ①이 알맞지 않습니다.

오답풀이

② 다이애나의 말에서 앤이 초록 지붕 집에 살게 되었다는 것을 알 수 있습니다.
③ 배리 부인은 자신의 딸이 다이애나라고 소개하였습니다.
④ 앤과 다이애나는 내일 오후에 같이 놀자고 약속하고 헤어졌습니다.
⑤ 다이애나는 근처가 같이 놀 만한 여자아이가 없다고 말하였습니다.

2 앤은 다이애나에게 영원히 자신의 친구가 되겠다는 맹세를 해 달라고 부탁하였습니다. 다이애나는 앤의 부탁을 흔쾌히 들어주었습니다.

3 다이애나는 앤이 시키는 대로 영원한 친구가 되겠다는 맹세를 하며 웃었습니다. 앤의 엉뚱한 말과 행동이 이상하다고 여기면서도 자신을 좋아하고 사랑하는 마음이 느껴져 함께 맹세를 했을 것입니다. 따라서 도율이가 다이애나의 마음을 알맞게 말했습니다.

작품읽기

빨간 머리 앤
글 루시 모드 몽고메리
시공주니어

줄거리 소개

초록 지붕 집의 매슈와 마릴라 남매는 남자아이를 입양하려고 했지만, 실수로 여자아이인 앤이 입양됩니다. 앤은 엉뚱한 일을 벌이거나 사고를 치기도 하기도 하지만 따뜻한 마음과 사랑스러운 성격으로 주위를 따뜻하게 만듭니다. 꿈이 많고 당찬 앤의 성장 과정을 담은 이야기입니다.

친구와 사이좋게 지내는 방법

18~19쪽

친구와 마음이 맞지 않거나 사소한 문제로 다투었던 경험이 있을 것입니다. 그렇지만 서로를 이해하고 배려한다면 다시 좋은 친구로 지낼 수 있습니다. 친구와 사이좋게 지내려면 어떻게 해야 할까요? 먼저 친구에게 관심을 가지고 지켜보고, 친구를 배려하는 말과 행동을 해야 합니다. 그리고 친구가 싫어하는 행동을 하지 않는 것도 중요합니다. 이와 같이 좋은 친구가 되기 위해 실천해야 할 일을 생각해 봅니다.

내용요약 관심, 배려

1 ①, ② **2** ②, ③ **3** ㉯

1 친구에게 심한 장난을 치는 것은 친구에게 상처를 줄 수 있는 일이므로 ①은 친구와 사이좋게 지내는 방법이 아닙니다. 또한 내 입장이 아닌 친구의 입장을 생각하고 행동해야 하기 때문에 ②도 알맞지 않습니다.

오답풀이

③ 두 번째 문단에 나타나 있습니다. 친구에게 관심을 가지고 지켜보는 것이 필요합니다.

④ 네 번째 문단에 나타나 있습니다. 친구가 싫어하는 행동은 하지 않아야 합니다.

⑤ 세 번째 문단에 나타나 있습니다. 친구를 배려하는 말과 행동을 해야 합니다.

2 친구와 사이좋게 지내기 위해서는 ①, ④, ⑤와 같이 친구에게 다정하게 말하고 배려하는 말을 해야 합니다. 하지만 ②는 친구를 탓하는 말이고, ③은 친구를 괴롭히는 말이어서 친구와 사이좋게 지낼 수 있는 말이 아닙니다.

3 ㉠에는 친구와 다퉈서 사이가 나빴지만 친구의 입장을 이해한 뒤 더 깊은 우정을 나누게 되는 것을 나타내는 속담이 어울립니다. '비 온 뒤에 땅이 굳어진다'라는 속담은 '어떤 시련을 겪은 뒤에 더 강해짐을 빗대어 이르는 말.'이므로 ㉠에 들어갈 속담으로 알맞습니다.

오답풀이

㉮ 남의 손의 떡은 커 보인다: 물건은 남의 것이 제 것보다 더 좋아 보이고 일은 남의 일이 제 일보다 더 쉬워 보임을 빗대어 이르는 말입니다.

㉰ 돌다리도 두들겨 보고 건너라: 잘 아는 일이라도 세심하게 주의를 하라는 뜻입니다.

자란다 문해력

20~21쪽

1

빨간 머리 앤
• 앤과 다이애나가 처음 만나서 앞으로 영원히 서로의 친구가 되고, 서로에게 진실할 것을 맹세함. • 팔짱을 끼고 걸으며 다시 만날 약속을 함.

친구와 사이좋게 지내는 방법	
친구에게 관심을 가지고 지켜보기	• 어려운 친구 도와주기 • 친구의 좋은 점 칭찬하기
친구를 배려하는 말과 행동하기	• 바르고 고운 말과 행동하기 • 나의 마음을 전할 때 친구의 입장도 생각하며 말하기
친구가 싫어하는 행동 하지 않기	• 심한 장난을 치지 않기 • 따돌리거나 괴롭히지 않기

2 (1) ○

3 **예시답안** 마음을 담은 편지를 써요. 편지를 쓰면 친구에게 내 마음을 솔직하게 전할 수 있어요. 또 말로 하기 쑥스러운 내용도 편지로 쓸 수 있어요.

채점 Tip

1) 친구와 사이좋게 지내는 방법을 알고 답을 썼는지 체크해 보세요.
2) 친구와 사이좋게 지내는 특별한 방법과 그 방법이 좋은 까닭을 함께 써요. 친구와 한 약속을 잘 지키거나, 친구와 맛있는 것을 나눠 먹거나, 친구가 좋아하는 놀이를 함께 하는 것 등도 친구와 사이좋게 지내는 특별한 방법이 될 수 있습니다.
3) 이 문제의 답안은 그렇게 생각하는 까닭을 함께 쓰는 것이 좋아요.

4 (1) 우정 (2) 진실 (3) 맹세 (4) 폭력

5 (1) ㉡ (2) ㉣ (3) ㉢ (4) ㉠

6 맹세

'다짐'은 '마음이나 뜻을 굳게 가다듬어 정함.'이라는 뜻이므로 '일정한 약속이나 목표를 꼭 실천하겠다고 다짐함.'을 뜻하는 '맹세'와 뜻이 비슷합니다.

생각주제 03

사람은 왜 혼자 살 수 없을까?

가족이 사라진 날

22~23쪽

우리는 가족과 함께 살아갑니다. 어려운 일이 있을 때 돕기도 하고, 몸이 아플 때 돌보아 주기도 합니다. 이러한 가족이 사라진다면 힘든 일이 정말 많을 것입니다. 무엇보다 혼자라는 외로움에 마음이 무척 쓸쓸하겠지요. 이 글에 나오는 지원이도 가족이 없는 집에서 허전함을 느끼며 가족들이 그리웠습니다. 가족이 없는 동안 지원이가 겪은 일과 지원이의 마음을 알아보며 가족의 역할을 생각해 봅니다.

내용요약 가족

1 ㉮, ㉯, ㉱　2 ⑤　3 (1) ○ (3) ○

1 글쓴이는 부모님과 동생이 병원에 가서 집에 혼자 있을 생각에 신이 났고(㉰), 학교가 끝난 뒤 비를 맞으며 집에 갔습니다(㉮). 어머니께서 준비해 두신 간식과 쪽지를 본 뒤(㉯), 글쓴이는 부모님과 동생이 돌아온다는 소식에 기뻐하며 줄넘기 대회 상장을 꺼내 놓았습니다(㉱).

2 글쓴이는 오늘 아침에 느꼈던 신나는 마음과는 달리 막상 부모님과 동생 없이 혼자 집에 있게 되니 텅 빈 것 같은 마음을 느꼈습니다. 집에 와도 아무도 반겨 주지 않았기 때문에 외롭고 허전한 마음을 느낀 것입니다.

오답풀이

① 줄넘기 대회 상장을 받은 일은 글쓴이의 외로운 마음과 관련이 없습니다.
② 부모님의 잔소리를 듣지 않아도 된다는 생각은 글쓴이의 신나는 마음과 관련 있습니다.
③ 어머니께서 간식을 만들어 놓고 가신 일은 부모님이 보고 싶은 마음과 관련 있습니다.
④ 동생이 혼자 남은 자신을 걱정해 주었다는 내용은 글에 나오지 않습니다.

3 부모님은 아픈 동생과 병원에 다녀왔고, 글쓴이는 동생을 걱정했습니다. 이를 통해 가족은 아플 때 걱정하고 돌보아 주며, 힘들 때 서로 돕고 격려하는 역할을 한다는 것을 알 수 있습니다.

가족의 역할

- 서로 돕고 이해하며 함께 살아갑니다.
- 사회생활에서 필요한 규칙과 예절을 배웁니다.
- 자신감과 용기를 가질 수 있도록 격려해 줍니다.
- 힘들 때 위로가 되어 주고 쉴 수 있는 쉼터를 만들어 줍니다.

함께 살아가는 사회

24~25쪽

우리는 가정, 학교 등 다양한 사회에 속해 사람들과 관계를 맺습니다. 사회 안에서 사람들과 서로 돕기도 하고 안전하게 생활합니다. 이러한 사회 안에서 서로 다른 생각을 가진 사람들 사이에 다툼과 갈등이 일어날 수 있기 때문에 규칙이 만들어지기도 합니다. 사회란 무엇인지 알아보며 사회를 이루게 된 까닭을 생각해 봅니다. 그리고 사회에서 규칙이 필요한 까닭도 함께 생각해 봅니다.

내용요약 사회

1 ①　2 ⑤　3 영호, 수영

1 사람은 하나의 사회에만 속한 것이 아니기 때문에 ①이 알맞지 않습니다. 가족, 학교, 마을이나 도시, 국가도 사회의 한 모습이므로 사람은 여러 개의 사회에 속할 수 있습니다.

오답풀이

② 학교, 마을, 국가는 모두 사회에 속합니다.
③ 사회란 여러 사람이 서로 도우며 생활하는 집단입니다.
④ 사람들은 사회 안에서 힘든 일을 나눠 하면서 서로 도우며 살아갑니다.
⑤ 다른 사람과 함께 하면 좋은 점이 많다는 것을 알게 되고 많은 사람이 모여 함께 살게 되면서 사회를 이루게 되었습니다.

2 사람들이 모여 살면서 다툼이 생기고 갈등을 겪기 때문에 사람들은 규칙을 만들었습니다. 사회에 규칙과 법이 없다면 사람들 사이에 다툼이 생기고 질서를 지키지 않아 사회가 혼란스러워질 것입니다.

3 사회에서 지켜야 할 생활 방식이나 행동 규범, 질서와 규칙 등과 관련된 경험을 말한 친구를 찾습니다. 영호는 학교에서 교통질서를 배우게 된 경험, 수영이는 가족에게 높임말을 배우게 된 경험을 알맞게 말하였습니다.

배경지식

더 좋은 사회를 만들기 위해 우리가 할 수 있는 일

- 자신의 역할을 바로 알고 실천합니다.
- 사회에서 정한 질서와 규칙을 알고 지킵니다.
- 갈등이나 문제가 생겼을 때 다른 사람과 대화하며 문제를 해결하기 위해 노력합니다.

익힘 학습 자란다 문해력

26~27쪽

1

2 (2) ×

3 예시답안 '우리 가족, 우리 반, 학교, 우리나라'라는 사회에 속해 있어요. 그리고 저는 학원에 다녀서 학원이라는 사회에도 속해 있어요.

채점 Tip

1) 사회의 의미가 무엇인지 알고 답을 썼는지 체크해 보세요.
2) 우리는 여러 사회에 속해 있어요. 태어나면서 속하게 되는 가족, 공부를 배우기 위해 다니는 학교도 우리가 속해 있는 사회이지요. 사람은 다른 사람들과 모여 사회를 이루고 서로 도우며 살아간다는 것을 기억하며 내가 속한 사회를 정리해서 쓰면 됩니다.
3) 이 문제의 답안은 두 가지 이상 쓰는 게 좋아요.

4 (1) ㉣ (2) ㉡ (3) ㉠ (4) ㉢

5 화합

6 (1) 집단 (2) 갈등
'단체'는 '같은 목적을 달성하기 위하여 모인 사람들의 일정한 조직체.'라는 뜻이므로 '여럿이 모여 이룬 모임.'을 뜻하는 '집단'과 바꿔 쓸 수 있습니다. '싸움'은 '싸우는 일.'이라는 뜻이므로 '의견이나 주장이 달라서 부딪치거나 미워함.'을 뜻하는 '갈등'과 바꿔 쓸 수 있습니다.

생각주제 04 비행기를 안전하게 타려면?

생각글 1 비행기에서 생긴 일

28~29쪽

비행기를 타 본 경험이 있나요? 글쓴이는 비행기를 타고 여행을 가면서 갑자기 비행기가 흔들려 놀라게 되었습니다. 그리고 다음부터는 승무원분들이 알려 주는 안전 수칙을 잘 듣고 위급한 상황에 잘 대처해야겠다고 다짐했습니다. 글쓴이에게 생긴 일을 살펴보며 비행기 안전 수칙을 알아야 하는 까닭을 알아봅니다.

내용요약 비행기, 안전띠

1 ① 2 ① 3 인정

1 글쓴이는 발리로 여름휴가를 떠나기 위해 비행기를 탔습니다. 비행기를 타기 위해 아침 일찍 일어났고, 비행기 안에서 안전띠를 잘 매고 있었습니다. 그리고 비행기가 심하게 흔들리는 일이 있었습니다. 글쓴이가 비행기 안에서 멀미를 한 일은 나오지 않으므로 ①이 알맞지 않습니다.

2 ㉠에서는 여행을 기대하는 설레는 마음을 짐작할 수 있습니다. ㉡에서는 갑자기 비행기가 흔들려서 무서워하는 마음을 짐작할 수 있습니다.

오답풀이

② 행복은 만족과 기쁨을 느끼는 상태이므로 ㉡에 알맞지 않습니다.
③ 뿌듯함은 기쁨이나 감격이 마음에 차서 벅찬 상태이므로 ㉡에 알맞지 않습니다.
④ 걱정은 안심이 되지 않는 마음이므로 ㉠에 알맞지 않고, 기대됨은 원하는 것을 이루길 바라는 마음이므로 ㉡에 알맞지 않습니다.
⑤ 걱정은 안심이 되지 않는 마음이므로 ㉠에 알맞지 않고, 지루함은 시간이 오래 걸려서 따분한 마음이므로 ㉡에 알맞지 않습니다.

3 오늘의 교훈은 글쓴이가 비행기 안에서 깨닫게 된 것을 의미합니다. 글쓴이는 승무원분들이 설명해 주시는 비행기를 탈 때 주의할 점을 제대로 듣지 못한 점을 후회하였습니다. 따라서 승무원분들이 주의할 점을 알려 줄 때 잘 들어야 한다는 인정이의 말이 알맞습니다.

배경지식

비행기 승무원이 하는 일

- 비행기 안에서 승객들이 불편하지 않도록 식사, 음료 등의 서비스를 제공한다.
- 비행기를 탄 승객이 목적지까지 안전하게 여행할 수 있도록 안전 수칙을 안내하고 시설을 점검한다.

비행기를 안전하게 이용해요

30~31쪽

우리는 먼 지역이나 외국을 갈 때 비행기를 이용합니다. 비행기를 탈 때 혹시 일어날지 모르는 사고에 대비하기 위해 지켜야 할 안전 수칙이 있습니다. 먼저, 승무원이 알려 주는 안전 수칙을 잘 들어야 합니다. 또한 안전띠를 잘 착용하고, 비상 상황이 생기면 질서 있게 움직여야 합니다. 이와 같은 비행기 안전 수칙을 잘 아는 것이 중요한 까닭을 생각하며 안전하게 비행기를 이용하는 방법을 알아봅니다.

내용요약 안전 수칙

1 ② 2 (2) ○ 3 (1) 의자 (2) 승무원

1 비행기 안전 수칙은 혹시 일어날지 모르는 비행기 사고에서 우리 몸을 보호하기 위해 꼭 필요합니다.

2 비행기에서는 이륙할 때와 착륙할 때 안전띠를 반드시 착용해야 합니다. 또한 안전띠를 착용할 때에는 자기 몸에 맞게 조여서 매야 합니다.

오답풀이

(1) 비행기가 착륙할 때는 안전띠를 반드시 착용해야 합니다.

(3) 짐이나 가방은 정해진 장소에 넣고 문을 잘 닫아야 합니다. 비행기가 흔들릴 때 짐이 떨어져서 사람이 다칠 수 있으므로 반드시 문을 닫아야 합니다.

3 비행 중에는 비상 상황이 생길 수 있습니다. 비행기가 무언가와 부딪힐 위험이 있을 때는 앞 의자에 기대거나 웅크린 자세를 하는 것이 좋습니다. 또한 비상 탈출을 해야 한다면 승무원의 안내에 따라 질서 있게 움직여야 합니다.

배경지식

비행기에서 안전사고를 대비하는 방법

- 비상구의 위치를 확인합니다.
- 안전띠를 반드시 착용합니다.
- 비행기에 위험한 물건을 들고 타지 않습니다.
- 승무원의 안내 방송을 듣고 승무원의 지시에 따릅니다.
- 비행기가 이륙하거나 착륙할 때 테이블과 의자를 제자리에 놓습니다.

자란다 문해력

32~33쪽

1 비행기 안전 수칙

비행기에서 생긴 일	비행기를 안전하게 이용해요
'나'는 비행기에서 안전띠를 잘 매고 있었기 때문에 난기류로 비행기가 심하게 흔들릴 때 다치지 않았음.	• 승무원의 안전 교육을 주의 깊게 잘 듣기 • 안전띠를 잘 착용하고, 짐이나 가방은 정해진 장소에 넣고 문을 잘 닫아 두기 • 비행기가 무언가와 부딪힐 위험이 있을 때는 앞 의자에 기대거나 몸을 웅크리기 • 비상 탈출 시 질서 있게 움직이기

2 (2) ○ (3) ○

3 **예시답안** 비행기에서 어떤 사고가 일어나 위급한 상황이 생길지 모르기 때문이에요. 갑자기 위급한 상황이 생기면 당황할 수 있어요. 이때 안전 수칙을 기억하고 잘 지킨다면 우리의 소중한 목숨을 구할 수 있어요.

채점 Tip

1) 비행기 안전 수칙이 무엇인지 알고 답을 썼는지 체크해 보세요.
2) 비행기 안전 수칙을 지키지 않는 사람에게 비행기 안전 수칙이 중요하다고 알려 주는 내용을 쓰면 됩니다. 비행기 안전 수칙을 지키지 않으면 실제로 사고가 났을 때 위험하고 우리의 목숨을 잃을 수 있다는 내용 등을 쓰는 것이 좋습니다.
3) 이 문제의 답안은 자신의 생각을 설득력 있게 말하듯이 쓰는 것이 좋아요.

4 (1) 위급 (2) 수칙 (3) 안전 (4) 난기류

5 안전

6 수칙
'규칙'은 '여러 사람이 다 같이 지키기로 작정한 법칙. 또는 제정된 질서.'라는 뜻이므로 '지키도록 정해진 규칙.'인 '수칙'과 뜻이 비슷합니다.

생각주제 05
미세 먼지를 피하는 방법은?

미세 먼지로 하늘 뒤덮여

34~35쪽

요즘에는 외출할 때 기온과 함께 꼭 확인해야 할 것이 있습니다. 바로 미세 먼지 수치입니다. 미세 먼지는 우리 눈에 보이지 않는 아주 작은 먼지로, 우리 몸에 들어가면 여러 가지 질병을 일으킵니다. 따라서 미세 먼지가 심한 날은 특별히 주의해야 합니다. 미세 먼지에 대한 기사문을 읽으며 미세 먼지가 생기는 까닭과 위험성, 주의해야 할 점에 대해 생각해 봅니다.

내용요약 미세 먼지
1 (3) ○　2 (2) ×　3 지영

1 생활에 필요한 에너지를 얻기 위해 연료를 태울 때 나오는 연기에서 미세 먼지가 생깁니다. 자동차가 움직일 때 나오는 가스에서도 미세 먼지가 생기므로 (3)이 알맞습니다.

2 우리 몸에 미세 먼지가 들어오면 여러 가지 병을 일으킵니다. 목이 아프고 기침이 나올 수 있고, 눈이 가렵고 눈꺼풀이 부어오를 수도 있습니다. 하지만 (2)의 허리가 아프고 다리가 저린 경우와 미세 먼지는 상관이 없습니다.

3 지영이는 미세 먼지가 심할 때 눈이 아팠던 경험을 말하며, 미세 먼지의 피해를 줄일 수 있는 방법에 대해 생각했습니다. 따라서 기사 내용을 바르게 이해한 친구는 지영입니다.

오답풀이
지수: 미세 먼지 때문에 자동차를 안 탈 수는 없습니다.
선영: 공원에서 할 수 있는 운동에 대한 내용은 기사문의 주제인 미세 먼지와 관련이 없습니다.
선우: 미세 먼지가 심한 날은 되도록 밖에 나가지 않는 것이 좋지만 밖에 나가야 한다면 마스크를 쓰는 것이 좋습니다.

배경지식
미세 먼지를 줄이기 위해 할 수 있는 일
- 야외에서 쓰레기를 태우지 않습니다.
- 가까운 거리는 걷거나 자전거를 탑니다.
- 물건을 아껴서 사용하여 쓰레기를 줄입니다.
- 사용하지 않는 전자제품의 코드를 뽑습니다.

미세 먼지에 대처하는 방법

36~37쪽

미세 먼지는 우리의 건강을 해치고 일상생활을 하는 데에도 피해를 줍니다. 따라서 우리의 건강과 미래를 위해 미세 먼지에 대처하는 방법을 아는 것이 필요합니다. 외출할 때 미세 먼지 수치를 확인하여 마스크를 쓰고, 외출 후 옷과 몸에 묻은 먼지를 없애야 합니다. 그리고 물을 많이 마시고, 미세 먼지를 몸 밖으로 내보내는 음식을 먹습니다. 이와 같은 미세 먼지에 대처하는 방법에 대해 자세히 알아봅니다.

내용요약 작은, 마스크
1 ③　2 ④　3 (1) ㉯ (2) ㉮ (3) ㉰

1 이 글에 미세 먼지가 전혀 없는 곳에 대한 내용은 나오지 않기 때문에 ③이 알맞지 않습니다.

오답풀이
① 미세 먼지는 눈에 보이지 않는 아주 작은 크기입니다.
② 세계 보건 기구가 미세 먼지가 암을 일으킨다고 발표했을 정도로 미세 먼지는 우리의 건강에 해롭습니다.
④ 미세 먼지가 심한 날에는 되도록 집 안에 있고, 밖에 나간다면 마스크를 써야 합니다.
⑤ 물을 많이 마시고 해조류, 녹색 채소를 먹으면 미세 먼지를 몸 밖으로 내보낼 수 있습니다.

2 미세 먼지가 심한 날, 외출을 했다가 집에 돌아오면 옷과 몸에 묻은 미세 먼지를 없애야 합니다. 옷은 털거나 바람이 잘 통하는 곳에 걸어 두어야 합니다. 그리고 손과 발은 비누로 깨끗하게 씻어야 합니다.

오답풀이
① 미세 먼지가 없는 날은 창문을 잠깐씩 열어 환기를 합니다.
② 외출할 때 보건용 모자가 아닌 보건용 마스크를 써야 합니다.
③ 미세 먼지가 많은 날은 목이 마를 수 있으므로 물을 많이 마시는 것이 좋습니다.
⑤ 외출할 때 입었던 옷은 집 밖에서 먼지가 떨어지도록 터는 것이 좋습니다.

3 ㉠은 몸에 묻은 미세 먼지를 없애는 방법을 설명한 문단의 문장이므로 ㉯의 내용이 어울립니다. ㉡은 집 안에서 미세 먼지를 없애는 방법을 설명한 문단의 문장이므로 ㉮의 내용이 어울립니다. ㉢은 미세 먼지에 좋은 음식을 설명한 문단의 문장이므로 ㉰의 내용이 어울립니다.

익힘 학습 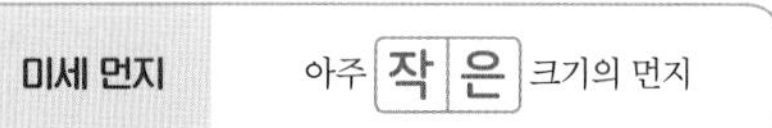

38~39쪽

1

미세 먼지	아주 작 은 크기의 먼지

미세 먼지로 하늘 뒤덮여 미세 먼지로 인한 피해	미세 먼지에 대처하는 방법
• 목이 아프고 기 침 이 나올 수 있음. • 폐에 병이 생길 수 있음. • 눈이 가렵고 눈꺼풀이 부어오를 수 있음.	• 밖에 나갈 때는 마스크를 써야 함. • 집으로 돌아오면 옷과 몸에 묻은 미세 먼지를 없애야 함. • 창문을 닫아 두고, 가끔 환기시키거나 공기 청정기를 사용함. • 물을 많이 마시고 해조류나 녹색 채 소 를 먹어야 함.

2 보건용 마스크

3 예시답안 자동차의 사용을 줄여야 해요. 그렇게 하기 위해 자동차를 타는 대신 가까운 거리는 걷거나 자전거를 이용해요. 또한 버스나 지하철을 이용해서 자동차의 사용을 줄이면 자동차에서 나오는 미세 먼지를 줄일 수 있어요.

채점 Tip

1) 미세 먼지가 발생하는 까닭이 무엇인지 알고 답을 썼는지 체크해 보세요.
2) 미세 먼지를 줄이기 위해 스스로 실천할 수 있는 일을 생각해서 쓰면 됩니다. 미세 먼지는 자동차가 움직일 때 나오는 가스에서 생기거나 에너지를 얻기 위해 태우는 연료에서 생긴다는 것을 글에서 알았으므로 이를 줄일 수 있는 방법을 생각해서 쓰는 것이 좋습니다.
3) 이 문제의 답안은 우리가 실천할 수 있는 일을 구체적으로 쓰는 것이 좋아요.

4 (1) ㉡ (2) ㉢ (3) ㉣ (4) ㉠

5 보건

6 (1) 면역력 (2) 대처
'저항력'은 '질병이나 병원균 등을 견뎌 내는 힘.'이라는 뜻이므로 '몸속에 들어온 병원균에 저항하는 힘.'을 뜻하는 '면역력'과 비슷한 뜻입니다. '대응'은 '어떤 일이나 사태에 맞추어 태도나 행동을 취함.'이라는 뜻이므로 '어떤 정세나 사건에 대하여 알맞은 조치를 취함.'을 뜻하는 '대처'와 비슷한 뜻입니다.

생각글 1 낱말 나라 대표 선발 대회

42~43쪽

정해진 뜻을 가지고 홀로 쓰일 수 있는 말을 '낱말'이라고 합니다. 우리가 사용하는 낱말에는 고유어, 한자어, 외래어가 있습니다. 이러한 낱말들이 모여 사는 낱말 나라에서 왕을 뽑기로 하였습니다. 각 마을에 살고 있는 대표가 왕이 되기 위해 자기소개를 하고, 왕이 되어야 하는 까닭을 말하고 있습니다. 이러한 과정을 통해 각 낱말의 특징과 구체적인 예를 살펴봅니다.

내용요약 고유어, 한자어, 외래어
1 ③ **2** (1) ㉡ (2) ㉢ (3) ㉠ **3** 고유어

1 낱말 나라의 왕을 뽑기로 해서 마을을 대표하는 후보들이 모여 회의를 열게 된 것입니다.

오답풀이
① 고운 말을 쓰기로 한 일에 대한 내용은 나오지 않습니다.
② 외국어를 쓰지 않기로 한 일에 대한 내용은 나오지 않았습니다.
④ 글자가 사라진 일에 대한 내용은 나오지 않습니다.
⑤ 버스를 타고 다른 나라에 놀러 가기로 한 일은 없었습니다.

2 고유어는 우리나라 사람들이 처음부터 쓰던 말로 '하늘', '땅', '무지개' 등이 있습니다. 한자어는 한자를 바탕으로 만들어진 말로 '대표', '선발', '대회' 등이 있습니다. 외래어는 다른 나라에서 들어온 말로 '버스' 등이 있습니다.

3 '토박이'라는 말의 뜻으로 볼 때, 토박이말은 한 지역에서 오래전부터 써 오던 말이라는 것을 짐작할 수 있습니다. 따라서 빈칸에는 우리나라 사람들이 처음부터 써 오던 말을 뜻하는 '고유어'가 들어가는 것이 알맞습니다.

배경지식

고유어, 한자어, 외래어 예
- 고유어: 아버지, 어머니, 하늘, 땅, 구름, 무지개, 가을, 바람, 거미
- 한자어: 대화, 설명, 내용, 인물, 사건, 배경, 학교, 독서, 강, 공장, 자동차, 자전거, 의자, 책상
- 외래어: 버스, 컴퓨터, 택시, 피자, 아이스크림, 스파게티, 아르바이트, 넥타이, 바나나, 라디오, 피아노

낱말의 종류

44~45쪽

평소에 말할 때 이 말이 어디에서 왔고 어떻게 만들어졌는지 생각해 본 적이 있나요? 아마 특별히 생각해 보지 않고 말을 할 때가 많을 것입니다. 하지만 낱말의 종류와 특징을 안다면 우리말에 관심이 생기고 소중하게 느껴질 것입니다. 이 글에는 우리가 사용하는 낱말을 고유어, 한자어, 외래어로 분류하고, 그 특징을 자세히 설명하였습니다. 각 낱말의 특징과 예를 살펴보며 우리말에 관심을 가져 봅니다.

내용요약 고유어, 외래어
1 ③ **2** (1) ○ **3** ㉠, ㉢

1 외래어는 다른 나라와의 교류가 많아지면서 늘어나게 되었으므로 ③이 알맞지 않습니다.

오답풀이
① 우리말은 고유어, 한자어, 외래어의 세 종류로 구분할 수 있습니다.
② 고유어, 한자어, 외래어는 특징이 다르지만 모두 우리말입니다.
④ 한자어는 국어사전에서 우리말 옆에 한자가 같이 쓰여 있습니다.
⑤ 한자어는 한자가 모여 뜻을 이루기 때문에 정확하고 자세한 뜻을 담고 있습니다.

2 이 글은 우리말의 종류를 유래에 따라 세 가지로 분류하여 설명한 글입니다. 따라서 낱말의 종류를 기준에 따라 나누어 설명하였다고 한 (1)이 알맞습니다.

3 ㉠에 쓰인 '배'는 사람의 신체인 배를 뜻하므로 고유어에 해당합니다. ㉡에 쓰인 '배'는 '어떤 수나 양을 두 번 합한 만큼.'이라는 뜻의 한자어입니다. ㉢의 '로봇'은 외국에서 들어온 외래어입니다. 따라서 알맞은 내용은 ㉠과 ㉢입니다.

익힘학습 자란다 문해력

46~47쪽

1

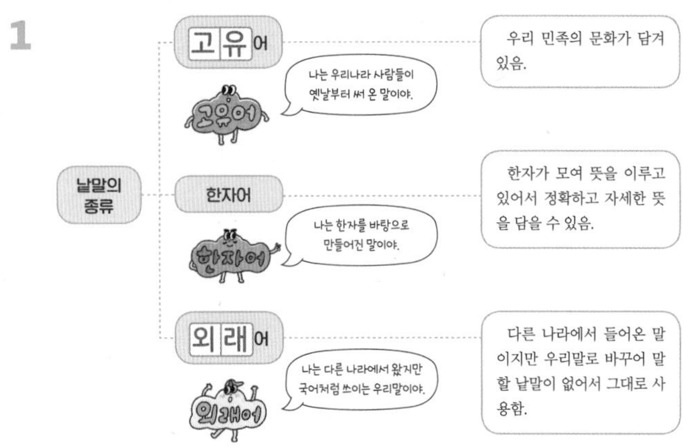

2 무지개 옷

3 (예시답안) 민아야, 잘 지냈지? 이번 주 금요일 3시에 우리 집에서 함께 놀자. 학교 수업 끝나고 바로 오면 돼. 어머니께서 맛있는 케이크 준비해 주신대. 네가 꼭 와 줬으면 좋겠어.

채점 Tip
1) 낱말의 종류인 고유어, 한자어, 외래어가 무엇인지 알고 답을 썼는지 체크해 보세요.
2) 고유어, 한자어, 외래어를 넣어 친구에게 하고 싶은 말을 담은 쪽지를 쓰면 됩니다. 어떤 내용으로 쪽지를 쓸지 정하고, 이와 관련된 낱말의 종류를 하나 이상씩 생각해 봅니다. 그리고 낱말을 넣어 자연스러운 내용이 되도록 쓰는 것이 좋습니다.
3) 이 문제의 답안은 내용이 매끄럽게 이어지고 문장이 어색하지 않도록 쓰는 것이 좋아요.

4 (1) ㉠ (2) ㉣ (3) ㉡ (4) ㉢

5 고유

6 교류
글에서 밑줄 친 부분은 세계 여러 나라가 음식을 팔고 사며 서로 다른 문화를 주고받는다는 내용이므로 '서로 다른 개인, 지역, 나라 사이에서 물건이나 문화를 주고받는 것.'이라는 뜻을 가진 '교류'가 알맞습니다.

생각주제 07
마음을 글자로 나타낸다면?

아홉 살 마음 사전

48~49쪽

우리는 말을 통해 생각이나 마음을 표현합니다. 이렇게 마음을 말로 표현하기 위해서는 상황에 따른 감정을 잘 파악해야 합니다. 그리고 이를 올바른 말로 표현할 줄 알아야 합니다. 『아홉 살 마음 사전』에서는 마음을 나타내는 말과 함께 그 말이 사용되는 다양한 상황이 나타나 있습니다. 마음을 나타내는 다양한 말들에 대해 배우고, 그 말이 우리 생활에서 실제로 어떻게 쓰이는지 함께 배워 봅니다.

내용요약 속상, 유쾌
1 ⑤　2 (1) ○ (3) ○　3 속상해

1 제시된 네 가지 상황은 모두 어떤 일이 남에게 드러낼 만하고 뽐낼 수 있을 때입니다. 따라서 이와 같은 상황에서 느낄 수 있는 마음은 '자랑스럽다'가 알맞습니다.

오답풀이
① '슬프다'는 '분하고 억울한 일을 겪거나 불쌍한 일을 보고 마음이 아프고 괴롭다.'는 뜻이므로 괴로운 상황에 어울립니다.
② '불쾌하다'는 '못마땅하여 기분이 좋지 아니하다.'는 뜻이므로 기분이 좋지 않은 상황에 어울립니다.
③ '억울하다'는 '아무 잘못 없이 꾸중을 듣거나 벌을 받아서 속이 상하고 화가 나다.'라는 뜻이므로 답답한 상황에 어울립니다.
④ '속상하다'는 '걱정이 되어 마음이 편치 않다.'는 뜻이므로 걱정스럽고 슬픈 상황에 어울립니다.

2 ㉡은 공부를 하다가 방금 게임을 시작했는데 엄마가 들어오셔서 맨날 게임만 한다고 혼났을 때 한 말입니다. 이때에는 신나고 들뜬 목소리가 아닌 억울하고 속상한 목소리가 어울리므로 (2)는 알맞지 않습니다.

3 서우는 할머니께서 주신 소중한 장갑을 잃어버렸다고 하였습니다. 이 상황에서 서우는 마음이 불편하고 괴로웠을 것이므로 '속상해'로 표현할 수 있습니다.

작품읽기

아홉 살 마음 사전
글 박성우
창비

내용 소개
『아홉 살 마음 사전』은 박성우 시인이 쓴 어린이를 위한 감정 사전입니다. 마음을 표현하는 말 80개를 가나다순으로 소개하고 있습니다. 마음을 표현하는 말과 그 말을 활용하는 상황이 재미있는 그림과 함께 담겨 있습니다.

마음을 나타내는 말

50~51쪽

우리의 마음은 시시각각 변합니다. 그만큼 우리는 아주 다양한 마음을 느끼며 살아갑니다. 우리는 마음을 표현하기 위해서 행동, 표정, 말이나 글을 사용합니다. 말은 마음을 정확하고 자세하게 표현할 수 있는 가장 대표적인 수단입니다. 우리가 갖는 여러 마음과 그 마음을 나타내는 다양한 말들을 알아봅니다. 그리고 마음을 나타내는 말을 정확히 알고 사용할 때의 좋은 점도 배워 봅니다.

내용요약 마음, 다양
1 ①, ②　2 ②, ③　3 (1) ㉢ (2) ㉡ (3) ㉠

1 마음을 바꾸는 방법이나 마음을 숨기는 방법은 글에 나타나 있지 않습니다.

오답풀이
③ 첫 번째 문단에서 표정과 행동, 말이나 글을 사용하여 마음을 나타낼 수 있다고 하였습니다.
④ 두 번째 문단에서 기쁜 마음을 나타낼 때에는 '자랑스러워', '반가워', '행복해', '신나' 등과 같은 말을 사용할 수 있다고 하였습니다.
⑤ 네 번째 문단에서 불안한 마음을 나타낼 때에는 '무서워', '긴장돼', '초조해' 등과 같은 말을 사용할 수 있다고 하였습니다.

2 마음을 나타내는 말을 사용하면 다른 사람의 마음을 잘 알 수 있고, 내 마음을 다른 사람에게 정확히 전달할 수 있습니다. 그래서 다른 사람과 서로의 마음을 더 잘 이해할 수 있게 됩니다.

3 (1)의 대회에서 상을 받았을 때는 매우 기쁜 마음이 드는 상황이므로 '행복해.'가 알맞습니다. (2)의 몸이 아파서 여행을 가지 못할 때는 억울하고 슬픈 마음이 드는 상황이므로 '서러워.'가 알맞습니다. (3)의 공연에서 내 발표 차례가 다가올 때는 마음이 조마조마한 상황이므로 '초조해.'가 알맞습니다.

배경지식

마음을 나타내는 다양한 말 예
- 행복할 때: 기쁘다, 벅차다, 흐뭇하다, 상쾌하다, 반갑다
- 슬플 때: 서운하다, 울적하다, 외롭다, 쓸쓸하다, 우울하다
- 미울 때: 얄밉다, 싫다, 분하다, 못마땅하다, 약오르다
- 불안할 때: 당황스럽다, 걱정스럽다, 초조하다, 두렵다

익힘 학습 자란다 문해력

52~53쪽

1

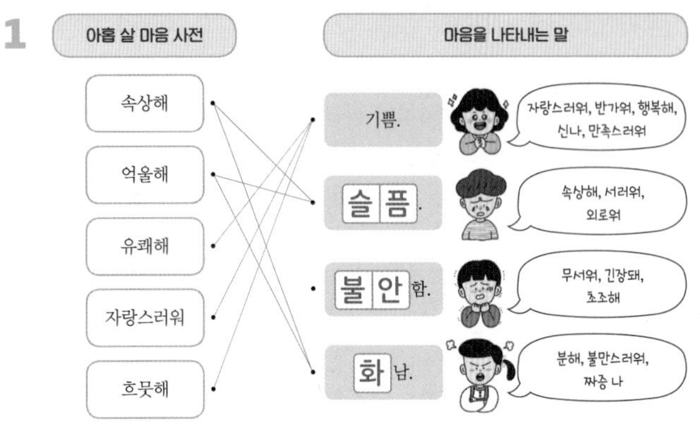

2 (1) 걱정돼 (2) 속상해 (3) 행복해 (4) 자랑스러워

3 예시답안 전학을 가는 친구와 마지막으로 함께 놀았어요. 친구가 이사를 멀리 가게 되어서 자주 볼 수 없을 것 같다고 말했어요. 나는 친구의 말을 듣고 무척 슬펐어요. 그리고 친구가 없을 때를 떠올리니 마음이 무척 외로웠어요.

채점 Tip

1) 자신이 느낀 마음과 그 마음을 나타내는 말이 무엇인지 알고 답을 썼는지 체크해 보세요.
2) 내가 겪은 일이 무엇인지 쓰고, 그때 들었던 나의 마음을 나타내는 말을 써야 해요. 나의 마음을 분명하게 전달할 수 있는 표현을 사용하여 겪은 일을 쓰면 됩니다. 왜 그런 마음이 들었는지도 함께 쓰면 더 좋아요.
3) 이 문제의 답안은 나의 마음이 잘 드러나는 말을 사용하여 솔직하게 쓰는 것이 좋아요.

4 (1) 유쾌하다 (2) 흐뭇하다 (3) 긴장되다 (4) 억울하다

5 (1) ㉢ (2) ㉠ (3) ㉡

6 긴장되다
밑줄 친 '마음을 졸이다'에서 '졸이다'는 '속을 태우다시피 초조해하다.'라는 뜻이므로 '마음을 조이고 정신을 바짝 차리게 되다.'라는 뜻을 가진 '긴장되다'와 뜻이 비슷합니다.

생각글 1 멋지다! 얀별 가족

54~55쪽

다문화 가족은 우리나라 사람이 다른 나라의 사람과 결혼하여 이룬 가족을 말합니다. 『멋지다! 얀별 가족』에 나오는 얀별이네 가족도 다문화 가족입니다. 얀별이네 새엄마는 코끼리가 사는 먼 나라에서 왔습니다. 얀별이는 새엄마가 동생을 까맣게 낳을까 봐 걱정하지만 누나답게 동생을 받아들이겠다고 다짐합니다. 다문화 가정에서 자라는 얀별이가 겪는 일을 통해 얀별이의 마음을 이해해 봅니다.

1 ⑤ **2** 용휘 **3** ㉮, ㉱

1 얀별이네 새엄마는 처음에는 우리말을 전혀 하지 못하셨지만, 지금은 얀별이와 대화하고 있으므로 ⑤는 알맞지 않습니다.

오답풀이

① 얀별이네 새엄마는 얼굴이 까무잡잡합니다.
② 얀별이의 새엄마는 곧 얀별이의 동생을 낳을 예정입니다.
③ 얀별이네 새엄마는 코끼리가 사는 먼 나라에서 왔습니다.
④ 얀별이는 새엄마가 까매서 하얀 엄마로 바꿔 달라고 아빠에게 졸랐습니다.

2 얀별이는 새엄마처럼 까만 얼굴의 동생이 생길까 봐 걱정되었습니다. 하지만 새엄마의 배에서 동생이 움직이는 것을 느꼈고 동생의 모습을 상상하니 기분이 좋아졌습니다. 그래서 얀별이는 동생이 까매도 자신이 누나니까 괜찮다며 동생을 받아들인 것입니다.

3 ㉠은 까만 얼굴의 동생을 그대로 받아들이기로 하면서 기분이 좋아진 얀별이의 마음을 표현한 것입니다. 따라서 '먹구름이 끼었던 하늘'은 까만 동생이 싫었던 마음, '맑아진 하늘'은 동생이 생겨서 기쁜 마음을 빗대어 표현한 것입니다.

작품읽기

멋지다! 얀별 가족
글 이종우
노루궁뎅이

줄거리 소개

얀별이는 다른 나라에서 온 새엄마가 싫었지만 다정한 새엄마와 점점 잘 지내게 됩니다. 하지만 곧 태어날 동생이 검은 얼굴로 태어날까 봐 걱정스럽고 가족을 그려야 하는 숙제도 고민스럽습니다. 얀별이는 자신을 사랑하는 가족의 마음을 깨닫게 되면서 가족을 있는 그대로 받아들이게 됩니다.

다문화 가족

56~57쪽

우리나라 사람과 결혼하는 외국인이 많아지면서 다문화 가족이 많아졌습니다. 하지만 다문화 가족은 언어와 문화적 차이로 인해 많은 어려움을 겪습니다. 또한 피부색과 생김새가 다르다는 이유로 사회적 편견을 받기도 합니다. 이 글을 통해 다문화 가족이 겪는 어려움을 알아봅니다. 그리고 다문화 가족과 함께 살아가는 사회를 만들기 위해 우리가 어떤 노력을 해야 할지도 생각해 보는 시간을 갖습니다.

내용요약 다문화, 편견

1 (3) ○ **2** ②, ④ **3** (1) ㉮, ㉯ (2) ㉰, ㉱

1 다문화 가족은 우리나라 사람과 다른 나라 사람이 결혼하여 함께 사는 가족입니다.

2 다문화 가족은 언어가 달라서 의사소통의 어려움을 겪습니다. 또한 우리나라의 문화가 낯설고 어색하며, 다문화 가족에 대해 편견을 가진 사람들 때문에 어려움을 겪습니다. 다른 나라로 여행을 갈 수 없는 것은 아니므로 ②는 알맞지 않고, 언어가 달라서 서툴 뿐이지 우리나라 사람과 대화를 전혀 나눌 수 없는 것은 아니므로 ④도 알맞지 않습니다.

오답풀이

① 다문화 가족의 가장 큰 어려움은 언어의 차이입니다.

③ 다른 나라 사람에게 우리나라의 문화가 낯설고 어색할 수 있습니다.

⑤ 다문화 가족은 사회적 편견으로 인한 어려움이 있을 수 있습니다.

3 사회적 편견은 ㉮, ㉯와 같이 피부나 종교가 다르다는 이유로 생긴 올바르지 못한 생각을 말합니다. 이는 다른 나라 사람들의 문화를 이해하지 못한 생각에서 비롯됩니다. 열린 마음은 ㉰, ㉱와 같이 다른 나라 사람들의 문화를 이해하고 받아들이는 자세를 뜻합니다.

배경지식

다문화 가족이 언어가 달라서 겪는 어려움

- 사람들과 의사소통이 되지 않아 생활하기 불편합니다.
- 한국어를 몰라서 억울한 일이 생겨도 해결하기 어렵습니다.
- 가족 간에 대화가 제대로 이루어지지 않아 갈등이 생깁니다.
- 다문화 가족에서 태어난 아이가 외국인 부모에게 우리말을 배우기 어렵습니다.

자란다 문해력

58~59쪽

1

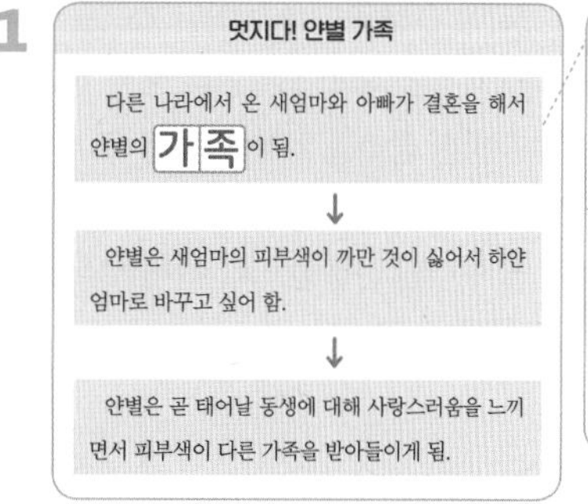

다문화 가족	
뜻	우리나라 사람과 다른 나라 사람이 결혼하여 사는 가족.
겪는 어려움	• 언어 차이로 인한 어려움. • 문화적 차이로 인한 어려움. • 사회적인 편견으로 인한 어려움.

2 민주

3 **예시답안** 다문화 가족에서 태어난 아이의 모습이 다르다고 해서 이상한 눈으로 보거나 놀리지 않도록 해야 해요. 이상한 눈으로 보거나 놀리면 그들이 상처 받고 속상해하기 때문이에요. 다르다고 차별하지 않고 모두 같은 사람으로 대해야 해요.

채점 Tip

1) 다문화 가족이 겪는 어려움이 무엇인지 알고 답을 썼는지 체크해 보세요.
2) 다문화 가족이 겪는 어려움이 무엇인지 먼저 생각해야 해요. 그리고 이러한 어려움을 도와주기 위해 할 수 있는 노력을 생각해서 쓰면 됩니다. 글에서 제시된 언어 문제, 문화 문제, 사회적 편견 문제 등을 생각하며 이들을 도울 수 있는 방법을 생각해 쓰면 좋아요.
3) 이 문제의 답안은 우리가 실천할 수 있는 일을 쓰는 것이 좋아요.

4 (1) ㉢ (2) ㉡ (3) ㉠ (4) ㉣

5 차별

6 (1) 낳으셨다 (2) 편견

'출산하셨다'는 '아이를 낳으셨다.'라는 뜻이므로 '배 속의 아이, 새끼, 알을 몸 밖으로 내놓다.'를 뜻하는 '낳으셨다'와 뜻이 비슷합니다. '잘못된 생각'은 '공평하지 못하고 한쪽으로 치우친 생각.'을 뜻하는 '편견'과 뜻이 비슷합니다.

생각주제 09
고등어는 어떻게 우리 식탁까지 올까?

고등어의 여행

60~61쪽

바다에 있던 고등어가 우리 식탁에 올라올 때까지 어떤 과정을 거치는지 알아봅니다. 고등어는 바다에서 바로 우리 식탁으로 오는 것이 아니라 시장, 생선 가게 등과 같은 다양한 장소를 거쳐 오게 됩니다. 우리는 바다에 가지 않고도 생선 가게에서 고등어를 사서 맛있게 먹을 수 있습니다. 이 글에 나온 고등어가 옮겨 다닌 장소를 따라 가며 우리 식탁 위에 고등어가 오르기까지의 과정을 알아봅니다.

내용요약 배, 시장
1 고등어 2 ㉰, ㉯, ㉱, ㉲ 3 ④

1 이 글의 주인공은 고등어입니다. 고등어가 옮겨 다닌 장소에 따라 이야기가 전개되고 있습니다. 따라서 글의 제목은 「고등어의 여행」이 어울립니다.

2 '나(고등어)'는 바다에서 태어나고 자랐습니다. 그러다 그물에 걸려 배에 오르게 되었고, 시장으로 가게 되었습니다. 시장에서 한 아저씨가 '나(고등어)'를 작은 상자에 넣어 트럭으로 옮겨서 생선 가게에 가게 되었습니다. 따라서 '나(고등어)'는 바다, 배, 시장, 트럭, 생선 가게 순으로 옮겨 다녔습니다.

3 ㉡의 '새로운 곳'은 생선 가게에서 고등어를 산 사람의 집을 의미합니다. 따라서 고등어가 필요한 사람의 집에 가게 되는 것입니다.

배경지식

연필이 우리 손에 오기까지의 과정
① 산에서 나무를 베고 광산에서 흑연을 캡니다.
② 공장에서 나무와 흑연을 이용하여 연필을 만듭니다.
③ 연필을 큰 도매 상가로 운반합니다.
④ 큰 도매 상가에서 문구점으로 연필을 운반합니다.
⑤ 문구점에서 사람들이 연필을 삽니다.

물건의 유통

62~63쪽

유통이란 상품이 만든 사람에서 파는 사람과 소비자에게 옮겨 가는 것을 말합니다. 우리가 사용하는 물건은 모두 유통 과정을 거쳐 우리에게 옵니다. 유통 과정이 없다면 고등어를 사러 바닷가 마을로 직접 가야 할지도 모릅니다. 따라서 유통 과정은 우리가 필요한 물건을 쉽고 편하게 살 수 있도록 돕습니다. 이 글을 통해 유통 과정에 대해 자세히 알아보고 유통 과정의 중요성을 배워 봅니다.

내용요약 소비자, 유통
1 (2)× 2 ③ 3 ㉱

1 소매상인은 도매상인에게 물건을 파는 것이 아니라, 도매상인에게서 물건을 사는 사람이므로 (2)가 알맞지 않습니다.

오답풀이
(1) 소비자는 돈을 내고 물건을 사서 쓰는 사람입니다.
(3) 물건이 만들어진 곳이 아닌 중간 시장에는 도매 시장과 소매 시장이 있습니다.

2 ㉠, ㉡, ㉣, ㉥은 모두 물건을 사는 소비자, 즉 물건이 필요한 우리를 뜻합니다. ㉢은 고등어를 잡는 어부, 즉 물건을 만들거나 생산하는 사람을 뜻합니다.

3 ㉱은 중간 시장을 거치지 않고 소비자가 물건을 생산하는 사람에게 직접 물건을 구매하는 경우입니다. 따라서 아버지께서 직접 인터넷으로 과수원에서 사과를 주문하는 일이 이에 해당합니다.

오답풀이
㉮ 생산자(어부)가 물건(오징어)을 만들어 내는 일입니다.
㉯ 소비자('나')가 소매 시장(문구점)에서 물건(연필과 공책)을 사는 일입니다.
㉰ 소비자(어머니)가 소매 시장(시장)에서 물건(삼겹살과 야채)을 사는 일입니다.

배경지식

유통 과정에 따라 달라지는 물건의 가격
- 물건이 유통될 때 중간에 거치는 단계가 많을수록 운반비, 보관비 등이 더해지면서 물건의 가격이 오르게 됩니다.
- 소비자는 더 싼 가격에 물건을 사기 위해 생산자와 직접 만나는 직거래 시장 등을 이용하기도 합니다.

익힘 학습 자란다 문해력

64~65쪽

1

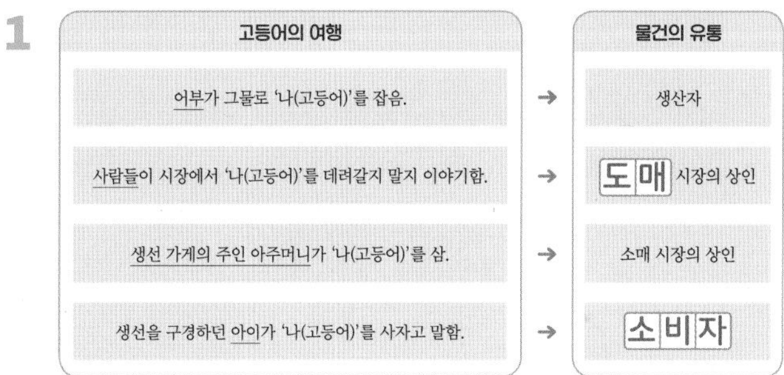

2 (1) ○

3 예시답안 농부들이 농사를 지어서 쌀을 생산해요. 그리고 이 쌀을 도매 시장의 상인이 사고, 도매 시장에서 소매 시장의 상인이 또 쌀을 사요. 어머니께서 소매 시장의 상인에게 쌀을 사 와 우리 식탁에 오르게 되어요.

채점 Tip

1) 쌀의 유통 과정이 무엇인지 알고 답을 썼는지 체크해 보세요.
2) 쌀을 생산하는 농부 이야기를 먼저 써야 합니다. 그리고 중간 시장인 도매 시장의 상인과 소매 시장의 상인이 쌀을 사 오고, 어머니께서 쌀을 사서 우리 식탁에 오르게 된다는 내용을 쓰면 됩니다.
3) 이 문제의 답안은 생산자의 물건이 우리에게 오기까지의 차례를 순서대로 쓰는 게 좋아요.

4 (1) ㉡ (2) ㉠ (3) ㉢ (4) ㉣

5 상인

6 왁자지껄하다
'떠들썩하다'는 '여러 사람이 큰 소리로 시끄럽게 마구 떠들다.'라는 뜻이므로 '여럿이 정신이 어지럽도록 시끄럽게 떠들고 지껄이다. 또는 그런 소리가 나다.'는 뜻의 '왁자지껄하다'와 뜻이 비슷합니다.

생각글 1 조선 시대 담이네 집

66~67쪽

조선 시대에 사는 담이가 자신의 집을 소개하기 위해 편지를 썼습니다. 담이네 집은 자연에서 얻은 재료로 만들었습니다. 그리고 대청마루라고 부르는 아주 넓은 마루가 있어 시원한 바람이 붑니다. 지붕은 기와로 만들었고 지붕 끝에는 처마가 있습니다. 또한 온돌이라는 난방 시설도 있습니다. 이와 같은 담이네 집을 한옥이라고 합니다. 담이의 편지를 읽으며 조상들의 지혜가 담긴 한옥에 대해 알아보는 시간을 갖습니다.

내용요약 한옥, 온돌
1 ①, ③ 2 (2) ○ (3) ○ 3 ㉯

1 한옥이 오늘날의 집과 모습이 똑같다는 내용은 나와 있지 않기 때문에 ①은 알맞지 않습니다. 또한 한옥의 방이 문 없이 모두 뚫려 있다는 내용은 나와 있지 않기 때문에 ③도 알맞지 않습니다. 대청마루의 앞뒤가 뚫려 있어 바람이 잘 통한다는 내용과 헷갈리지 않도록 주의합니다.

오답풀이
② 조선 사람들이 살았던 집을 한옥이라고 부른다고 했습니다.
④ 한옥에는 마당, 마루, 방, 부엌과 같은 공간이 있습니다.
⑤ 한옥의 벽은 흙을 반죽해 만들어서 습도 조절이 된다고 했습니다.

2 한옥에는 지붕에 처마가 있습니다. 처마는 집 안으로 들어오는 햇빛의 양을 조절해 여름에는 햇빛이 많이 들어오지 않게 하고, 겨울에는 집 안에 햇빛이 깊숙이 들어오게 합니다. 또한 한옥에는 아궁이에 불을 지피면 방의 바닥을 뜨거운 열기로 데워 집 안을 따뜻하게 해 주는 온돌이 있습니다. 처마와 온돌을 통해 한옥이 과학적이라는 것을 알 수 있습니다.

3 한옥을 만드는 재료는 돌이나 나무, 흙 등과 같이 자연에서 얻은 것이므로 주변에서 쉽게 구할 수 있습니다. 따라서 집을 만드는 재료를 구하기 어렵다는 ㉯가 잘못 이해한 부분입니다.

집의 변화

68~69쪽

집은 사람이 살아가는 데 중요한 장소입니다. 추위와 더위를 막아 주고, 잠을 자고 쉬기 위해서도 필요합니다. 이 글은 우리에게 꼭 필요한 집이 어떤 모습으로 변해 왔는지 설명하고 있습니다. 맨 처음 지어진 집은 움집이었습니다. 시간이 지나며 집을 짓는 재료가 많아졌고 한옥과 양옥 등의 모습으로 변했습니다. 이와 같이 사회의 발전에 따라 변화해 온 집의 모습을 알아보며 집의 소중함을 느껴 봅니다.

내용요약 움집, 양옥

1 ㉯, ㉱, ㉰　　2 ①　　3 민호

1 처음에는 동굴 같은 곳을 옮겨 다니며 살다가(㉮) 농사를 짓기 시작하면서 움집을 만들어 살았습니다(㉯). 그리고 한옥이라고 부르는 초가집이나 기와집을 만들었고(㉱), 서양의 문물이 들어오게 되면서 양옥에서 살게 되었습니다(㉰).

2 옛날 우리 조상들이 살던 집을 한옥이라고 하고, 서양의 문물이 들어오면서 생긴 새로운 모습의 집을 양옥이라고 합니다. 한옥과 양옥의 모습은 지금도 볼 수 있습니다. 따라서 ①이 알맞지 않습니다.

오답풀이

② 양옥은 벽돌과 콘크리트 등으로 짓습니다.
③ 한옥은 돌, 짚, 나무, 억새, 진흙 등으로 짓습니다.
④ 우리나라에는 조선 시대 후기에 서양의 문물이 많이 들어오게 되면서 양옥도 등장했습니다.
⑤ 한옥의 지붕을 짚이나 억새로 만들면 초가집, 진흙과 기와로 만들면 기와집이라고 불렀습니다.

3 집 안에서 생활을 편리하게 해 주는 다양한 시설에는 전기와 수도 등이 있습니다. 따라서 집 안에서 물을 사용할 수 있는 수도 시설에 대해 말한 민호가 알맞게 말했습니다.

배경지식

양옥의 특징

- 화장실이 주로 집 안에 있습니다.
- 시멘트, 벽돌, 유리, 나무 등으로 만들어집니다.
- 주로 여러 층으로 되어 있어 여러 집이 함께 삽니다.
- 마당이 없는 경우가 많고, 수도와 전기 시설이 있습니다.

70~71쪽

1 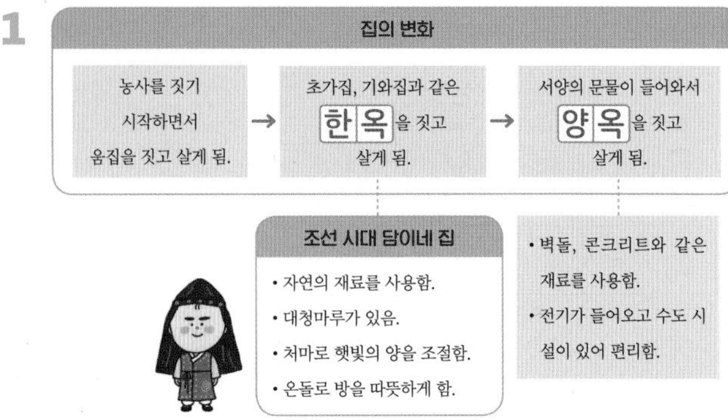

2 서훈

3 (예시답안) 과학 기술이 발달하면서 리모컨으로 모든 것을 조정할 수 있는 집이 생길 것 같아요. 버튼 하나 누르면 방문이 닫히거나 열리고, 물이 받아지게 하거나 불이 꺼지는 등 모든 것이 리모컨으로 조정되는 편리한 집이 생길 것 같아요.

채점 Tip

1) 미래 집의 모습을 생각해 보고 답을 썼는지 체크해 보세요.
2) 미래에는 어떤 재료로 집을 지을지 또는 집에 어떤 편리한 시설이 생기게 될지 등 다양하게 집의 모습을 상상해서 쓰면 됩니다. 미래의 집에 사는 사람들의 모습이 어떻게 바뀔지에 대해 써도 됩니다.
3) 이 문제의 답안은 자유로운 상상력을 발휘해서 쓰는 게 좋아요.

4 (1) ㉠ (2) ㉢ (3) ㉡ (4) ㉣

5 (1) 난방 (2) 서양

6 문물

'문화'는 '한 사회의 예술·문학·도덕·종교 따위의 정신적 활동의 바탕.'이라는 뜻이므로 '정치·경제·종교·예술 등 문화에 관한 모든 것을 통틀어 이르는 말.'이라는 뜻을 가진 '문물'과 뜻이 비슷합니다.

이순신이 살던 시대는 어땠을까?

이순신

74~75쪽

이순신은 조선 시대의 장군으로 임진왜란 때 나라를 지킨 훌륭한 인물입니다. 이순신은 수백 척의 일본 배 앞에서도 두려워하지 않았고, 일본과의 전투에 맞서기 위해 철저하게 준비했습니다. 일본의 침략으로 우리나라가 큰 어려움에 빠졌을 때 이순신은 거북선으로 옥포 앞바다에서 첫 승리를 거두었습니다. 이순신이 옥포에서 첫 승리를 거둔 이야기를 통해 이순신에게 배울 점을 생각해 봅니다.

1 ㉮, ㉱, ㉰ 2 ② 3 (1) ㉠ (2) ㉡

1 이순신은 나대용과 함께 화포를 단 거북선을 만들었습니다(㉯). 일본이 수백 척의 배를 끌고 조선을 공격해 오자(㉮), 이순신은 전라도의 수군을 모아 옥포로 떠났습니다(㉱). 이곳에서 조선 수군은 일본군을 무찌르며 첫 승리를 거두었습니다(㉰).

2 1592년 일본군이 부산 앞바다로 몰려와 조선에 쳐들어왔을 때 일본군은 단숨에 부산을 무너뜨렸습니다. 따라서 ②가 알맞지 않습니다.

오답풀이

① 이순신은 일본 배에 뒤지지 않을 만큼 날래고 튼튼한 배를 만들고 싶었습니다.
③ 거북선은 지붕에 뾰족한 철 송곳을 박았습니다.
④ 조선 수군은 일본 배를 향해 화포를 쏘며 공격을 했습니다.
⑤ 이순신은 옥포에서 일본군과 싸워 첫 번째 승리를 하였습니다.

3 이순신이 전쟁을 대비해 무기를 연구하고 만드는 것을 통해 늘 준비하는 자세를 배울 수 있습니다. 그리고 군사들을 격려하며 전쟁에서 맹렬히 싸우는 것을 통해 두려움 없이 용감하게 맞서는 자세를 배울 수 있습니다.

작품읽기

이순신
글 김종렬
비룡소

내용 소개

『이순신』은 「새싹 인물전」 시리즈로 동화 형식의 인물 이야기입니다. 이순신 장군의 어린 시절부터 노량 해전에서 용감하게 싸우다가 숨을 거두었을 때까지의 일생이 담겨 있습니다. 임진왜란에서 이순신 장군이 용감하게 맞섰던 전투 상황을 실감 나게 그렸습니다.

임진왜란

76~77쪽

일본이 조선을 침략하면서 임진왜란이 일어났습니다. 새로운 무기를 갖춘 일본이 조선을 쳐들어왔고 아무런 대비를 하지 못했던 조선은 당할 수밖에 없었습니다. 이때 이순신 장군이 바다를 지키고, 백성들은 스스로 의병을 만들었습니다. 결국 일본이 물러나며 임진왜란은 끝이 났지만 우리나라는 큰 피해를 입었습니다. 우리나라의 아픈 역사인 임진왜란의 과정을 알아보며 우리 역사를 바로 아는 시간을 갖습니다.

내용요약 임진왜란

1 (2) ○ 2 ③ 3 ㉢

1 이 글에는 조선 시대에 임진왜란이 일어난 과정이 차례대로 나타나 있습니다. 따라서 실제 있었던 일을 순서대로 쓴 글입니다.

2 육지에서는 조선이 지고 있었지만 바다에서는 이순신 장군이 있었기 때문에 승리를 거두었다고 하였으므로 ③은 알맞지 않습니다.

오답풀이

① 임진왜란은 1592년에 일본이 조선을 침략한 전쟁입니다.
② 일본군은 조총이라는 새로운 무기를 가지고 있었습니다.
④ 당시 조선의 왕이었던 선조와 신하들은 궁궐을 버리고 도망갔지만 백성들은 의병을 만들며 왜군에 맞서 싸웠습니다.
⑤ 7년간 이어진 임진왜란으로 경복궁과 같은 많은 문화재가 불에 탔습니다.

3 곽재우는 군대에 속해 있던 사람이 아니었고, 나라를 구하기 위해 스스로 함께 싸울 사람들을 모아 군대를 일으킨 사람입니다. 이를 통해 곽재우가 '의병'에 속한다는 것을 알 수 있습니다.

배경지식

의병

- 나라를 위해 스스로 싸운 의로운 병사를 뜻합니다.
- 양반, 농민, 노비 등 신분을 가리지 않고 참여했습니다.
- 처음에는 자기 마을을 지키기 위해 모였다가, 여러 마을의 의병들이 합쳐져 더 큰 부대를 이루게 되었습니다.
- 자신이 살던 마을의 길을 잘 알았던 의병은 숨어 있다가 재빠르게 왜군을 공격해 왜군에게 큰 피해를 입혔습니다.

익힘 학습 자란다 문해력

78~79쪽

1
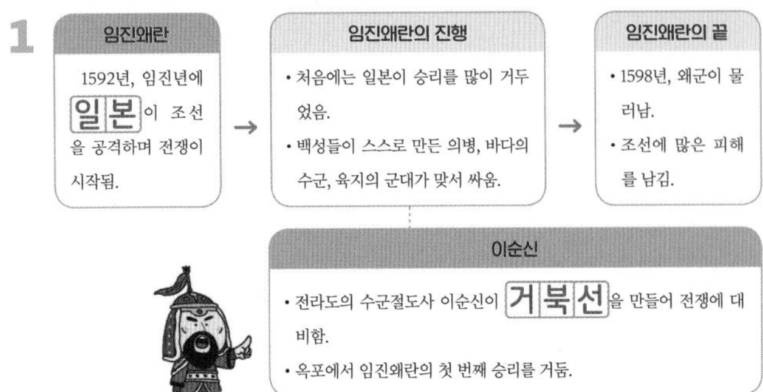

2 (1) ○ (2) ○

3 예시답안 우리나라를 구한 용감하고 지혜로운 분이라는 생각이 들어요. 일본군에 맞서 용감하게 싸웠고, 거북선과 뛰어난 전술을 이용하여 지혜롭게 왜군을 물리쳤기 때문이에요.

채점 Tip
1) 이순신 장군의 업적이 무엇인지 알고 답을 썼는지 체크해 보세요.
2) 임진왜란 때 일본군에 맞서 승리를 거두었던 이순신 장군에 대한 자신의 생각을 쓰면 됩니다. 이순신 장군이 한 말이나 행동을 바탕으로 배울 수 있는 점이나 훌륭한 점 등을 쓰는 것이 좋습니다.
3) 이 문제의 답안은 자신의 생각을 구체적으로 쓰는 것이 좋아요.

4 (1) ㉠ (2) ㉣ (3) ㉢ (4) ㉡

5 사기

6 (1) 맹렬히 (2) 철수했다
'거세게'는 '사물의 기세 등이 몹시 거칠고 세차게.'라는 뜻이므로 '기세가 몹시 사납고 세찬 정도로.'라는 뜻의 '맹렬히'와 바꿔 쓸 수 있습니다. '물러났다'는 '있던 자리에서 뒷걸음으로 피하여 몸을 옮겼다.'라는 뜻이므로 '머물러 있던 곳에서 장비 등을 거두어 가지고 물러났다.'라는 뜻의 '철수했다'와 바꿔 쓸 수 있습니다.

생각글 1 선덕 여왕

80~81쪽

선덕 여왕은 우리나라의 최초의 여왕입니다. 신라의 진평왕에게 아들이 없어 덕만 공주는 신라 최초로 여왕이 되었습니다. 당시 신라의 귀족들은 여자가 왕이 되는 것을 못마땅하게 생각했습니다. 하지만 지혜롭고 총명한 덕만 공주는 훌륭한 왕이 될 자신이 있었습니다. 여자도 왕이 될 수 있다는 것을 보여 준 선덕 여왕의 이야기를 읽으며 선덕 여왕에게 배울 점을 함께 생각해 봅니다.

1 ⑤ 2 (1) ○ 3 ㉯, ㉰

1 귀족들이 천명 공주가 왕이 되어야 한다고 생각했다는 내용은 나오지 않았습니다.

오답풀이
① 덕만 공주와 천명 공주는 신라 제26대 진평왕의 딸입니다.
② 천명 공주는 나랏일은 여자가 하기에 너무 힘들다며 왕이 되고 싶지 않다고 하였습니다.
③ 신라의 왕은 부모가 모두 성골이어야 했는데 남자 중에는 성골이 없었기 때문에 진평왕은 후계자를 정하는 일로 고민했습니다.
④ 덕만 공주가 왕이 되기 전까지 신라에는 여자가 왕이 된 적이 한 번도 없었다고 하였습니다.

2 덕만 공주는 자신은 여자이지만 훌륭한 왕이 될 수 있다고 했습니다. 이를 통해 덕만 공주는 자신감 있고 적극적인 성격이라는 것을 짐작할 수 있습니다.

3 신라 시대에는 귀족들이 참여하는 화백 회의를 통해 나라의 큰일들을 모두 결정했습니다. 따라서 신라 시대에는 귀족의 힘이 막강했다는 것을 알 수 있습니다.

작품읽기

선덕 여왕
글 남찬숙
비룡소

내용 소개
『선덕 여왕』은 「새싹 인물전」 시리즈로 동화 형식의 인물 이야기입니다. 선덕 여왕이 우리나라 최초의 여왕이 된 이야기가 담겨 있습니다. 그리고 여자라는 편견을 깨고 지혜롭게 나라를 다스렸던 선덕 여왕의 삶을 소개합니다. 백성들을 소중하게 여겼던 마음과 분황사, 첨성대 등의 건축물을 세웠던 선덕 여왕의 훌륭한 업적이 담겨 있습니다.

선덕 여왕이 다스리던 신라

82~83쪽

신라의 제27대 왕이 된 선덕 여왕은 불교를 통해 백성들의 마음을 모으고자 하였습니다. 그리고 분황사 석탑, 황룡사 9층 목탑과 같은 훌륭한 건축물을 세웠습니다. 또한 김유신, 김춘추와 같은 뛰어난 인물을 뽑아 신라의 힘을 키우려고 하였고, 당나라 동맹을 맺기도 하였습니다. 이와 같은 선덕 여왕의 훌륭한 업적을 알아봅니다. 그리고 이를 통해 당시 신라 시대의 모습과 제도를 살펴보는 시간을 갖습니다.

내용요약 신분, 불교

1 ⑤　**2** (1) ○ (4) ○　**3** ㉡

1 고구려, 백제, 신라는 서로 자신의 땅을 넓히기 위해 치열한 전쟁을 하였다고 했습니다. 또 때로는 다른 나라와 동맹을 맺기도 하였다고 했지만, 고구려와 동맹을 맺기 위해 땅을 넘겼다는 내용은 나와 있지 않습니다.

오답풀이

① 신라와 당나라가 맺은 동맹은 훗날 신라가 삼국을 통일하는 데 도움이 되었다는 내용에서 알 수 있습니다.

② 선덕 여왕이 다스리던 신라는 불교를 중요하게 여기는 나라였다고 한 부분에서 알 수 있습니다.

③ 선덕 여왕은 신라의 제27대 왕이라고 한 부분에서 알 수 있습니다.

④ 신라에는 태어난 집안에 따라 신분이 정해지는 제도가 있었고, 신라 사회는 신분에 따른 구별이 매우 엄격했다고 한 부분에서 알 수 있습니다.

2 선덕 여왕은 불교를 통해 신라가 강한 나라라는 것을 보이고자 했고, 백성들의 마음을 하나로 모으고자 했습니다. 그래서 황룡사 9층 목탑을 세웠습니다.

3 신라 시대에는 태어난 집안에 따라 신분이 정해졌기 때문에 열심히 공부하여 시험에 통과한다고 왕이 될 수는 없었습니다.

배경지식

황룡사 9층 목탑

- 선덕 여왕 때 자장 대사의 건의로 세워졌습니다.
- 백제의 아비지를 모셔와 목탑을 짓게 하였습니다.
- 9층은 주변의 9개 나라를 의미하는 것으로, 이 나라들의 침입을 부처님의 힘으로 막는다는 것을 뜻합니다.
- 몽골의 침입 때 불에 타 사라지고 지금은 터만 남아 있습니다.

익힘학습 자란다 문해력

84~85쪽

1

선덕 여왕
- 진평왕의 뒤를 이을 성골 남자가 없었음.
- 덕만 공주가 귀족들의 화백 회의를 통해 신라 최초의 여왕이 됨.

→

선덕 여왕이 다스리던 신라	
신분 제도	• 태어난 집안에 따라 신분이 정해짐. • 신분에 따른 구별이 매우 엄격했음.
종교	불교
건축물	• 분황사 석탑 • 황룡사 9층 목탑
다른 나라와의 관계	백제와 고구려가 공격하자 당나라와 동맹을 맺음.

2 (3) ○ (4) ○

3 (예시답안) 지혜롭고 훌륭한 우리나라 최초의 여왕이에요. 선덕 여왕은 여성도 훌륭한 왕이 될 수 있다는 것을 보여 주었어요. 신라의 힘을 키우기 위해 많은 업적을 남겼고, 신라를 지키기 위해 노력했어요. 그래서 신라의 훌륭한 왕이라고 생각해요.

채점 Tip

1) 선덕 여왕의 업적이 무엇인지 알고 답을 썼는지 체크해 보세요.
2) 우리나라 최초의 여왕으로 선덕 여왕이 한 일을 생각하며 이에 대한 자신의 생각을 쓰면 됩니다. 선덕 여왕은 신라를 지혜롭게 다스리기 위해 불교를 받들고, 나라 간의 치열한 전쟁 속에서 다른 나라와 동맹을 맺기도 합니다. 이와 같은 선덕 여왕의 업적을 통해 자신이 느낀 점을 자세히 쓰면 됩니다.
3) 이 문제의 답안은 자신의 생각을 자세하게 쓰는 것이 좋아요.

4 (1) 총명 (2) 후계자 (3) 엄격 (4) 동맹

5 동맹

6 총명

'똑똑하고 슬기로움'은 '영리하고 재주가 있음.'을 뜻하는 '총명'과 뜻이 비슷합니다.

우리나라에서 전쟁이 일어났다고?

큰 기와집의 오래된 소원

86~87쪽

『큰 기와집의 오래된 소원』은 6.25 전쟁으로 인해 아픔을 겪는 큰 기와집에 사는 가족들 이야기입니다. 전쟁이 일어나 북쪽 사람들은 사람들을 잡아갔고, 큰 기와집의 미루 아버지는 집에 숨어 있다가 안성 외갓집으로 떠났습니다. 큰 기와집은 미루 아버지가 무사하기를 간절히 빌었습니다. 큰 기와집에 사는 가족들의 헤어짐을 통해 전쟁이 주는 아픔을 생각해 봅니다.

1 ③ **2** (2) × **3** 준건

1 전쟁이 일어나 북쪽 군이 쳐들어오자, 사람들은 피난을 갔습니다. 하지만 북쪽에서 사람들이 쳐들어왔고 남쪽 사람들을 북쪽으로 끌고 갔기 때문에, 남쪽 사람들은 더 먼 남쪽으로 피난을 떠났을 것입니다. 따라서 사람들이 모두 북쪽으로 피신했다는 ③이 알맞지 않습니다.

오답풀이

① 북쪽 군이 쳐들어와서 전쟁이 일어났습니다.
② 미루 아버지는 북쪽 군에게 잡혀가지 않기 위해 안성 외갓집으로 피난을 떠나기로 했습니다.
④ 전쟁이 일어나자 가까운 데서 무서운 폭격 소리가 들렸습니다.
⑤ 북쪽 군인들은 미아리고개를 넘어 서울 한복판까지 쳐들어왔습니다.

2 ㉡은 미루 아버지가 피난을 떠나며 가족들에게 한 말입니다. 미루 아버지는 ㉡을 말할 때 걱정스럽고 긴장되는 마음이 들었을 것입니다.

3 당시 우리나라는 남쪽과 북쪽이 평화롭게 잘 지내지 못해 전쟁이 일어났을 것이므로 정민이는 알맞게 말하지 못했습니다. 또한 북쪽으로 남자들도 잡아가는 상황이므로 현민이도 알맞게 말하지 못했습니다. 북쪽 군이 쳐들어온 뒤 북쪽으로 끌려가 갑자기 사라진 사람들이 있었을 것이므로 준건이가 알맞게 말했습니다.

작품읽기

큰 기와집의 오래된 소원
글 이규희
키위북스

줄거리 소개

큰 기와집은 할아버지의 환갑잔치가 열려 신이 납니다. 하지만 전쟁이 일어나고 북쪽 군에게 맞은 할아버지가 돌아가시자 큰 슬픔에 빠집니다. 그리고 가족들은 피난을 가게 되고 남겨진 큰 기와집은 가족들을 기다립니다. 6.25 전쟁으로 헤어진 가족들을 그리워하는 큰 기와집의 마음을 담아낸 책입니다.

6.25 전쟁

88~89쪽

6.25 전쟁이 일어나 북한이 남한을 공격하며 내려왔습니다. 남한은 여러 나라의 연합 군대가 도와주어 서울을 되찾았지만 다시 서울을 빼앗겼습니다. 이러한 전쟁 동안 많은 사람들이 죽거나 다쳤고, 건물과 도로도 파괴되었습니다. 그러다가 결국 전쟁을 쉬기로 하면서 우리나라는 분단국가가 되었습니다. 이와 같이 우리나라에 6.25 전쟁이 일어나 분단국가가 되기까지의 과정을 알아보며 전쟁으로 인한 피해를 생각해 봅니다.

내용요약 6, 25, 분단

1 ㉣, ㉮, ㉰ **2** ③ **3** ㉣

1 1950년 6월 25일 북한이 남한을 공격하면서 전쟁이 일어나 서울을 빼앗겼습니다. 그러자 남한을 돕는 국제 연합 군대의 맥아더 장군이 인천을 차지하며 서울을 되찾았습니다. 하지만 이번에는 중국이 북한을 돕기 위해 군대를 보내 다시 서울을 빼앗아 갔고, 서로 밀고 밀리는 싸움을 계속하던 남한과 북한은 1953년, 전쟁을 쉬기로 했습니다.

2 세계 전쟁 이후 남한에는 미국 군인, 북쪽에는 소련 군인이 머물렀기 때문에 ③이 알맞지 않습니다.

오답풀이

① 남한에는 대한민국, 북한에는 조선 민주주의 인민 공화국 정부가 생겼습니다.
② 남한에서는 이승만을 최초의 대통령으로, 북한에서는 김일성을 최초의 지도자로 세웠습니다.
④ 전쟁 중에 남한은 국제 연합 군대, 북한은 중국 군대가 도와주었습니다.
⑤ 남한과 북한 모두 전쟁으로 인해 건물과 도로가 망가지고, 많은 사람이 죽거나 다쳤습니다.

3 기사문에는 6.25 전쟁으로 인해 어머니, 형과 헤어지게 된 김 할아버지의 사연이 담겨 있습니다. 이와 관련 있는 내용은 전쟁으로 인해 가족을 잃어버린 사람이 많았다는 ㉣입니다.

배경지식

휴전 협정

- 3년이 넘게 진행되었던 6.25 전쟁을 중단하기로 하였습니다.
- 1953년 7월 27일 국제 연합, 북한, 중국이 모여 서명을 하였습니다.
- 휴전 협정으로 남한과 북한 사이에 휴전선이 설치되었습니다.

생각주제 14
식물은 어떻게 살아갈까?

익힘학습 자란다 문해력

90~91쪽

1 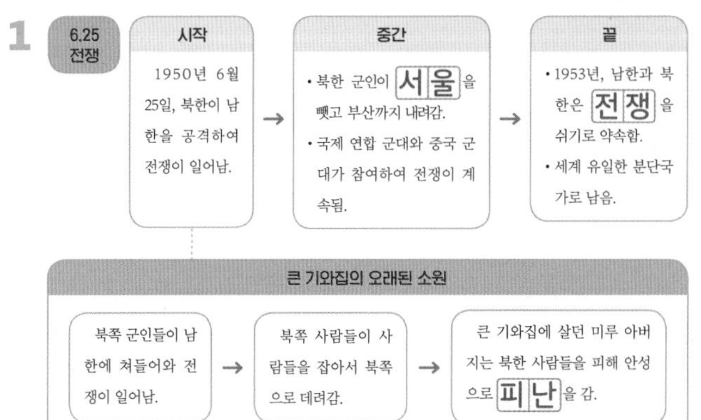

2 (1) ○ (4) ○

3 예시답안 분단국가가 되어 이산가족이 생겼어요. 만나고 싶어도 자유롭게 만나지 못하는 이산가족들은 슬프고 괴로울 것 같아요. 이산가족들이 서로 소식이라도 알고 지내면 좋을 것 같아요.

채점 Tip

1) 전쟁으로 인한 피해가 무엇인지 알고 답을 썼는지 체크해 보세요.
2) 6.25 전쟁으로 인해 많은 사람들이 다치거나 죽고, 이산가족이 생겼습니다. 그리고 많은 건물과 집들이 파괴되어 폐허가 되었습니다. 또한 분단국가가 되어 언제 전쟁이 일어날지 모르는 두려움도 있습니다. 이와 같은 전쟁으로 인한 아픔과 피해가 무엇인지 알고 자신의 생각을 쓰면 됩니다.
3) 이 문제의 답안은 자신의 생각을 구체적으로 쓰는 것이 좋아요.

4 (1) ㉠ (2) ㉢ (3) ㉣ (4) ㉡

5 지배

6 (1) 피난 (2) 연합

'대피'는 '위험이나 피해를 입지 않도록 일시적으로 피함.'이라는 뜻이므로 '재난을 피하여 멀리 옮겨 감.'을 뜻하는 '피난'과 바꿔 쓸 수 있습니다. '연맹'은 '공동의 목적을 가진 단체나 국가가 서로 돕고 행동을 함께 할 것을 약속함. 또는 그런 조직체.'라는 뜻이므로 '두 가지 이상의 사물이 서로 협동하여 만든 조직.'을 뜻하는 '연합'과 바꿔 쓸 수 있습니다.

식물원에 다녀와서

92~93쪽

식물원은 여러 종류의 식물을 한데 모아 가꾸거나 기르는 곳입니다. 글쓴이는 가족과 함께 평창에 있는 식물원에 다녀왔습니다. 식물원이 어떤 곳인지 알아보고, 다양한 식물도 보았습니다. 그리고 식물이 소중한 자원이라는 것과 식물마다 자라는 시기와 속도가 다르다는 것을 알게 되었습니다. 글쓴이가 식물원에서 보고 들은 것, 생각하거나 느낀 것 등을 정리하며 새롭게 알게 된 내용을 알아봅니다.

내용요약 식물원

1 ④ 2 ② 3 (1) ㉠, ㉢ (2) ㉡, ㉣

1 이 글은 글쓴이가 식물원에 가서 보고 느낀 점을 쓴 글입니다.

2 글쓴이가 식물원에서 직접 식물을 심고 가꾼 경험은 나오지 않으므로 ②가 알맞지 않습니다.

오답풀이

① 글쓴이는 지난 주말에 가족과 평창에 있는 식물원에 갔습니다.
③ 글쓴이는 멸종 위기에 처한 식물을 보았습니다.
④ 글쓴이는 약재로 쓰이는 식물이나 염색의 재료로 쓰이는 식물들을 보면서 식물의 쓰임새가 매우 다양하다는 것을 알았습니다.
⑤ 식물원 직원분이 글쓴이의 가족을 안내하며 설명해 주셨습니다.

3 ㉠의 식물들과 ㉢의 앵두 열매는 글쓴이가 식물원에서 본 것에 해당합니다. ㉡, ㉣은 글쓴이가 식물을 보면서 생각하거나 느낀 것입니다.

배경지식

식물원에서 하는 일
• 다양한 식물을 모으고 재배합니다.
• 식물에 대한 관찰과 연구를 합니다.
• 많은 사람들이 식물을 볼 수 있도록 가꿉니다.

식물의 한살이

94~95쪽

여러분도 식물을 길렀던 경험이 있을 것입니다. 씨앗을 심으면 씨앗에서 싹이 트고 잎과 줄기가 자라면서 꽃이 피어납니다. 그리고 이 꽃이 지면 열매가 열리고 그 속에 다시 씨가 생깁니다. 이처럼 식물이 다시 씨를 맺어 한 대를 이어가는 것을 '식물의 한살이'라고 합니다. 이와 같은 식물의 한살이에 대해 설명하는 글을 읽으면서 식물이 살아가는 과정을 배워 봅니다.

내용요약 씨앗, 한살이
1 ⑤ 2 현민 3 4

1 식물의 한살이에는 물, 햇빛, 온도 등이 갖추어져야 하기 때문에 적절한 조건이 필요하다는 ⑤가 알맞습니다.

오답풀이

① 싹이 트려면 햇빛뿐만 아니라 물이나 흙 등도 필요합니다.
② 꽃과 열매는 같은 때에 함께 열리지 않고, 꽃이 지고 나서 열매가 생깁니다.
③ 식물의 한살이 모습은 식물에 따라 다릅니다. 강낭콩, 벼처럼 한 해만 사는 식물도 있고, 사과나무, 무궁화처럼 여러 해 동안 살아가는 식물도 있습니다.
④ 식물이 자라면서 줄기는 더 길어지고 굵어지며 잎은 점점 많아집니다.

2 씨앗에서 싹이 트지 않으면 물이나 햇빛이 부족한 까닭일 수도 있으니 현민이가 알맞게 말했습니다.

오답풀이

준건: 식물은 햇빛과 물이 모두 필요하기 때문에 햇빛이 잘 드는 곳에서도 물을 줘야 합니다.
정민: 벌은 꽃가루를 옮겨 주는 곤충이므로 식물에게 이롭습니다.

3 **보기**는 식물의 씨가 옮겨지는 방법에 대해 설명하는 문단의 일부입니다. 따라서 열매 속에 생긴 씨에 대해 설명한 문단인 4의 다음에 덧붙이는 것이 좋습니다.

배경지식

한해살이 식물과 여러해살이 식물

- 한해살이 식물: 식물의 한살이 과정이 일 년 동안 일어나는 식물. 강낭콩, 벼, 옥수수, 토마토 등이 있습니다.
- 여러해살이 식물: 식물의 한살이 과정이 여러 해 동안 일어나는 식물. 사과나무, 무궁화, 감나무, 개나리 등이 있습니다.

익힘학습 자란다 문해력

96~97쪽

1

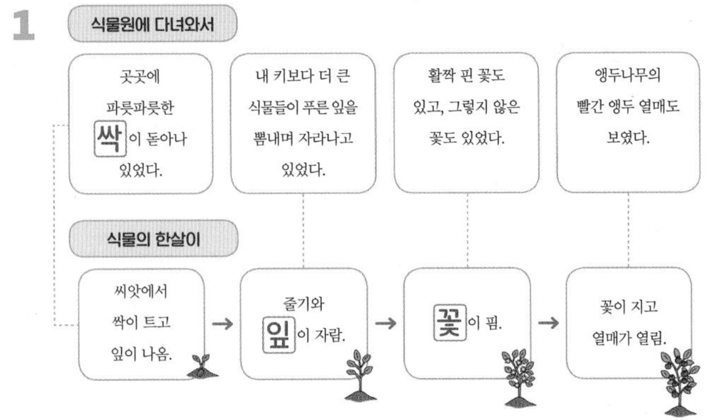

2 물, 햇빛, 나비

3 **예시답안** 토마토입니다. 토마토 씨앗을 심은 적이 있어요. 씨앗을 심으면서 언제 싹이 나오는지, 어떻게 꽃이 피고, 열매가 맺히는지 궁금해서 매일 살펴보았어요. 토마토 열매가 생겼을 때 무척 기쁘고 뿌듯했어요.

채점 Tip

1) 식물을 가꾸었던 경험이 무엇인지 알고 답을 썼는지 체크해 보세요.
2) 식물을 심거나 가꾸었던 경험을 쓰고, 그때 자신의 생각이나 느낌이 어떠했는지 구체적으로 쓰면 됩니다. 어떤 식물이었는지 쓰고 식물을 키우면서 뿌듯했거나 신기했던 마음 등을 쓰면 됩니다.
3) 이 문제의 답안은 자신의 경험과 그때의 생각을 솔직하게 쓰는 것이 좋아요.

4 (1) 가치 (2) 보존 (3) 대 (4) 조건

5 가치

6 보존
'보호하여 지키는 것'은 '잘 보호하고 보살펴서 남김.'이라는 뜻을 가진 '보존'과 뜻이 비슷합니다.

생각주제 15

지진은 왜 일어날까?

흔들리는 땅은 무서워!

98~99쪽

갑자기 땅이 흔들린다면 어떤 마음이 들까요? 글쓴이네 가족은 평소처럼 아침을 먹고 있다가 지진을 경험했습니다. 다행히 지진 대피 방법을 알고 계셨던 어머니의 지시대로 머리를 감싸고 식탁 밑으로 들어가 큰 피해는 없었습니다. 글쓴이는 지진의 무서움을 느끼고, 언제든 지진이 일어날 수 있다는 것을 깨달았습니다. 글쓴이가 겪은 일을 알아보며 우리에게 일어날 수 있는 지진에 대해 생각해 봅니다.

내용요약 식탁, 지진

1 ③ 2 ⑤ 3 ㉣

1 '나'는 아침을 먹다가 지진을 경험한 것이지, 지진이 일어나는 까닭을 알게 된 것은 아닙니다. 따라서 ③이 알맞지 않습니다.

오답풀이

① '나'는 형과 식탁에 앉아 아침을 먹고 있었습니다.
② 방의 창문이 떨리는 소리를 들었습니다.
④ 부모님, 형과 함께 방석과 쿠션으로 머리를 가리고 식탁 밑으로 들어갔습니다.
⑤ '나'는 발 밑에서 땅이 흔들리는 듯한 진동을 느꼈습니다.

2 어머니께서는 방석과 쿠션으로 머리를 가리고 식탁 밑으로 들어가자고 하셨습니다. 이는 물건이 떨어져 다치지 않게 하기 위해 머리를 가리고 식탁 아래와 같은 공간으로 피한 것입니다.

3 지진이 발생했을 때 책장에서 책이 떨어지고 책장이 흔들릴 수 있기 때문에 책장 옆에 기대 있는 것은 좋은 방법이 아닙니다. 따라서 ㉣가 알맞지 않습니다.

배경지식

지진이 발생했을 때 대피 방법

- 책가방, 책, 방석, 손 등으로 머리를 보호합니다.
- 탁자나 책상 밑에 들어가 탁자나 책상 다리를 꽉 잡고 몸을 피합니다.
- 건물 밖으로 나갈 때에는 엘리베이터를 사용하지 않습니다.
- 밖에 있을 때에는 간판과 유리창 같은 곳에서 멀리 떨어지고, 야외 넓은 공간으로 대피합니다.

지진이 일어나는 원인

100~101쪽

지진은 왜 발생하는 것일까요? 대부분의 지진은 지구 내부의 힘 때문에 발생합니다. 지구 내부의 힘이 균형을 이루다가 서로 부딪치기도 하는데, 이러한 힘이 오랫동안 작용하면 땅이 끊어지게 됩니다. 이때 흔들리는 진동이 발생하는데, 이 진동을 지진이라고 합니다. 이러한 지진의 발생 원리는 스티로폼 판을 손으로 미는 실험을 통해 알아볼 수 있습니다. 지진 발생 원인에 대해 알아보고 간단한 실험을 통해 이해해 보는 시간을 갖습니다.

내용요약 내부, 힘

1 ㈏, ㈎, ㈐ 2 (2) ○ 3 ③

1 지구 내부의 힘이 오랫동안 땅에 작용하면(㈏) 땅은 휘어지거나 끊어지게 됩니다(㈎). 땅이 끊어지면서 그 충격으로 엄청난 진동이 생겨 땅이 흔들리는데(㈐) 이것이 바로 지진입니다.

2 지진이 발생하는 원인을 이해할 수 있는 실험에서 스티로폼 판은 땅을 의미합니다. 그리고 스티로폼 판을 미는 것은 지구 내부의 힘, 스티로폼 판이 부러질 때 손에서 느끼는 진동은 지진을 의미합니다. 따라서 빈칸에는 땅에 가해지는 지구 내부의 힘이 들어가는 것이 알맞습니다.

3 이 글에는 지진의 세기를 나타내는 방법에 대해서는 나와 있지 않으므로 ③의 질문에는 답할 수 없습니다.

오답풀이

① 첫 번째 문단에서 일본의 후쿠시마에서 일어난 지진을 통해 지진으로 인한 피해를 알 수 있습니다.
② 두 번째 문단에서 지진이 발생하는 원인에 대해 알 수 있습니다.
④ 지진을 대비하는 방법을 알아야 하는 까닭은 마지막 문단에서 알 수 있습니다. 지진이 일어났을 때 안전하고 슬기롭게 대처하기 위해서입니다.
⑤ 지진의 발생 원인을 이해할 수 있는 실험 방법은 세 번째 문단에서 알 수 있습니다.

배경지식

지진의 강도에 따른 피해

- 진도 0에서 2까지: 사람들이 거의 진동을 느끼지 않습니다.
- 진도 4~4.9: 집이 크게 흔들리고, 창문이 깨집니다.
- 진도 6~6.9: 건물이 부서져 피해가 발생합니다.
- 진도 8~8.9: 다리와 댐 등이 파괴되고 산사태가 발생합니다.
- 진도9 이상: 남은 건물이 거의 없으며 기차선로가 휩니다.

익힘학습 자란다 문해력

102~103쪽

1

지진
지구 내부에서 작용하는 힘으로 땅이 끊어지면서 흔들리는 것

흔들리는 땅은 무서워!
지진이 났을 때는 어떻게 할까?
• 물체가 떨어질 만한 곳으로부터 피한다.
• 머리를 보호하며 안전한 공간으로 대피한다.

지진이 일어나는 원인
지진은 왜 일어날까?
지구 내부의 힘이 균형을 이루다가 서로 부딪침.
↓
이런 힘이 오랫동안 작용하여 땅이 끊어짐.
↓
땅이 끊어질 때 충격으로 지진이 생김.

2 (3) ○ (4) ○

3 예시답안 무섭고 두려웠어요. 땅이 흔들려서 창문이 깨지고 건물이 부서지면 생명을 잃을 수도 있으니 지진은 정말 무섭고 두렵다는 생각이 들었어요.

채점 Tip

1) 지진으로 인한 피해를 알고 답을 썼는지 체크해 보세요.
2) 지진이 일어나면 어떤 일이 발생할지 생각하며 지진 피해에 대한 자신의 생각을 쓰면 됩니다. 지진이 무섭고 두렵다는 생각을 써도 좋지만 지진 대피 방법을 잘 알아야겠다는 등의 대처 방법을 써도 좋습니다.
3) 이 문제의 답안은 자신의 생각이나 느낌을 솔직하게 쓰는 것이 좋아요.

4 (1) ㉣ (2) ㉠ (3) ㉢ (4) ㉡

5 균형

6 (1) 내부 (2) 대피
'안쪽'은 '안으로 향한 부분이나 안에 있는 부분.'이라는 뜻이므로 '안쪽의 부분.'을 뜻하는 '내부'와 바꿔 쓸 수 있습니다. '피신'은 '위험을 피하여 몸을 숨김.'이라는 뜻이므로 '위험이나 피해를 입지 않도록 피함.'을 뜻하는 '대피'와 바꿔 쓸 수 있습니다.

생각글 1 최초의 세계 일주, 마젤란의 항해

106~107쪽

마젤란은 에스파냐 국왕을 설득하여 동아시아를 향해 항해를 시작합니다. 마젤란의 항해는 험난했고, 필리핀 제도에서 마젤란은 목숨을 잃었습니다. 하지만 마침내 마젤란의 부하들은 다시 에스파냐로 돌아왔습니다. 이들의 항해는 최초의 세계 일주이며, 지구가 둥글다는 것을 증명하였습니다. 마젤란과 선원들이 항해한 장소를 따라가며 마젤란의 항해가 갖는 의미를 생각해 봅니다.

내용요약 마젤란, 지구
1 ㉡, ㉠, ㉣, ㉢ 2 ⑤ 3 연우

1 마젤란이 남아메리카 남쪽에서 만난 좁은 바다를 마젤란 해협이라고 합니다(㉡). 그리고 마젤란은 넓고 잔잔한 바다를 만나 태평양이라는 이름을 붙였습니다(㉠). 항해하던 배는 필리핀 제도에 도착했고(㉣), 마젤란의 부하들은 항해를 계속해 목적지인 말루쿠 제도에 도착하게 되었습니다(㉢).

2 마젤란은 넓고 잔잔한 바다에 크고 평화롭다는 뜻의 '태평양'이라는 이름을 붙였으므로 ⑤가 알맞지 않습니다.

오답풀이

① 마젤란은 서쪽으로 계속 나아가 출발지인 에스파냐로 돌아오겠다고 하였습니다. 이는 지구가 둥글다고 생각하여 출발지로 다시 돌아오겠다고 한 것입니다.
② 마젤란은 필리핀 제도에서 원주민들을 무리하게 공격하다가 목숨을 잃었습니다.
③ 마젤란의 항해는 폭풍우를 만나거나 싸움이 일어나는 등 매우 험난하여 여러 가지 힘든 일을 겪었습니다.
④ 마젤란의 부하들은 항해를 계속해 목적지인 말루쿠 제도에 도착하였습니다.

3 마젤란의 항해는 최초의 세계 일주였고, 지구가 정말 둥글다는 것을 증명한 여행이었으므로 연우가 알맞게 말하였습니다.

배경지식

마젤란 해협
• 남아메리카 대륙의 남쪽에 있는 길고 험난한 해협(바닷물이 육지를 가로질러 강처럼 길게 흐르는 곳)입니다.
• 길이 600킬로미터로 대서양과 태평양을 이어 줍니다.
• 1520년 마젤란은 이곳을 발견하고 무사히 빠져 나와 '마젤란 해협'이라고 이름을 지었습니다.

지구는 둥글다

108~109쪽

아리스토텔레스는 월식을 통해 지구의 둥근 그림자를 보고 지구가 둥글다는 것을 밝혔습니다. 마젤란은 서쪽으로 항해를 계속하여 제자리로 돌아오면서 지구가 둥글다는 것을 증명했습니다. 또한 배가 항구로 들어올 때 돛대부터 보이는 모습을 통해서도 지구가 둥근 것을 알 수 있습니다. 이와 같이 지구가 둥글다는 증거를 찾은 사람들의 노력을 생각하며 사람들이 찾아낸 증거를 알아봅니다.

내용요약 월식, 증명
1 ㉠ **2** (1) ㉯ (2) ㉮ **3** ③

1 지구의 모양은 둥근 공 모양이므로 ㉠이 알맞습니다.

2 마젤란은 서쪽으로 계속 항해하여 처음 출발한 곳으로 돌아와서 지구가 둥글다는 것을 증명했습니다. 아리스토텔레스는 월식 때 달에 비치는 지구의 둥근 그림자를 통해 지구가 둥글다는 것을 증명했습니다.

3 달에서 찍은 인공위성 사진을 보면 지구의 둥근 모습을 직접 볼 수 있으므로 ③이 알맞습니다.

오답풀이
① 옛날 사람들은 지구가 둥근 모양이라는 증거를 찾기 위해 노력했습니다.
② 지구가 둥글기 때문에 배를 타고 같은 방향으로 계속 가도 낭떠러지를 만나지 않습니다.
④ 이미 지구가 둥글다는 것을 밝혔기 때문에 지구가 평평하다는 것을 증명하기 위한 연구가 필요하지 않습니다.
⑤ 수평선 너머에서 배가 다가오는 모습을 보면 배의 돛대가 가장 먼저 보입니다.

배경지식
지구가 둥글다는 또 다른 증거
- 동쪽으로 갈수록 해 뜨는 시각이 빨라집니다.: 지구가 편평하다면 어디에서나 해 뜨는 시간이 같을 것이지만 동쪽으로 갈수록 해가 뜨는 시각은 빨라집니다.
- 북쪽이나 남쪽으로 가면 다른 별이 관측됩니다.: 지구가 평평하다면 어디에서나 지평선이 일정하므로 보이는 별들이 같을 것이지만 북쪽이나 남쪽으로 가면 다른 별들이 보입니다.

110~111쪽

1

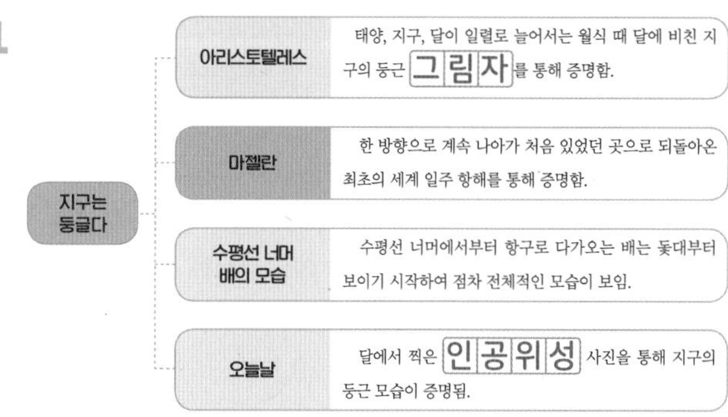

2 민주

3 **예시답안** 아리스토텔레스가 지구가 둥글다는 것을 밝혔다는 것을 새롭게 알게 되었어요. 달에 비친 지구의 둥근 그림자로 알았다니 관찰력이 정말 뛰어난 것 같아요. 그리고 인공위성으로 찍은 지구의 모습을 찾아봐야겠어요.

채점 Tip
1) 지구의 모습과 관련하여 새롭게 알게 된 점이 무엇인지 알고 답을 썼는지 체크해 보세요.
2) 지구가 둥글다는 것을 증명하기 위해 알아낸 사실들을 정리해서 쓰면 됩니다. 월식이나 마젤란의 세계 일주, 수평선 너머의 배의 모습 등 글을 통해 새롭게 알게 된 사실들을 정리해서 씁니다. 또한 글의 내용과 관련해서 더 알아보고 싶은 점을 함께 쓰도록 합니다.
3) 이 문제의 답안은 글의 내용을 정리하고, 더 알고 싶은 점을 함께 쓰는 것이 좋아요.

4 (1) 일렬 (2) 항해 (3) 증거 (4) 증명

5 증명

6 일렬
'한 줄'은 '하나로 벌인 줄.'을 뜻하는 '일렬'과 뜻이 비슷합니다.

생각주제 17

발레는 어떤 춤일까?

내일도 발레

112~113쪽

동우는 발레 공연장에 마지못해 따라갔다가 멋지게 점프하는 발레리노의 아름다운 춤에 반하게 됩니다. 그리고 발레하는 남자, 발레리노가 되고 싶다는 꿈을 갖습니다. 동우는 엄마를 설득하기 위해 발레에 대한 자료를 찾아보고 발레극의 영상을 보기도 합니다. 그리고 열심히 연습해서 발레 오디션에 나가겠다고 다짐합니다. 동우가 좋아하게 된 발레의 매력은 무엇인지 생각하면서 발레에 대해 관심을 가져 봅니다.

내용요약 발레

1 ⑤ 2 ⑤ 3 ㉣

1 「오즈의 마법사」는 발레극을 동화로 만든 것이 아니라, 원래 있던 명작 동화입니다. 명작 동화인 「오즈의 마법사」가 발레극으로 공연되고 있는 것입니다.

오답풀이

① 발레는 남자도 할 수 있고, 발레하는 남자를 발레리노라고 합니다.
② 발레리나들은 멋지게 점프도 하고 한 발로 서서 빠르게 연속 회전을 하기도 했습니다.
③ 동우가 본 「백조의 호수」 공연에 흑조가 나왔습니다.
④ 발레 공연에는 여러 명의 무용수가 나옵니다.

2 동우는 발레를 보기 전에 발레가 딱 질색이라고 생각했습니다. 하지만 「백조의 호수」를 보는 내내 구름 속을 걷는 기분이었고 발레의 바다에 빠져 버릴 정도로 발레가 매력적이라고 생각했습니다. 그래서 발레가 싫고 지루할 것이라는 예상이 빗나갔다고 한 것입니다.

3 동우는 발레극 「호두까기 인형」을 보면서 초등학생 무용수가 있다는 것을 알게 되었고, 자신도 열심히 연습해서 오디션에 나갈 것이라고 다짐했습니다. 따라서 어려서 무대에 설 수 없다는 ㉣의 내용이 알맞지 않습니다.

작품읽기

내일도 발레
오인영
별숲

줄거리 소개

동우는 우연히 발레 공연을 보고 발레리노가 되고 싶다는 꿈을 갖습니다. 하지만 엄마도 반대하고 발레 학원에서 친구들에게 무시를 당하며 쫓겨나 꿈을 포기해야 하는 상황에 처합니다. 그렇지만 동우는 꿈을 포기하지 않습니다. 발레리노의 꿈을 이루기 위한 동우의 노력은 계속됩니다.

발레의 역사와 특징

114~115쪽

발레는 옛날 유럽의 귀족들이 춤을 즐기고 가장무도회를 했던 문화에서 시작되었습니다. 그리고 러시아에서 발전하여 오늘날까지 많은 사람들의 사랑을 받고 있습니다. 발레에서는 다양한 무용수들이 대사 없이 춤과 마임만으로 무대 위에서 이야기를 표현합니다. 그래서 발레를 춤과 음악, 무대가 어우러진 종합 예술이라고 합니다. 이와 같은 발레의 역사와 특징을 살펴보며 발레가 어떤 춤인지 자세히 배워 봅니다.

내용요약 음악, 종합

1 ③, ⑤ 2 ④ 3 성주

1 이탈리아의 귀족들이 연회에서 춤을 즐긴 문화를 프랑스에서 들여왔습니다. 그리고 프랑스 궁에서 가장무도회를 열었을 때 짝을 이루어 가면을 쓰고 춤을 춘 것에서 발레가 시작되었으므로 ③이 알맞습니다. 또한 '발레'라는 이름이 '춤을 춘다'는 뜻의 이탈리아어에서 나온 것이므로 ⑤도 알맞습니다.

오답풀이

① 발레는 우리나라가 아닌 유럽에서 시작된 것입니다.
② 발레는 일반 평민들이 즐겨 추던 춤이 아닙니다. 귀족들이 연회에서 즐기던 춤에서 시작되어 궁에서 가장무도회를 했을 때 추던 춤입니다.
④ 귀족들이 그리던 그림과 발레는 관련이 없습니다.

2 발레 공연에는 대사가 없으므로 ④의 무용수들의 대사는 필요하지 않습니다.

3 발레는 무용수들이 추고 싶은 춤을 자유롭게 추는 것이 아닙니다. 안무가가 만든, 음악에 어울리는 무용을 추는 것이므로 성주가 발레에 대한 생각을 잘못 말했습니다.

배경지식

발레 마임의 뜻과 표현 방법

- 발레 마임의 뜻: 무용수가 말을 하지 않은 채 감정이나 생각을 몸짓으로 나타내는 것을 말합니다.
- 표현 방법
  ① 울거나 슬플 때를 표현하는 마임: 검지로 얼굴을 위에서 아래로 훑으며 눈물을 닦는 시늉을 합니다.
  ② 아름다운 것을 보거나 감탄할 때: 엄지로 얼굴 주위에 동그라미를 그리며 표현합니다.

익힘 학습 자란다 문해력

116~117쪽

1
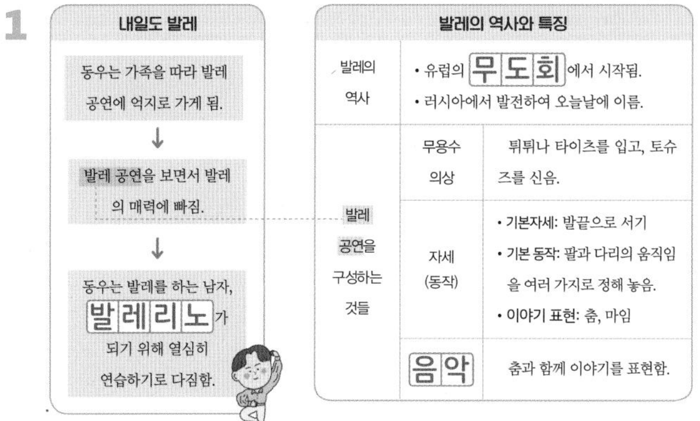

2 (1) ○ (4) ○

3 (예시답안) 다양한 무용수들의 춤을 자세히 보고 싶어요. 대사가 없는 발레 공연에서 무대 위에서 춤으로 이야기를 어떻게 표현하는지 궁금하기 때문이에요. 춤을 출 때 아름다고 우아한 동작도 보고 싶어요.

채점 Tip

1) 발레 공연의 특징이 무엇인지 알고 답을 썼는지 체크해 보세요.
2) 발레 공연에서 볼 수 있는 것들은 무엇인지 떠올려서 어떤 것을 관심 깊게 보고 싶은지 쓰면 됩니다. 발레 공연에서는 무용수들의 춤과 마임, 이야기의 내용을 표현하는 음악이 함께 합니다. 자신이 발레 공연에서 가장 관심 있게 보고 싶은 것과 그 까닭을 쓰도록 합니다.
3) 이 문제의 답안은 자신의 생각에 대한 까닭을 자세하게 쓰는 것이 좋아요.

4 (1) ㉣ (2) ㉠ (3) ㉢ (4) ㉡

5 예술

6 (1) 우아한 (2) 종합해서
'아름다운'은 '보이는 대상이나 음향, 목소리 등이 균형과 조화를 이루어 눈과 귀에 즐거움과 만족을 줄 만한.'이라는 뜻이므로 '수준이 높고 훌륭하며 아름다운.'이라는 뜻의 '우아한'과 뜻이 비슷합니다. '모아서'는 '한데 합쳐서.'라는 뜻이므로 '여러 가지를 한데 모아 합해서.'라는 뜻의 '종합해서'와 뜻이 비슷합니다.

생각글 1 오케스트라 연주회에 가다

118~119쪽

선우는 어머니와 함께 오케스트라 연주회에 갔습니다. 어머니께서는 베토벤의 「운명 교향곡」이 운명이 문을 두드리는 것 같다고 해서 붙여진 제목이라고 설명해 주셨습니다. 오케스트라 연주회에서 다양한 악기들은 지휘자의 손끝 아래 아름다운 음악을 만들었습니다. 선우는 오케스트라의 연주를 듣고 감동을 받았습니다. 오케스트라의 음악을 들은 선우의 마음을 상상하며 오케스트라 연주회에 대해 알아봅니다.

내용요약 오케스트라

1 ⑤　2 ②, ⑤　3 (3) ○

1 선우는 오케스트라 공연이 지루할 것이라고 생각했지만 어머니께서 베토벤의 운명 교향곡에 대해 설명해 주시자 기대가 조금 생겼습니다. 그리고 오케스트라의 연주를 듣고 큰 감동을 받았습니다. 따라서 ㉮에는 ⑤의 내용이 알맞습니다.

2 오케스트라에서 악기를 연주하는 연주자가 많다고 하였으므로 ②는 알맞지 않습니다. 또한 바이올린, 첼로 그리고 플루트 같은 여러 악기 소리가 담겨 있다고 하였으므로 ⑤도 알맞지 않습니다.

오답풀이

① 오케스트라는 지휘자의 지휘 아래 연주합니다.
③ 오케스트라는 다양한 종류의 악기를 동시에 연주합니다.
④ 이 글에서 선우는 오케스트라 연주를 보기 위해 연주회에 참석했습니다.

3 선우는 오케스트라의 연주가 저마다의 소리를 들려주는 악기가 어우러져 하나의 음악을 만들고 있다고 생각했습니다. 따라서 여러 악기가 어울려 아름다운 소리를 만들어 내기 때문에 다양한 색깔이 있는 아름다운 무지개가 펼쳐진 것과 같다고 생각했습니다.

배경지식

오케스트라에서 지휘자의 역할

• 곡을 해석하여 어떻게 연주할 것인지 정합니다.
• 곡을 연주할 때 리듬, 빠르기, 강약 등을 알려 줍니다.
• 오케스트라의 여러 악기들의 연주가 조화를 이룰 수 있도록 합니다.

아름다운 소리의 모임, 오케스트라

120~121쪽

오케스트라는 관악기, 타악기, 현악기가 모여 연주합니다. 현악기는 줄을 이용해서 소리를 내는 악기이고, 관악기는 긴 관에 숨을 불어 넣어 소리를 내는 악기입니다. 그리고 타악기는 악기를 치거나 부딪쳐서 소리를 내는 악기입니다. 이렇게 서로 다른 소리의 악기들이 지휘자의 지휘 아래 조화를 이루어 아름다운 소리를 만듭니다. 오케스트라에서 연주되는 악기의 특징과 종류를 배워 보는 시간을 갖습니다.

내용요약 현악기, 타악기

1 ①, ④ 2 ③ 3 민우

1 관악기는 목관 악기와 금관 악기가 있고(①), 오케스트라에서 지휘자는 손이나 몸동작을 통해 음악 전체의 리듬과 속도를 조절합니다(④).

오답풀이

② 오케스트라의 맨 뒤에 자리하는 것은 타악기입니다.

③ 전체 연주에서 기본 선율을 연주하는 것은 현악기입니다.

⑤ 오케스트라에 쓰이는 악기는 현악기, 관악기, 타악기 세 가지로 구분할 수 있습니다.

2 클라리넷은 나무로 만들어진 악기인 목관 악기이므로 관악기에 해당합니다. 따라서 ③이 바르게 연결되지 않았습니다.

오답풀이

① 타악기: 팀파니, 큰북, 실로폰, 심벌즈 등

② 현악기: 바이올린, 비올라, 첼로 등

④ 금관 악기: 호른, 트럼펫, 트롬본, 튜바 등

⑤ 목관 악기: 오보에, 플루트, 클라리넷, 바순 등

3 이 글은 오케스트라에 쓰이는 악기를 소리 내는 방법에 따라 나누어 구체적인 예를 들어 설명하였습니다. 여러 가지 악기를 그림 그리는 것처럼 자세히 표현한 것은 아니므로 민우가 알맞게 말하지 못했습니다.

배경지식

오케스트라에서 악기들의 자리

- 현악기는 소리가 크지 않고 음색이 부드러워 무대 앞쪽에 배치됩니다.
- 타악기는 음악을 강조하며 음악의 분위기를 내므로 무대 뒤쪽에 배치됩니다.
- 각 악기들이 서로를 보고 연주할 수 있도록 배치됩니다.

자란다 문해력

122~123쪽

1

오케스트라 연주회에 가다

어머니와 오케스트라 공연을 감상하러 감.

↓

[베토벤]의 「운명 교향곡」에 대한 이야기를 들음.

↓

공연을 보며 다양한 악기들이 내는 소리의 어울림에 깊은 감동을 받음.

아름다운 소리의 모임, 오케스트라

오케스트라의 악기	현악기	[줄]로 소리를 내는 악기
	관악기	입으로 숨을 불어 넣어서 소리를 내는 악기
	[타악기]	손이나 채로 치거나 서로 부딪쳐서 소리를 내는 악기
지휘자의 역할	음악 전체의 리듬과 속도를 조절함.	

2 (3) ○ (4) ○

3 **예시답안** 여러 악기가 어우러져 소리를 내는 것이라는 점을 새롭게 알게 되었어요. 특히 바이올린이 오케스트라에서 기본 선율을 연주한다고 하니 굉장히 중요한 악기라는 생각이 들었어요.

채점 Tip

1) 오케스트라가 무엇인지 알고 답을 썼는지 체크해 보세요.

2) 오케스트라에 대한 글을 읽고 새롭게 알게 된 정보를 쓰면 됩니다. 또한 새롭게 알게 된 정보에 대한 자신의 생각도 함께 쓰도록 합니다. 오케스트라를 구성하는 악기의 특징을 바탕으로 쓰도록 합니다.

3) 이 문제의 답안은 지식이나 정보를 정확하게 쓴 뒤, 자신의 생각을 덧붙이는 것이 좋아요.

4 (1) 독주 (2) 웅장하다 (3) 선율 (4) 다채롭다

5 독주

6 선율

'멜로디'는 '높낮이와 리듬을 가진 음의 흐름.'이라는 뜻이므로 '소리의 높낮이가 길이나 리듬과 어울려 나타나는 음의 흐름.'을 뜻하는 '선율'과 뜻이 비슷합니다.

생각주제 19

책과 인터넷의 공통점은?

다양한 방법으로 정보를 찾아요

124~125쪽

숙제를 하기 위해 선우는 고양이에 대한 책을 찾아보았습니다. 그리고 책에 나온 사진과 글로 발표 자료를 만들었습니다. 반면 나린이는 새의 종류를 인터넷으로 검색하여 다양한 새들의 이름과 특징을 정리했습니다. 그리고 새의 소리와 새의 모습이 담긴 영상 자료도 준비했습니다. 선우와 나린이는 숙제를 하기 위해 서로 다른 자료를 이용했습니다. 두 자료의 차이를 알아보고 각 자료의 특징을 생각해 봅니다.

내용요약 책, 인터넷

1 ⑤ **2** (1) ○ (3) ○ **3** ③

1 선우와 나린이는 '내가 좋아하는 동물 소개하기'라는 발표 숙제를 하기 위해 자료를 찾았습니다.

오답풀이

① 책을 찾아서 조사한 친구는 선우입니다.
② 고양이에 대해 소개하려고 한 친구는 선우입니다.
③ 새의 종류를 소개하려고 한 친구는 나린입니다.
④ 인터넷을 사용해 조사한 친구는 나린입니다. 선우는 도서관에서 책을 찾아 조사했습니다.

2 선우가 말한 '매체'는 어떤 정보를 찾을 수 있는 도구를 의미합니다. 선우가 고양이에 대해 찾아본 '책'이나 나린이가 새에 대해 찾아본 '인터넷'은 모두 매체에 해당합니다.

3 책을 쓴 사람과 대화를 하는 것은 쉽지 않으므로 ③은 알맞지 않습니다. 인터넷 누리집에 글을 올린 사람과는 인터넷 게시판이나 메일 등을 통해 쉽게 대화를 나눌 수 있습니다.

배경지식

인터넷 매체의 편리한 점

- 정보를 쉽고 빠르게 얻을 수 있습니다.
- 사람들 사이의 소통이 활발하고 편합니다.
- 시간과 공간의 제약을 받지 않고 정보를 얻을 수 있습니다.
- 글뿐만 아니라 사진이나 동영상 같은 다양한 정보를 줍니다.

여러 가지 매체

126~127쪽

어떤 정보를 다른 쪽으로 전달하는 도구들을 매체라고 합니다. 매체에는 인쇄 매체, 영상 매체, 인터넷 매체가 있습니다. 인쇄 매체는 종이에 글자를 인쇄하여 정보를 전달하고, 영상 매체는 영상, 소리, 자막 등을 사용해 정보를 전달합니다. 인터넷 매체는 인쇄 매체와 영상 매체에서 사용하는 방식을 모두 사용해 정보를 전달합니다. 이러한 여러 가지 매체의 특징에 대해 알아보고 매체가 어떻게 발전해 왔는지 살펴봅니다.

내용요약 인쇄, 영상

1 ⑤ **2** ③ **3** ㉮, ㉰

1 인터넷 매체는 블로그나 누리집을 통해 누구나 쉽게 정보를 만들어 올릴 수 있고, 다른 사람과 공유하기도 쉽기 때문에 ⑤가 알맞습니다.

오답풀이

① 가장 오래된 매체는 인쇄 매체입니다.
② 인쇄 매체는 글과 그림 그리고 사진으로 정보를 전달합니다.
③ 인터넷 매체는 글과 그림, 영상과 소리 등을 모두 사용하여 정보를 전달합니다.
④ 인터넷 매체는 다른 사람과 정보를 공유하는 것이 쉽습니다.

2 영상 매체의 종류로는 텔레비전이 있습니다. 잡지는 인쇄 매체의 종류입니다.

3 매체를 활용해 정보를 얻은 것은 ㉮와 ㉰입니다. ㉮는 영상 매체인 텔레비전 뉴스를 통해 날씨 정보를 얻은 것입니다. ㉰는 인터넷 매체인 스마트폰을 통해 놀이공원 행사에 대한 정보를 얻은 것입니다.

배경지식

매체 자료에서 정보를 전달하는 방법

- 인쇄 매체 자료: 글, 그림, 사진 등을 사용합니다.
- 영상 매체 자료: 소리, 자막 등의 여러 가지 연출 방법을 사용합니다.
- 인터넷 매체 자료: 인쇄 매체 자료와 영상 매체 자료에서 사용하는 방식을 모두 사용합니다.

자란다 문해력

128~129쪽

1

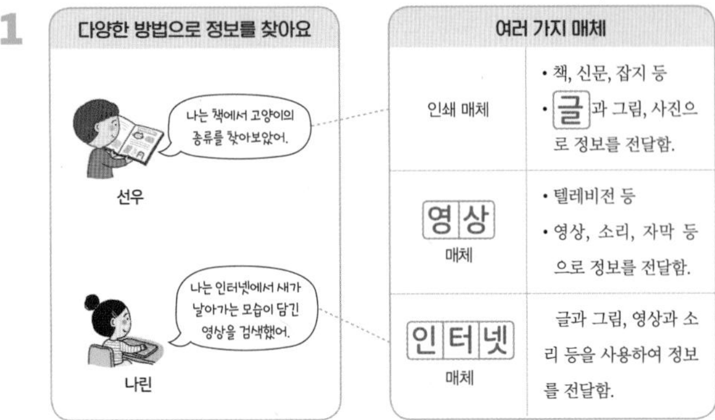

2 (2) ○ (3) ○

3 예시답안 많은 정보를 빨리 쉽게 얻을 수 있어요. 사람들과 정보를 주고받는 것도 편리해져요.

채점 Tip

1) 매체의 역할이 무엇인지 알고 답을 썼는지 체크해 보세요.
2) 매체가 정보를 전달하는 것을 도와주는 편리한 도구라는 것을 알고 이러한 매체가 발전하면 좋은 점을 쓰면 됩니다. 정보 전달이 빠르거나 많은 정보를 주고받을 수 있는 점, 다양한 정보를 쉽게 얻을 수 있는 점 등을 쓰면 됩니다.
3) 이 문제의 답안은 두 가지 이상 쓰는 것이 좋아요.

4 (1) ㉡ (2) ㉠ (3) ㉢ (4) ㉣

5 매체

6 (1) 공유하려고 (2) 조사했다

'함께 보려고'는 '두 사람 이상이 한 물건을 공동으로 가짐.'을 뜻하는 '공유'를 넣어 '공유하려고'와 바꿔 쓸 수 있습니다. '찾아보았다'는 '사물의 내용을 명확히 알기 위하여 자세히 살펴보거나 찾아봄.'을 뜻하는 '조사'를 넣어 '조사했다'와 바꿔 쓸 수 있습니다.

춘향전

130~131쪽

『춘향전』에서 몽룡은 춘향이에게 꼭 한번 만나고 싶다는 편지를 써서 방자에게 전하라고 합니다. 방자는 향단이를 통해 몽룡이 쓴 편지를 춘향에게 전합니다. 그리고 향단은 춘향이 쓴 답장을 가지고 옵니다. 이와 같이 몽룡과 춘향이는 편지로 자신의 생각을 쓰고, 전달해야 했습니다. 『춘향전』에서 몽룡과 춘향이가 편지를 주고받는 모습을 통해 편지의 특징을 알아봅니다.

1 ㉮ 2 ① 3 (1) ○ (2) ○

1 몽룡은 그네를 타던 춘향의 모습을 보고 반하였습니다. 춘향의 모습이 눈앞에 떠올라 글공부도 되지 않고, 춘향을 만나고 싶어서 편지를 썼습니다.

2 춘향은 답장에서 몽룡에게 자신의 집 소나무 아래에서 만나자고 했습니다. 이를 통해 춘향도 몽룡에게 관심이 있다는 것을 짐작할 수 있습니다.

오답풀이

② 자신의 집 소나무 아래에서 만나자고 하였으므로 알맞지 않습니다.
③ 몽룡에게 만나자는 내용을 담아 답장을 쓴 것으로 보아 알맞지 않습니다.
④ 향단이와 관련된 내용은 편지에 나오지 않습니다.
⑤ 몽룡의 편지를 받고 싶지 않다는 내용은 나오지 않았습니다.

3 편지는 생각을 글로 써서 사람을 통해 전달하고 답장을 받아야 하므로 시간이 오래 걸립니다. 또한 글로 생각을 주고받을 수 있다는 특징이 있습니다.

문학읽기

춘향전
글 신현수
보리

줄거리 소개

몽룡과 춘향은 서로 사랑하는 사이입니다. 몽룡이 한양으로 가면서 춘향을 데리러 오겠다고 약속하고 떠나고, 변학도는 춘향이 자신의 말을 듣지 않자 옥에 가둡니다. 어사또가 되어 돌아온 몽룡이 변학도를 혼내고 춘향을 구합니다. 춘향과 몽룡은 서로에 대한 약속을 지키며 아름다운 사랑을 이뤄 냅니다.

알파 세대의 의사소통

132~133쪽

2010년 이후에 태어난 알파 세대들은 주로 인터넷을 이용하여 의사소통을 합니다. 인터넷 매체는 생각이나 정보를 매우 다양한 방법으로 전달하고, 여러 사람이 동시에 생각을 주고받을 수도 있습니다. 특히 누리 소통망을 통해 서로의 소식을 쉽게 주고받으며 새로운 친구를 사귀기도 합니다. 이러한 알파 세대의 의사소통 방식에 대해 알아봅니다. 그리고 인터넷 매체를 통한 의사소통의 장점과 단점을 생각해 봅니다.

내용요약 알파, 인터넷
1 (2) ○　2 ④　3 민아

1 알파 세대는 2010년 이후에 태어난 사람들로, 태어날 때부터 컴퓨터, 스마트폰과 같은 기계를 쉽게 접할 수 있었습니다.

2 인터넷 매체를 통해서는 직접 만나지 않아도 대화를 나눌 수 있으므로 ④가 알맞지 않습니다.

오답풀이

① 얼굴을 모르는 사람과 소식과 정보를 주고받으며 친구가 될 수 있습니다.
② 멀리 떨어진 사람과도 대화를 나눌 수 있습니다.
③ 스마트폰이나 태블릿 등으로 인터넷을 언제 어디서든 할 수 있기 때문에 사람들과 쉽게 의사소통을 할 수 있습니다.
⑤ 글과 그림, 영상과 소리 등 다양한 방법으로 정보를 올릴 수 있습니다.

3 알파 세대는 사람과의 소통보다는 기계를 통한 소통에 익숙하지만 상대와 직접 생각이나 감정을 나누는 시간을 갖는 것이 필요합니다. 따라서 다른 사람을 만날 필요가 전혀 없다는 민아는 알맞게 말하지 못했습니다.

134~135쪽

1

춘향전
과거에 사용한 의사소통 수단: 편지
몽룡이 광한루에서 그네 타는 춘향을 보고 첫눈에 반함.
↓
몽룡이 춘향에게 만나고 싶다는 편지를 보냄.
↓
춘향이 몽룡에게 만나자는 답장을 보냄.

알파 세대의 의사소통	
알파 세대가 주로 사용하는 의사소통 수단: 인터넷	
인터넷 매체의 장점	• 글과 그림, 영상과 소리 등 다양한 방식으로 정보를 언제 어디서든 손쉽게 전달할 수 있음. • 여러 사람이 동시에 생각을 주고받을 수 있음.
인터넷 매체의 단점	• 감정을 느끼고 표현하는 데 어려움을 겪을 수 있음. • 사회성 발달에 좋지 않은 영향을 줄 수 있음.

2 (1) 인터넷 (2) 편지 (3) 인터넷 (4) 편지

3 **예시답안** 핸드폰 문자 메시지예요. 부모님께 하고 싶은 말이나 친구들과 약속을 정할 때 문자 메시지를 이용해요. 문자 메시지는 가장 간단하고 빠르게 의사소통할 수 있는 방법이기 때문이에요.

채점 Tip

1) 의사소통 수단이 무엇인지 알고 답을 썼는지 체크해 보세요.
2) 자신이 평소에 의사소통을 할 때 사용하는 수단에 대해 쓰면 됩니다. 그 수단을 사용하여 어떻게 의사소통을 하는지 그 방법을 써도 됩니다. 이러한 수단을 많이 사용하는 까닭을 함께 씁니다.
3) 이 문제의 답안은 까닭을 함께 쓰는 것이 좋아요.

4 (1) 복합적 (2) 사방 (3) 사회성 (4) 세대

5 (1) ㉠ (2) ㉡ (3) ㉣ (4) ㉢

6 복합적
'종합적'은 '여러 가지를 한데 모아 합한 것.'이라는 뜻이므로 '두 가지 이상이 합쳐 있는 것.'을 뜻하는 '복합적'과 뜻이 비슷합니다.

“

하나의 생각주제로
연결된 2개의 생각글을 읽으면
생각이 자란다곰~~

”

www.neungyule.com

달곰한 문해력 초등독해

학년별 시리즈 안내

추천 학년	단계	생각주제 영역
초 1~2학년	1단계	생활, 언어, 사회, 역사, 과학, 예술, 매체
	2단계	
초 3~4학년	3단계 A	인문, 사회, 역사, 경제, 과학, 환경, 예술, 미디어
	3단계 B	
	4단계 A	
	4단계 B	
초 5~6학년	5단계 A	인문, 사회, 역사, 경제, 과학, 예술, 고전, IT
	5단계 B	
	6단계 A	
	6단계 B